U0133080

陈云政策思想与实践研究

刘雪明　江泰然　周秀冷　著

中央文献出版社

目　录

第一章 导 论

陈云是伟大的无产阶级革命家、政治家,杰出的马克思主义者,中国社会主义经济建设的开创者和奠基人之一,党和国家久经考验的卓越领导人。他在半个多世纪的革命生涯中,参与或直接领导了党和国家一系列重大方针政策的制定与执行,为中国革命和社会主义建设作出了巨大的贡献,立下了不朽的功勋。政策和策略是党的生命,研究陈云的政策思想,对进一步推进改革开放和中国特色社会主义事业具有重要的理论和现实意义。

一、研究的现状述评

陈云研究是中共党史和中华人民共和国国史研究的一项重要内容,也是当代中国人物研究的一个重要方面。我们对陈云的研究是20世纪70年代末80年代初从整理、出版陈云文选开始的,然后逐步深入、拓展,大致经历了四个阶段。[①]

第一,研究的起步阶段(1980年11月至1983年)。

党的十一届三中全会以后,为了认真清理长期"左"倾错误的影响,坚决纠正经济工作中的失误,初步总结建国以来经济建

① 《回顾与展望:陈云研究述评》,中共中央文献研究室陈云研究组编:《陈云研究述评》上册,中央文献出版社2004年版,第14—73页。

设的经验教训,1980 年 11 月和 1982 年 4 月由中共中央书记处研究室编辑的《陈云同志文稿选编》1956—1962 年卷和 1949—1956 年卷分别出版,在党内发行。从全党学习和宣传这两卷文稿开始,拉开了陈云研究的帷幕。在这个阶段,陈云研究有一个明显的特点,那就是:从研究成果方面看,学习、宣传性文章为主,学术研究性文章为辅;在学术研究成果中,经济研究论文较多,党建、哲学、生平研究论文较少;当然也出现了个别在今天仍具有较高思想性和学术水平的高质量研究论著,如邓力群的《向陈云同志学习做经济工作》(党内发行,1981 年版),有林、赵少平、王梦奎合著的《我国经济建设中若干原则问题》(中国社会科学出版社 1981 年版),以及王琢、黄菊波合著的《国力论》(中国社会科学出版社 1981 年版)等。

第二,研究的展开阶段(1984 年 1 月至 1988 年)。

1984 年 1 月、7 月和 1986 年 6 月,由中共中央书记处研究室编辑、中共中央文献研究室参加审核和校阅的《陈云文选》1926—1949 年、1949—1956 年、1956—1985 年三卷分别由人民出版社出版发行。另外,部分《陈云文选》以外的陈云文稿也陆续整理公开发表,如《陈云同志关于评弹的谈话和通信》1983 年 12 月由中国曲艺出版社出版。伴随着上述陈云著作的出版发行,陈云研究进入了一个新的阶段,无论从研究领域,还是研究水平方面,都呈现出新的发展态势,主要表现在:⑴党建研究论文显著增加,居其他有关陈云研究论文之首;⑵经济研究成果相对前一个阶段虽然数量减少,但理论研究的深度有所增加;⑶生平研究的领域有新的拓展,特别是老同志的回忆为这一阶段的生平研究增加了色彩;⑷出现了少许陈云关于知识分子、精神文明建设思想的研究成果,特别是陈云对评弹艺术的意见的研究成果;⑸《陈云文选》辅助学习读物的质量进一步提高,而且出现了新的形式。

第三,研究的全面推进阶段(1989年1月至1995年)。

1989年4月,中央正式批准在中共中央文献研究室建立陈云研究组。从此,陈云研究有了一支固定专门的队伍,这为陈云研究事业的发展创造了基本的组织条件。1995年4月10日,陈云逝世。中共中央、全国人大常委会、国务院、全国政协、中央军委向全国发出讣告,《人民日报》刊登了《陈云同志伟大光辉的一生》的长文,中央对陈云一生作出公正、客观的评价,为理论界、学术界研究陈云提供了重要的政治依据。陈云逝世后,1995年6月《陈云文选》新版1—3卷、《陈云》画册出版;6月13日,江泽民同志在《陈云文选》(1—3卷)、《陈云》画册出版暨纪念陈云同志诞辰九十周年座谈会上发表谈话,对陈云的历史功绩、思想、品格、作风作了权威性的评价和概括,为全党学习、宣传、研究陈云提供了重要理论指导。6月12日至14日,由中共中央文献研究室陈云研究组和中国管理科学研究院联合举办的第一次陈云研究全国规模的研讨会——"陈云生平与思想研讨会"在北京召开,这是一次有着较高学术水平的研讨会,不少论文代表着这一研究领域的最高水平。

总之,陈云研究进入全面推进阶段,具体来说表现如下:⑴研究资料更加丰富。除新版《陈云文选》1—3卷,还有中央文献研究室编辑的《陈云与新中国经济建设》(中央文献出版社1991年版)、《陈云论党的建设》(中央文献出版社1995年版),以及陈云第一任秘书刘家栋亲笔撰写的《陈云在延安》(中央文献出版社1995年版)等出版和大量的回忆文章发表。⑵研究领域进一步拓展。与前两个阶段相比,在这个阶段,陈云研究在经济、党建、哲学、生平等几个主要方面全方位展开,尤其是前两个阶段都比较弱的陈云哲学思想和生平研究,均有明显进展。⑶研究水平明显提高。无论从研究成果的选题、类型和内容哪一个方面来看,有关陈云经济、党建、哲学、生平四大领域的研究水平在这个阶段总体上明显高于前两个阶段。陈光林著的《陈云经济思想研究》(山东人民出版社 1990 年版)和刘开寿主编的《陈云党建理论研究》(四川人民出版社 1992 年版)均为这个阶段的优秀之作。⑷研究的社会化趋势增强。除召开各种形式的学术研讨会外,大众化的陈云出版物不断出现,如刘书楷主编的《陈云的故事》(浙江美术出版社 1994 年版)、郭思敏主编的《我眼中的陈云》(中共党史出版社 1995 年版)等。还有不少大众化的报刊如《中华儿女》、《炎黄春秋》等也刊登、转载了许多介绍、宣传陈云的文章,充分说明全社会对陈云关注程度的增强。

第四,研究的深入发展阶段(1996 年 1 月至今)。

进入 90 年代后期,陈云研究向纵深发展:⑴研究资料系统化和进一步充实。主要表现在编年体长篇资料问世和回忆文章明显增多两个方面,即朱佳木主编的《陈云年谱(1905—1995)》上、中、下三卷(中央文献出版社 2000 年版)和赵士刚、刘书楷主编的《回忆陈云》(中央文献出版社 2000 年版)以及其他回忆文章。⑵经济、党建、哲学领域的研究稳步前进。主要表现在宏观综合研究进一步加强、研究层面进一步扩展、比较研究方面的运用和编译研究有所进展四个方面。代表作有:姜辉著的《陈云与中国特色社会主义》(辽宁师范大学出版社 2000 年版)、王杰的《陈云经济思想新论》(中央文献出版社 2001 年版)、刘家栋著的《陈云与调查研究》(中央文献出版社 2004 年版)等。⑶生平研究进展突出。与经济、党建、哲学三大领域相比,生平研究在这个阶段进展最大,如迟爱萍著的《伟人之初——陈云》(浙江人民出版社 1996 年版)、朱佳木等编著的《陈云》(中央文献出版社 1999 年版)、叶永烈著的《陈云之路》(中共中央党校出版社 2000

年版)、熊亮华、孙业礼合著的《陈云的非常之路》(人民出版社2001年版)、赵士刚主编的《陈云与中共党史重大事件》(中央文献出版社2001年版)、上海市委党史研究室等编著的《陈云在上海》(中央文献出版社2000年版)等都是这方面的代表之作。⑷研究成果系统总结。集中体现在2004年5月26日至28日中共中央文献研究室在北京召开的陈云研究述评学术讨论会及其成果《陈云研究述评》上、下册(中央文献出版社2004年版)上。⑸研究、宣传的大众化趋势进一步增强。例如,陈云著作出现了两种新的表现形式:一种是格言,如中共中央文献研究室编的《毛泽东、周恩来、刘少奇、朱德、邓小平、陈云格言》(中央文献出版社1997年版);另一种是手迹,如中共中央文献研究室、中央档案馆合编的《陈云手迹》(商务印书馆2000年版)。另外还有宣传陈云的电视连续剧《陈云在1949》(1999年)和电视专题片《陈云在延安》(2001年)等。这一趋势的加强,强化了陈云研究和宣传的社会教育功能,同时也有助于陈云研究工作的进一步发展。

综观20多年的陈云研究,有关专家统计,发表了上千篇的论文,① 出版了大量的著作,内容涉及陈云生平的各个阶段,陈云在经济、政治、文化等各个领域的思想几乎都有研究。但是关于陈云的政策思想,至今仍是一个研究盲点。据最新出版的《陈云研究述评》上、下册反映,在40多个陈云生平与思想的专题研究述评中,没有陈云政策思想这个专题。另据文献检索,发现少量研究陈云具体政策主张和决策思想的论文,如赖诗逸的《陈云同志对党利用、限制、改造资本主义工商业政策形成和发展的贡

---

① 中共中央文献研究室陈云研究组:《陈云研究述评》下册,中央文献出版社2004年版,第473页。

献》(《党史研究》1983 年第 3 期)、朱文显的《陈云对党的知识分子政策的贡献》(《四川师范大学学报》1996 年第 2 期)、张美琴的《论陈云的决策思想与实践》(《宁夏党校学报》2003 年第 1 期)、黄为民的《论陈云经济决策的方法论原则》(《学术论坛》1995 年第 4 期)等,但没有找到专门研究陈云政策思想的论文,至于专门研究陈云政策思想的学术著作就更没有。然而陈云长期担任我们党和国家的重要领导职务,参与或直接领导了一系列重大方针政策的制定与执行,对他关于如何制定和执行政策的思想及其具体的政策主张进行系统的总结,是非常必要的。

二、研究的主要内容

研究的主要内容分为三个部分:第一部分是导论;第二部分是陈云关于政策及其运动规律的认识,即他的政策制定、政策执行、政策调整思想;第三部分是陈云关于如何解决经济、政治、文化、社会问题的政策主张。具体如下:

第一章:导论。从分析陈云研究的现状入手,提出研究的问题,认为陈云研究虽然取得了丰富的成果,陈云生平与思想的许多方面都有所研究,但是他的政策思想却迄今仍是一个研究盲点,然而这个问题又非常重要,因为政策和策略是党的生命。接着对研究的方法作了说明,最后阐述了研究的理论和实践意义。

第二章:政策制定论。政策制定是整个政策过程的起点,是决定政策成败的基础。陈云认为,制定政策要从实际出发,实事求是,弄清"实事"是制定政策的前提,要把人民群众的根本利益作为我们制定政策的出发点和落脚点。制定政策是一个十分重要的决策过程,一定要掌握科学的方法,充分发扬民主,走群众路线,从而做到"多谋善断",以保证决策的正确性、科学性。

第三章:政策执行论。我们知道,离开了有效的执行,再好的政策也是一纸空文。所以,陈云特别强调政策执行的极端重要性,认为"关键是要抓落实"。[①] 他指出:执行政策必须坚持原则性与灵活性相结合的基本原则,做到创造性地执行;必须遵循先行试点、总结经验、逐步推广的执行程序与方法,做到积极稳妥地执行;必须加强干部队伍建设,培养选拔中青年干部,从而使政策得到了一以贯之的执行。

第四章:政策调整论。陈云认为,实践证明是正确的政策,就继续贯彻执行;如果发现不适,就要进行调整。他指出:实践的不断发展和人们认识的随之提高以及政策弊端的逐步暴露,是引起政策调整的主要原因;政策调整对纠正政策的失误和偏差,促进政策的完善和发展,进一步贯彻落实政策具有重要的作用;客观全面地弄清实情,是政策调整成功的前提条件;制定正确的调整方案,是政策调整成功的决定因素;采取合适的方法措施,是政策调整成功的重要保障。

第五章:经济政策论。陈云作为我国社会主义经济建设的开创者和奠基人之一,在领导经济建设的过程中提出了一系列正确政策。例如,制定经济政策和进行经济建设必须从国情出发;发展国民经济必须做到既积极又稳妥,坚持综合平衡和有计划、按比例的方针;要与时俱进地改革经济体制,使经济体制始终充满生机和活力;要按照"一要吃饭、二要建设"[②] 的原则,在安排好人民生活的基础上进行建设等。

第六章:政治政策论。陈云是伟大的无产阶级革命家、政治家,他在政治上同样颇有建树,提出了不少好的政策,特别是在

① 《陈云文选》第3卷,人民出版社1995年版,第376页。
② 《陈云文选》第3卷,人民出版社1995年版,第367页。

党的建设和干部队伍建设方面贡献尤为突出。他强调,要取得中国革命的胜利和社会主义建设的成功,首先必须把党建设好,党风问题是关系到党的生死存亡的问题;我们要成千上万地培养和选拔干部,从而使革命事业后继有人;要坚持民主集中制的原则,发展社会主义民主政治;要坚持两个文明一起抓的方针,搞好社会主义物质文明和精神文明建设。

第七章:文化政策论。文化政策是党和国家的一项重要政策,陈云虽然不主管文化工作,但他对党的文化事业十分关心,特别重视知识分子的作用,认为知识分子是我们的国宝。他强调,百年大计、教育为本,要求搞好国民教育和干部教育;认为古籍整理是关系国家长远的事情,要正确对待优秀的民族文化遗产;提出文艺工作者要注意两个倾向,既不要特殊,也不要自大,坚持出人、出书、走正路等。

第八章:社会政策论。社会政策是党和国家为推动社会发展和进步、维护社会公平和稳定而确定的行为规范和行动准则。陈云曾亲自主管过工会、财经、社会救济和社会福利等工作,具有丰富的社会工作经验。他在社会保险、社会救济、社会福利、社会优抚、社会就业、人口和环境保护等方面提出了许多切实可行的政策主张,而且这些主张为党中央所采纳,成为了党和国家的重要政策。

三、研究的基本方法

本研究坚持以马列主义、毛泽东思想、邓小平理论和"三个代表"重要思想为指导,密切结合现代政策科学理论,以陈云的讲话、文章、指示以及其它有关他的传记、回忆录等为主要资料,以辩证唯物主义和历史唯物主义为方法论,运用多学科综合比较研究等方法,从理论到实践对陈云关于政策及其运动规律的认识、关于方针政策的一系列论述作系统的研究。根据本研究的性质和任务,我们在研究过程中主要采用以下方法:

第一,理论和实践相结合。

陈云政策思想研究,首先是一个理论问题,但也是一个实践问题。我们知道,理论问题总是和一定的实践问题联系在一起的,某一方面的思想之所以能够产生,产生之后又表现为一定的形态和成熟的程度,归根结底是由实践决定的,尤其是陈云的一些具体政策主张和他关于政策制定与执行的一些基本原则,至今仍在指导着我们的实践,因此陈云研究一定要坚持理论与实践相结合。只有结合具体的实践去研究这些思想,才能最终理解这些思想何以产生,而又何以表现为现在的形态和程度。

第二,历史与逻辑相统一。

历史与逻辑的统一,是理性思维的重要方法,也是社会科学研究的一种常用方法。这种方法要求,在历史分析中不脱离逻辑说明,在逻辑说明中应予合理的历史分析,从而有机地把历史描述与逻辑再现统一于研究的全过程。恩格斯指出:“历史从哪里开始,思想进程也应当从哪里开始,而思想进程的进一步发展不过是历史过程在抽象的、理论上前后一贯的形式上的反映;这种反映是经过修正的,然而是按照现实的历史过程本身的规律修正的”。[①] 研究陈云政策思想,应该而且必须运用这一方法。在研究过程中,我们一方面注意历史的考察,不仅从宏观上考察陈云政策思想的产生与发展轨迹,而且从微观上考察他所提出的一些具体政策的形成、发展和完善过程;另一方面又重视逻辑的分析,不仅对陈云政策思想进行理论上的升华和提炼,而且对

① 《马克思恩格斯选集》第2卷,人民出版社1995年版,第43页。

各种观点进行深刻的理论剖析。

第三,主观与客观相一致。

马克思主义告诉我们,思想是主观对客观的一种反映,研究一个人的思想应该与他所处的客观环境结合起来,要把他的思想与当时的客观环境、客观条件联系起来加以考察和分析。陈云政策思想是陈云在半个多世纪的革命生涯中,运用马克思主义的立场、观点和方法,分析中国革命和建设的具体实际而形成的关于政策及其运动规律的认识。无论他的政策制定思想,还是政策执行思想以及政策调整思想,其形成和发展都离不开中国革命和建设所处的客观环境和条件。他关于中国革命和建设的一系列政策主张,都是针对当时的具体情况而提出来的。在研究中,只有把陈云对一系列政策的主观认识同当时所处的客观情况结合起来分析,我们才能对陈云政策思想作出科学、正确的理解。

第四,多学科的综合研究。

陈云政策思想是一个综合性的研究课题,从研究领域来看,它既属中共党史、国史研究的领域,又属人物研究的领域,还是思想史研究的领域;从研究内容来看,它涉及陈云的经济政策、政治政策、文化政策、社会政策等各个方面。因此,在研究中必须运用历史学、政治学、政策学、经济学、社会学等相关学科的研究方法,从不同角度进行多层次、全方位的综合性研究。只有这样,我们才能对陈云政策思想作出客观、公正的评价,同时这也是确保本项研究能够有所创新的一个重要保证。

四、研究的重要意义

陈云政策思想作为毛泽东思想、邓小平理论的重要组成部分,在中国革命和社会主义建设中有着十分重要的地位和作用。深入研究陈云的政策思想,对全面建设小康社会、推进中国特色社会主义事业具有重要的理论和实践意义。

第一,有助于深化对陈云的研究,将陈云研究推向新的水平。

虽然陈云在长达半个多世纪的革命奋斗历程中,为中国人民解放事业的胜利和社会主义事业的发展,贡献出毕生的精力,建立了不朽的丰功伟绩,但是,他在世的时候始终反对宣传自己,并明确指出:功劳不能记在自己帐上,第一是人民的,第二是党的,最后才是个人的,这个次序不能颠倒。因此,相对而言对陈云的研究和宣传就显得有点不足。陈云逝世后,这种状况有了很大的改变,尤其是他刚逝世的那一两年,回忆、研究陈云的文章大量涌现,学术著作也出了不少,他的生平和思想尤其是关于经济、党建、文化、品格等方面的研究更为深入。研究陈云的政策思想是一项艰巨的任务,因为不仅要研究陈云对政策及其运行规律的认识,而且要研究陈云对经济、政治、文化、社会等领域的具体政策主张,牵涉到他的思想和理论的各个方面。所以这项研究对深化对陈云的研究,开辟陈云研究的新领域,推动陈云研究上一个新的水平,有着积极的促进作用。

第二,有助于丰富毛泽东思想、邓小平理论的理论宝库。

陈云是以毛泽东为核心的党的第一代中央领导集体和以邓小平为核心的党的第二代中央领导集体的重要成员,他对毛泽东思想、邓小平理论的形成和发展,对党和人民的贡献可谓是“巨大的、多方面的”。特别是他为中国社会主义经济建设的开创和奠基所建立的功勋尤为卓著。新中国成立以后,他长期主持财政经济工作,创造性地贯彻执行党中央和毛泽东同志的指示，提出过许多正确的指导思想、工作方针和重大措施。"[①] 有鉴于此，逄先知同志 1995 年 6 月 12 日在陈云生平与思想研讨会上的发言中说得更为明确，他说："陈云同志的思想不是孤立的，是毛泽东思想和建设有中国特色的社会主义理论的重要组成部分。研究陈云同志的生平与思想，有助于加强对毛泽东思想的研究，特别是有助于加深对建设有中国特色社会主义的道路探索过程的认识，从而进一步推动对有中国特色的社会主义理论的学习和研究。"[②] 研究作为陈云思想重要组成部分之一的政策思想，无疑将有助于深化对毛泽东思想和邓小平理论的认识，丰富毛泽东思想和邓小平理论的理论宝库。

第三，有助于拓宽党史、国史和人物研究的新视野。

加强中共党史、中华人民共和国史和当代中国重要人物的研究，认真总结中国革命和社会主义现代化建设的历史经验，是加强党的执政能力建设，提高党的执政水平的现实需要。在以往的党史、国史和人物研究中，存在着一个明显的特征，那就是对党的一系列重大方针政策的系统研究不深，对党和国家如何制定政策、如何执行政策的理论总结不够，对领袖人物在这方面的思想和理论的深入挖掘更少。例如，研究毛泽东思想的著作不计其数，而研究其政策思想的著作只有一本[③]，研究邓小平政

---

① 江泽民：《在 < 陈云文选 >（1—3 卷）、< 陈云 > 画册出版发行暨陈云同志诞辰 90 周年座谈会上的讲话》，《人民日报》1995 年 6 月 13 日。

② 朱佳木主编：《陈云和他的事业——陈云生平与思想研讨会论文集》上册，中央文献出版社 1996 年版，第 14—15 页。

③ 杨春贵、赵理文著：《毛泽东政策和策略思想研究》，中共中央党校出版社 1999 年版。

策思想的著作也只有两本[1],但是研究刘少奇、周恩来、朱德、陈云等党和国家领导人政策思想的著作却一本也没有。运用现代政策科学理论,结合我们党和国家制定和执行政策的历史,研究陈云的政策思想,将从一个新的视角拓展党史、国史研究的领域。

第四,有助于提高党和政府的决策能力和政策水平。

我们知道,党的领导最根本的是路线、方针、政策的领导。毛泽东曾经说过:"共产党领导机关的基本任务,就在于了解情况和掌握政策两件大事,前一件事就是所谓认识世界,后一件事就是所谓改造世界"。[2] 而且"领导者的责任,归结起来,主要地是出主意、用干部两件事。"[3] "出主意"自然就包括制定政策在内。综观我们党的历史,如何制定正确的政策,始终保持政策的正确性、科学性,却不是一件容易的事情。这就要求我们党必须十分重视政策问题,从中央到地方都必须坚持解放思想,实事求是,与时俱进,不断提高各级党委和政府以及广大党员干部尤其是领导干部的决策能力和政策水平。而陈云政策思想既是我们党和国家一系列政策实践活动的理论总结,又是我们在改革开放和现代化建设中制定各项方针政策的重要指导思想。加强对陈云政策思想的研究,必将有助于提高我们党和政府的政策水平,进一步促进决策的科学化民主化,确保党和国家的方针政策得到更好的贯彻执行。

第五,有助于构建具有中国特色的政策科学理论体系。

---

① 卫忠海主编:《邓小平政策观研究》,陕西人民出版社 1998 年版;刘雪明著:《邓小平政策思想研究》,广东教育出版社 2004 年版。

② 《毛泽东选集》第 3 卷,人民出版社 1991 年版,第 802 页。

③ 《毛泽东选集》第 2 卷,人民出版社 1991 年版,第 527 页。

我国政策研究由来已久,但是,政策科学在我国的兴起还是改革开放以后的事情,是在介绍、引进、借鉴西方政策科学研究成果的基础上逐步发展起来的。创建具有中国特色的政策科学,不仅要大胆借鉴西方政策科学的理论和方法,而且要充分吸收我国从古至今丰富的政策理论和思想。正如有的学者所说:“我国的政策科学研究必须大力吸收中国古代和现当代的政策思想,在此基础上进行理论创新,建立新的政策科学理论体系,使政策科学真正具有中国特色。”[①] 陈云政策思想正是我国“现当代的政策思想”的重要组成部分。研究陈云政策思想,既是我国政策科学研究的应有内容和重要任务,又为构建中国政策科学的理论体系提供了重要的理论支持。离开了对陈云及其他领导人政策思想的研究,就难以正确认识我们党和国家的方针政策,难以构建具有中国特色的政策科学理论体系。

① 胡象明:《政策科学的中国化与理论创新》,《北京行政学院学报》2000 年第 1 期。

第二章　政策制定论

政策是党和国家在一定历史时期为完成一定的历史任务而规定的指导人们进行社会实践活动的行为准则和行动方向。政策的这种指导作用发挥得怎样,从根本上说取决于政策自身的质量,而要有高质量的政策,首先必须做好政策制定的工作。陈云曾长时间担任我们党和国家的重要领导职务,对如何制定政策有着许多非常精辟的论述。

一、弄清实事是制定政策的前提条件

政策制定既是整个政策过程的首要环节,又是决定政策成败的重要基础。陈云认为,要制定正确的政策,首先必须了解实际情况,把“实事”弄清楚。他说:“我认为我们作工作,应当把百分之九十九的力量用在了解情况上。情况了解清楚了,就可以正确地决定对策。”①

(一)以实事求是为原则

实事求是是马克思主义的思想基础,是毛泽东思想和邓小平理论的精髓。何谓“实事求是”? 毛泽东曾经对此作过经典的

---

① 《陈云文选》第1卷,人民出版社1995年版,第343页。

阐述,他说:"'实事'就是客观存在着的一切事物,'是'就是客观事物的内部联系,即规律性,'求'就是我们去研究。我们要从国内外、省内外、县内外、区内外的实际情况出发,从其中引出固有的而不是臆造的规律性,即找出周围事变的内部联系,作为我们行动的向导。"① 这是毛泽东用民族的语言对马克思主义的辩证唯物主义最精练、最准确、最生动的概括,它深刻反映了人们正确认识世界和改造世界的基本规律。

陈云对毛泽东倡导的实事求是极为推崇,终生信奉,并贯彻始终。1987年7月17日,已是82岁高龄的陈云在同中央负责同志的谈话中回忆说:"在延安,毛主席起草的文件、电报,我都看过,最后得出一个结论,就是要实事求是。"② 在改革开放之初他也这样说过:"一九四二年我养病的时候,仔细研究了毛主席的著作和文电,感到贯穿在里面的一个基本思想,就是实事求是。"③ 坚持实事求是是陈云制定政策一贯遵循的基本原则。对此,王丙乾回忆说:"在我的印象中,陈云同志在重大问题上从不当场拍板,总要经过调查研究,尊重'实事',深思熟虑,反复'求是'再作出决定。这是他多年来形成的工作作风,而且几十年如一日。他确实称得起'实事求是'的模范。"④

实事求是不单纯是一个工作态度问题,也是一个工作方法问题。陈云说,承认实事求是容易,做到实事求是难。坚持实事求是,关键是要把"实事"弄清楚,这样制定出来的政策才能建立在牢固的基础之上。早在1962年初,他就明确指出:"我们常讲

---

① 《毛泽东选集》第3卷,人民出版社1991年版,第801页。

② 《陈云文选》第3卷,人民出版社1995年版,第361页。

③ 《陈云文选》第3卷,人民出版社1995年版,第235页。

④ 王丙乾:《纪念陈云同志》,《缅怀陈云》,中央文献出版社2000年版,第73页。

实事求是。实事,就是要弄清楚实际情况;求是,就是要求根据研究所得的结果,拿出正确的政策。”[①] 20 多年后的 1978 年 12 月 10 日,他在中央工作会议东北组的发言中再次重申:“坚持实事求是,就是要根据现状,找出解决问题的办法。首先弄清事实,这是关键问题。”[②] 只过了 3 个月,他又在中央政治局会议上进一步强调:“讲实事求是,先要把‘实事’搞清楚。这个问题不搞清楚,什么事情也搞不好。”[③] 陈云在此把是否搞清楚“实事”摆到了党的一切事业成败的高度来认识,鲜明地指出了弄清“实事”的极端重要性。

陈云还指出,坚持实事求是必须有不怕得罪人的勇气和大无畏的精神。他有句名言:“要讲真理,不要讲面子。”[④] 这是他 1945 年 5 月 9 日在党的七大上的发言中讲的,他说,我们共产党员参加革命,丢了一切,准备牺牲性命干革命,还计较什么面子?要把面子丢开,讲真理,是什么就是什么,应该怎样就怎样。怎样对于老百姓有利,怎样对于革命有利,就怎样办。如果强调讲面子,在讨论问题时,就会不客观,看问题就有个人的角度,有利于他,有利于他的面子,就赞成你的意见;对于他的面子不好看的,便不赞成。“如果一切从自己面子的角度出发,讨论问题、看问题搀杂个人得失在里面,立场不正,就不会看得很清楚,不会讲真理,结果一定害人害己。错误就是把客观看错了,结果也错了。”[⑤] 这样就难以做到实事求是,难以把“实事”弄清楚,难以制定正确的政策,就会造成工作失误,给党和人民的事业带来损

① 《陈云文选》第 3 卷,人民出版社 1995 年版,第 188 页。
② 《陈云文选》第 3 卷,人民出版社 1995 年版,第 235 页。
③ 《陈云文选》第 3 卷,人民出版社 1995 年版,第 250 页。
④ 《陈云文选》第 1 卷,人民出版社 1995 年版,第 296 页。
⑤ 《陈云文选》第 1 卷,人民出版社 1995 年版,第 296 页。

失。实践证明,什么时候坚持实事求是,我们的事业就蒸蒸日上;什么时候违背实事求是,我们的事业就会遇到挫折。陈云说:“我由此深刻地领会到,工作要做好,一定要实事求是。建国以后,我们一些工作发生失误,原因还是离开了实事求是的原则。”①

(二)坚持一切从实际出发

什么是“实事”呢? 陈云认为,“实事”就是“实际情况”。我们在学习陈云著作的过程中,发现他在谈到某些具体“实事”,或从不同的角度阐述某一“实事”时,经常使用“实际”、“实际情况”、“事实”、“事物”、“客观”、“客观情况”等词。在他看来,这些词都代表着“实际情况”的涵义。

陈云一贯认为,只有弄清楚“实事”,坚持从实际出发,才能作出正确的决策、制定正确的政策。他说:“要做到主观与客观一致。领导机关决定计划,执行计划,检查工作,都必须主客观相一致。……计划要适合于路线,又要适合于客观实际情况。客观情况是基本的。”② 众所周知,只有主观认识与客观实际相一致,即人的认识符合客观实际,才会有正确的主观认识。因为客观是独立于我们思想之外的客观存在,我们要去控制、改造、利用它,就必须从它的实际出发,舍此没有第二条道路可走,一切从实际出发是唯物主义的根本要求。正是在这个意义上,陈云在延安时期就产生了“不唯上、不唯书、只唯实”③ 的著名思想。

① 《陈云文选》第3卷,人民出版社1995年版,第285页。
② 《陈云文选》第1卷,人民出版社1995年版,第220页。
③ 《陈云文选》第3卷,人民出版社1995年版,第371页。

“不唯上”并不是说不服从上级的领导,不执行上级的指示,而是指不能只照抄上级的文件,机械地照搬上级的指示,必须根据当时当地的实际情况,贯彻执行上级的文件和指示精神;“不唯书”也不是说不要学习,而是指不能采取本本主义的教条主义态度,照抄照搬本本,必须把马克思主义理论与国情、省情、县情、部门实际和单位实际结合起来。“只唯实”就是指人们的认识要符合客观实际,其核心内容就是一切从实际出发,一切用社会实践来检验,一切按实际情况办事,一切政策要“适合于客观实际情况”,“建立在客观可能的基础上”。① 例如,1979 年 3 月 21 日,他在中共中央政治局会议上的讲话中说:“九亿多人口,百分之八十在农村,革命胜利三十年了还有要饭的,需要改善生活。我们是在这种情况下搞四个现代化的。”② 总之,“这个现实的情况,是制定建设蓝图的出发点。”③

陈云指出,马克思主义唯物辩证法是我们观察问题、分析问题和解决问题的基本方法。这一方法简而言之就是毛泽东说的实事求是,一切从实际出发。如何做到一切从实际出发呢?他进一步指出:“从实际出发的关键是,从片面的实际出发,还是从全面的实际出发?有些同志不花时间去弄清楚全面情况,弄清楚事物的本质,而是看到一些现象,就想当然,发议论,作结论,这是十分有害的。所以,重要的是要把实际看完全,把情况弄清楚,其次是决定政策,解决问题。难者在弄清情况,不在决定政策。只要弄清了情况,不难决定政策。我们应该用百分之九十以上的时间去弄清情况,用不到百分之十的时间来决定政策。

① 《陈云文选》第 1 卷,人民出版社 1995 年版,第 220 页。
② 《陈云文选》第 3 卷,人民出版社 1995 年版,第 251 页。
③ 《陈云文选》第 3 卷,人民出版社 1995 年版,第 250 页。

这样决定的政策，才有基础。”①

（三）认真进行调查研究

陈云在讲话中多次指出：“我们做工作，要用百分之九十以上的时间研究情况，用不到百分之十的时间决定政策。所有正确的政策，都是根据对实际情况的科学分析而来的。”② 他还批评说：“有的同志却反过来，天天忙于决定这个，决定那个，很少调查研究实际情况。这种工作方法必须改变。要看到，片面性总是来自忙于决定政策而不研究实际情况。”③ 总之，“领导机关制定政策，要用百分之九十以上的时间作调查研究工作，最后讨论作决定用不到百分之十的时间就够了。”④ 在这里，陈云对调查研究作了极其精辟的概括和阐述，调查研究是全面弄清“实事”、正确制定政策的重要途径。

关于调查研究，毛泽东有许多著名的论述。例如他说：“没有调查，就没有发言权”。⑤ “一切结论产生于调查情况的末尾，而不是在它的先头。”⑥ “调查就像‘十月怀胎’，解决问题就像‘一朝分娩’。调查就是解决问题。”⑦ 陈云对毛泽东的这些观点非常赞赏并身体力行，调查研究成为陈云极为重要的一种工作方法。正因为他注重深入细致的调查研究，特别是在解决问题、作出决策之前全面地把情况摸清楚，把“实事”弄明白，所以

① 《陈云文选》第3卷，人民出版社1995年版，第46页。
② 《陈云文选》第3卷，人民出版社1995年版，第34页。
③ 《陈云文选》第3卷，人民出版社1995年版，第34页。
④ 《陈云文选》第3卷，人民出版社1995年版，第189页。
⑤ 《毛泽东选集》第1卷，人民出版社1991年版，第109页。
⑥ 《毛泽东选集》第1卷，人民出版社1991年版，第110页。
⑦ 《毛泽东选集》第1卷，人民出版社1991年版，第100—111页。

他能够遇事拿出切实可行的办法来。

1953年10月16日，中共中央作出《关于实行粮食的计划收购与计划供应的决议》，确定在11月底以前完成各级的动员和准备，12月初开始在全国范围内实行粮食的统购统销。同年11月12日，政务院第194次政务会议通过，并于11月23日发布《政务院关于实行粮食的计划收购和计划供应的命令》，规定了实行粮食统购统销的具体办法。出台这一重大政策之前，陈云对全国的粮食情况进行了周密的调查和分析。在1953年10月10日的全国粮食会议上，陈云在详细分析了全国粮食问题的严重情况以后，提出在粮食问题上要正确处理好四个关系：即国家与农民的关系，国家与消费者的关系，国家与商人的关系，中央与地方、地方与地方的关系。而在四种关系中，难处理的是头两种，而最难的又是第一种。陈云说："处理好了第一种关系，天下事就好办了。只要收到粮食，分配是容易的。"[①]"根据现在的情况，处理这些关系所要采取的基本办法是：在农村实行征购，在城市实行定量配给，严格管制私商，以及调整内部关系。"[②]这些重要的调查研究和详细分析，为中央制定粮食的统购统销政策奠定了坚实的基础，提供了重要的依据。

在调查研究中，陈云极力推崇典型调查的方法。他认为，调查研究不是一个星期跑20几个县，这种工作方法太简单了。也不是上百个部门一个一个都拿本子到书记处会上念一通，大家东插一句、西插一句，最后主持会议的讲一讲就通过。而应亲自率领工作组或派工作组下农村、下工厂进行典型调查，抓住一两个典型，总结出经验。在1961年8月作农村调查时，陈云就选

---

① 《陈云文选》第2卷，人民出版社1995年版，第207页。

② 《陈云文选》第2卷，人民出版社1995年版，第207—208页。

择了上海市青浦县小蒸人民公社作典型调查。为了搞清楚母猪公养还是私养好的问题，他亲自视察了该公社15个养猪场中的10个，并召开了两次养猪问题座谈会，了解到“私养母猪养得好，产苗猪多，苗猪的成活率高。相反，公养母猪空怀多，流产多，苗猪死亡多”① 的情况，因而得出了“事实告诉我们，要迅速恢复和发展养猪事业，必须多产苗猪；而要多产苗猪，就必须把母猪下放给社员私养”② 的结论。

陈云还认为，由于“事物是很复杂的，要想得到比较全面的正确的了解，那就必须听取各种不同的意见，经过周密的分析，把它集中起来。调查研究有各种各样的方法，找有各种不同看法的人交换意见，也是一种方法，而且是一种重要的方法。”③ 他再三告诫我们，“不能只听一个方面的话，要听各个方面的话，这样消息灵通，了解的情况就比较全面了。”④ 这样制定出来的政策就更加科学、可靠。

二、人民利益是制定政策的出发点

陈云在制定我们党和国家的方针政策时，究竟以什么作为根本出发点呢？也许他在上个世纪20年代中期从事革命活动、担任上海商务印书馆发行所职工会执行委员会委员长时所取的笔名——“怀民”⑤ 作了最好的回答。它既反映了青年时期陈云的志向和胸怀，也是他以后革命人生的真实写照。从此，他忧

① 《陈云文选》第3卷，人民出版社1995年版，第172页。
② 《陈云文选》第3卷，人民出版社1995年版，第172页。
③ 《陈云文选》第3卷，人民出版社1995年版，第188页。
④ 《陈云文选》第2卷，人民出版社1995年版，第330页。
⑤ 《陈云文选》第1卷，人民出版社1995年版，第1页。

国忧民，以民为本，一切从人民的利益出发，全心全意为人民服务，为党为国为民奉献了毕生的精力。

（一）从人民利益出发制定政策，既是党的宗旨的具体体现又是社会主义的本质要求

马克思主义认为，“人们奋斗所争取的一切，都同他们的利益有关。”① 政策属于政治的范畴，而政治又是经济的集中体现，“政治权力不过是用来实现经济利益的手段”。② 政党是阶级统治的工具，政策与阶级和国家密切相关。在没有阶级的原始社会，没有国家，没有政党，也没有政策。那时只有一些约定俗成的规则，这些规则是根据集体利益和集体意志而确立的，因此，人们遵守这些规则成为一种习惯，并不感到是一种强制。

随着生产力的发展和私有制的出现，社会分裂为利益根本对立的阶级。阶级矛盾和阶级斗争达到不可调和的程度，便产生了国家，产生了反映统治阶级意志、为统治阶级服务的政策。在阶级社会，任何政策都是阶级意志的体现。剥削阶级的政策是剥削阶级利益和意志的体现，是维护剥削阶级统治，奴役广大劳动人民的手段。无产阶级是现代工业发展的产物，是先进生产力和生产关系的代表，也是人类历史上最后一个受剥削的阶级，它担负着消灭一切剥削阶级，解放全人类，实现共产主义的历史使命。所以说，无产阶级没有自己的特殊利益，它与广大劳动人民的根本利益是一致的，广大劳动人民的利益也就是无产阶级的利益。

中国共产党是“为人类的彻底解放，为共产主义和无产阶级

① 《马克思恩格斯全集》第1卷，人民出版社1956年版，第82页。
② 《马克思恩格斯选集》第4卷，人民出版社1995年版，第250页。

事业而奋斗的政党",[①] 全心全意为人民服务,一切为了人民的利益,是我们党的根本宗旨,是我们党所从事的全部事业的基本出发点和归宿。我们党除了工人阶级和最广大人民群众的利益以外,没有自己的特殊利益。正如陈云所说:"民族的和人民的利益与党的利益是一致的。……党员的利益同民族的、人民的和党的利益也是一致的。"[②] 正是在这个意义上,毛泽东早就强调指出:"共产党人的一切言论行动,必须以合乎最广大人民群众的最大利益,为最广大人民群众所拥护为最高标准。"[③] 显然,一切为了人民的利益,全心全意为人民服务,始终是我们党的根本宗旨。离开这一根本宗旨,我们党就失去了应有的价值。

党的根本宗旨,首先体现在党的纲领、路线、方针和政策上。在革命和建设中,党是领路人,是领导我们事业的核心力量。领导就要进行决策,就要制定自己的纲领、路线、方针和政策。人们正是通过纲领、路线、方针和政策的制定、执行来认识党的性质和宗旨,以决定拥护与否的态度和行动。由此可见,党的宗旨决定党的政策目的,党的政策目的体现党的宗旨。中国共产党的根本宗旨是全心全意为人民服务,那么,党的各项政策自然就要为人民谋利益。这就决定了我们党在制定政策时,必须从人民利益出发,反映人民的意志和要求。

陈云指出,从人民利益出发来制定党和国家的方针政策,也是由社会主义性质决定的。我国是一个人民当家作主的社会主义国家,新中国历次颁布的宪法均申明,国家的一切权力属于人民。例如,1982 年颁布的《中华人民共和国宪法》明确规定:"中

① 《陈云文选》第 1 卷,人民出版社 1995 年版,第 137 页。
② 《陈云文选》第 1 卷,人民出版社 1995 年版,第 138 页。
③ 《毛泽东选集》第 3 卷,人民出版社 1991 年版,第 1096 页。

华人民共和国的一切权力属于人民。人民行使国家权力的机关是全国人民代表大会和地方各级人民代表大会。人民依照法律规定,通过各种途径和形式,管理国家事务,管理经济和文化事业,管理社会事务。”① 同时规定:“一切国家机关和国家工作人员必须依靠人民的支持,经常保持同人民的密切联系,倾听人民的意见和建议,接受人民的监督,努力为人民服务。”② 人民是国家的主人,一切国家机关和国家工作人员都是人民的公仆,这就是国家宪法的精神。充分尊重人民的意愿并在制定各项政策中体现出来,是保证人民当家作主的需要。

社会主义制度是劳动人民当家作主的制度,实行生产资料公有制,实行按劳分配,劳动人民创造的一切财富归劳动人民自己享有。这是社会主义优越性的充分体现。同时,我们党是社会主义事业的领导核心,党的根本宗旨决定社会主义的目的必须体现最广大人民的根本利益,全部生产的目的是为了满足全体人民不断增长的物质文化需要。陈云指出:“如果我们不能解决人民的吃饭穿衣问题,我们的社会主义建设事业便站不稳,必然还要回头补课。”③ 因此社会主义的各项方针政策,必须始终以人民群众的根本利益为出发点和归宿。

(二)坚持从人民利益出发,制定党和国家的各项政策

从人民利益出发来制定政策,既是无产阶级政党党性和宗旨所决定的,又是社会主义的本质要求。在这个问题上,陈云着重强调了以下几个方面:

---

① 《十二大以来重要文献选编》上册,人民出版社 1986 年版,第 219 页。

② 《十二大以来重要文献选编》上册,人民出版社 1986 年版,第 225 页。

③ 《陈云文选》第 3 卷,人民出版社 1995 年版,第 85—86 页。

第一,从最大多数人的利益出发。

最大多数人的利益是最要紧和最具有决定性的因素,这是马克思主义的基本观点,代表最大多数人的利益是我们党的根本宗旨的内在要求。陈云指出,我们"革命就是为了改善最大多数人民的生活",[①] 代表人民群众的利益,从人民群众的利益出发制定政策,最重要的是首先考虑并满足最大多数人的利益要求,从最大多数人的利益出发来制定政策。

早在1949年8月,华东部分地区出现粮食封锁现象。对于这个问题,陈云首先考虑的是最大多数人的利益,一针见血地指出封锁粮食政策的危害。他说:"这种封锁,无论对农民,对城市的劳动人民,还是对国家经济建设,都是有害的,而仅仅对禁粮出卖区之内的中小城市的居民有利,他们可以吃到便宜的粮食。这一部分人比之于广大的农民和城市的职工,显然是很少的。我们究竟是为大多数之民呢,还是为少数之民?当然首先要为大多数之民。"[②] "为大多数之民"成为陈云决策、制定政策的一个首要原则。

又如在上个世纪50年代末60年代初,由于"大跃进"和人民公社化运动的危害,我国出现了三年国民经济困难时期。面对全国性的物质匮乏、供应困难,陈云在大量调查研究的基础上提出了一系列克服困难、渡过难关的措施和办法。他强调指出:"农业问题,市场问题,是关系五亿多农民和一亿多城市人口生活的大问题,是民生问题。解决这个问题,应该成为重要的国策。"[③] 陈云就是这样心中装着人民群众,想问题、办事情的出

---

① 《陈云文选》第2卷,人民出版社1995年版,第194页。

② 《陈云文选》第2卷,人民出版社1995年版,第14—15页。

③ 《陈云文选》第3卷,人民出版社1995年版,第210页。

发点和落脚点,始终考虑的是人民群众的利益,而且是最广大人民群众的根本利益。

第二,眼前利益和局部利益要服从长远利益和整体利益。

人民群众有各种利益关系,有眼前利益与长远利益、局部利益与整体利益。在社会主义制度之下,人民的长远利益与眼前利益、局部利益与整体利益从本质上说是一致的,满足眼前利益、局部利益,也就是为了将来更好地实现长远利益、整体利益。但是,长远利益毕竟代替不了眼前利益,局部利益代替不了整体利益,更不能为了实现长远利益而不顾人民群众的眼前利益。总之,人民利益的这两个方面,是一个各有特点,相互联系,不可分割的整体,它们在社会生活中、在调动人民积极性方面又发挥着不同的作用。只有妥善处理这两个方面的关系,才能制定受到人民群众拥护的正确政策。

陈云从我国的国情出发,一方面强调"革命的目的是为了劳动者人人有吃有穿,而且要吃的较好,穿的较好。"① "我们共产党必须天天关心人民群众的切身利益。"② 不要看不起油、盐、柴、米这些事情,"这是人民的大事"。③ 但是另一方面他又指出,人民利益的获得必须建立在发展生产力的基础之上,人民眼前利益和局部利益的获得又要服从长远利益和整体利益的需要。例如建国初期,为了大量进口机器设备,国家必须拿出一定数量的粮食、油料、肉类出口,对于其它农产品,也尽可能首先满足出口的需要,这样就不能不影响人民的眼前利益,影响到人民的日常生活。如何看待处理这个问题呢?陈云在《关于计划收

① 《陈云文选》第1卷,人民出版社1995年版,第383—384页。
② 《陈云文选》第3卷,人民出版社1995年版,第33页。
③ 《陈云文选》第3卷,人民出版社1995年版,第33页。

购和计划供应》一文中明确指出:“减少消费,当然是一件不舒服的事情,但是我们必须在两者中间选择一个:或者暂时减少可以减少的消费,以便完成国家工业化,由此来建立我国能够进一步地发展农业和轻工业的基础,使我们有可能在将来迅速地增加各种消费品的产量;或者是尽其所有在国内消费掉,因而不能建设工业,使我国经济长期处于落后状态。全国人民自然应该选择前者,不应该选择后者。”①

陈云还有个著名的论断,即“一要吃饭,二要建设”。也就是说,在制定政策时既要考虑在发展生产力的基础上,逐步改善人民生活,又要考虑逐步增加积累进行经济建设。他说:“从全局看,第一是吃饭,第二要建设。吃光用光,国家没有希望。吃了之后,还有余力搞生产建设,国家才有希望。只要把握住这一条就好。”② 我们在制定政策的过程中,只有科学地把握好这一条,才能充分调动人民群众的积极性,才能推动国民经济的健康发展,才能促进人民群众根本利益的不断现实。

第三,关心群众疾苦,解决人民群众的实际问题。

作为党和国家领导人,陈云特别注意倾听群众的呼声,关心群众的疾苦,时刻把人民群众的冷暖挂在心上,努力为群众办好事,办实事,解决人民群众的实际问题。他说:解决这些实际问题就是为人民服务,不解决这些实际问题谈为人民服务,则是空话一句。从人民利益出发制定政策的一个重要方面,就是从人民群众急需要解决的实际问题出发,有的放矢地制定相应的政策,以切实解决这些问题,从而使广大人民群众获得实实在在的利益。

---

① 《陈云文选》第 2 卷,人民出版社 1995 年版,第 257 页。

② 《陈云文选》第 3 卷,人民出版社 1995 年版,第 309 页。

例如在延安时期，陈云在陕甘宁边区党的第二次代表大会上的讲话中强调指出："我们要注意群众的切身问题，帮助他们解决困难"。[①] 这些问题有哪些呢？陈云具体说道：比如边区商业资本的剥削很厉害，要想办法使群众不受这种剥削；还有一部分地区的土地问题没有解决，各地方普遍缺少农具，许多抗日军人家属缺少劳动力；再有边区一些地方卫生条件不好，生了孩子养不活，等等。我们要切实采取措施、制定合适的政策，帮助人民群众解决好这些问题。"这些问题解决得好，群众会更信仰我们党，我们党在群众中的威信就越来越高。"[②] "我们不应该只知道向群众要东西，更应该时刻注意为群众谋福利。"[③]

建国后，陈云在相当长的时间内主持国家的经济工作。在此期间他更是关心人民群众的疾苦，注意解决群众的实际问题。在他的文选中，经常看到关于猪肉、蔬菜、粮食等关系到老百姓生计的各种商品的论述。例如关于养猪问题，陈云对养公猪还是养母猪、养苗猪还是养肉猪，以及究竟是公养还是私养好等等，都提出过明确的政策主张；再如关于种蔬菜问题，他在 1957 年 7 月 22 日的《一定要把蔬菜供应问题解决好》一文中，对蔬菜的种植面积、生产基地、储藏方式、运输渠道等一系列问题都有具体的要求。他甚至还提出："在蔬菜旺季腌些菜，也是解决城市蔬菜供应问题的一个办法。"[④] 可见陈云对群众生活了解之深刻，同时也反映出他关心群众的眷眷之情。

陈云常说，我们不仅要帮助人民群众解决大问题，而且要经

---

① 《陈云文选》第 1 卷，人民出版社 1995 年版，第 172 页。
② 《陈云文选》第 1 卷，人民出版社 1995 年版，第 172 页。
③ 《陈云文选》第 1 卷，人民出版社 1995 年版，第 173 页。
④ 《陈云文选》第 3 卷，人民出版社 1995 年版，第 67 页。

常帮助他们解决小的问题。“商业工作天天同人民群众打交道，管吃、穿、用，管油、盐、柴、米。不要看不起这些”。[①]“人民群众要看共产党对他们到底关心不关心，有没有办法解决生活的问题。这是政治问题。”[②]“我们必须使人民有吃有穿，制定第二个五年计划要从有吃有穿出发。”[③]他还语重心长地指出：“我们花了几十年的时间把革命搞成功了，千万不要使革命成果在我们手里失掉。现在我们面临着如何把革命成果巩固和发展下去的问题，关键就在于要安排好六亿多人民的生活，真正为人民谋福利。”[④]从人民利益出发，真正为人民谋福利，犹如一根红线贯穿陈云政策思想的始终。

三、多谋善断是制定政策的基本方法

在制定政策的过程中，陈云始终把“多谋以求善断”[⑤]作为自己的方法论原则。根据政策科学原理，政策制定是一个“谋”、“断”结合的过程，那么在具体实践中，究竟该遵循何种程序和方法，如何进行“谋”和“断”呢？陈云认为：“其方法，我概括为三条：一、交换，二、比较，三、反复。”[⑥]这既弄清“实事”、避免片面性的方法，也是制定政策、正确决策的方法。

---

① 《陈云文选》第3卷，人民出版社1995年版，第33页。
② 《陈云文选》第3卷，人民出版社1995年版，第209—210页。
③ 《陈云文选》第3卷，人民出版社1995年版，第85页。
④ 《陈云文选》第3卷，人民出版社1995年版，第210页。
⑤ 《陈云文选》第3卷，人民出版社1995年版，第140页。
⑥ 《陈云文选》第1卷，人民出版社1995年版，第343页。

(一)交换

陈云认为,制定政策的程序和方法,第一步是弄清情况,找到决策的客观出发点。在这一步上,必须掌握"交换"这一环节。所谓交换,就是交换对同一问题的认识,以求了解事物的全面情况。他说:"一个人看问题总是有局限性的。集体讨论、大家交换意见,是达到全面认识的重要方法。"[①] 他还以茶杯为例说明:"比如这个茶杯放在桌子上,对面的人看见茶杯是有花没有把的。可是这面的人看见茶杯是有把没有花的,两人各看到一面,都是片面的,都不全面。如果两人把各人看到的一面'交换'一下,那就全面了。"[②] 他还说:"用什么办法弄清情况呢?办法之一就是多和别人交换意见。这样做,本来是片面的看法,就可以逐渐全面起来;本来不太清楚的事物,就可以逐渐明白起来;本来意见有分歧的问题,就可以逐渐一致起来。"[③]

如何通过"交换",更好地弄清实际情况、全面认识客观事物,从而为政策制定提供一个正确的客观基础呢?陈云进一步提出了如下具体要求:

第一,不仅跟意见相同的人"交换",而且与意见不同的人"交换"。

陈云指出:"交换意见,不仅要听正面意见,更要听反面意见。"[④] "对于提出不同意见的人,决不要生气。他们的意见,对的或者错的,都有益处。正确的东西,是在否定错误的东西中生

① 《陈云文选》第3卷,人民出版社1995年版,第46页。
② 《陈云文选》第3卷,人民出版社1995年版,第188页。
③ 《陈云文选》第3卷,人民出版社1995年版,第188页。
④ 《陈云文选》第3卷,人民出版社1995年版,第235页。

长起来的。”[①] 尤其是领导干部“要特别注意听反面的话。相同的意见谁也敢讲,容易听得到;不同的意见,常常由于领导人不虚心,人家不敢讲,不容易听到。所以我们一定要虚心,多听不同的意见。还应该看到,事物是很复杂的,要想得到比较全面的正确的了解,那就必须听取各种不同的意见”。[②] 陈云甚至还说:“如果没有反对意见怎么办?我看可以作点假设,从反面和各个侧面来考虑问题,并且研究各种条件和可能性,这就可以使我们的认识更全面些。”[③] 在他的晚年,1987年7月17日同中央负责同志的谈话时,陈云再次强调:“如果有不同意见,就要认真听取,展开讨论,吸收正确的,驳倒错误的,使自己的意见更加完整。……如果没有不同意见,自己也要假设一个对立面,让大家来批驳。有钱难买反对自己意见的人。有了反对意见,可以引起自己思考问题。常常是,有不同意见的人,他不讲出来。能够听到不同声音,决不是坏事。这和同中央保持一致并不矛盾。”[④] 他的这些论述,至今依然使人警醒。

第二,不仅跟党内的同志“交换”,而且与党外的人士“交换”。

听取党外人士的意见,对弄清楚全面情况、正确制定政策有着重要的意义。如果不能很好地反映党外人士的意见,党的政策就难以做到完全正确。这是陈云早就强调的。1941年12月,他在《尊重和团结非党干部是党的重要政策》一文中就指出,团结在我们党周围的广大非党干部,是社会各级、各界、各阶层的

---

① 《陈云文选》第3卷,人民出版社1995年版,第46—47页。
② 《陈云文选》第3卷,人民出版社1995年版,第188页。
③ 《陈云文选》第3卷,人民出版社1995年版,第189页。
④ 《陈云文选》第3卷,人民出版社1995年版,第361—362页。

进步分子,是党广泛联系群众的桥梁。在现实工作中,一些非党干部的许多意见、批评,常常是正确的,或反映了我们的某些缺点。非党干部有不满,发牢骚说怪话,并不等于思想上反党。而恰恰相反,我们“应把非党干部善意的批评视为鞭策、鼓励我们的有益武器。欢迎非党干部知无不言,言无不尽。”[①] 因此,“各部门的负责人要经常听取非党干部的意见,非党干部有直接找该部门负责人或各级党的干部部门谈话之权。”[②] 因为“不反映党外人士的意见,党的政策就不会完全正确。不经过党外人士的传布,党的政策就不能深入群众。没有党外人士的同情和合作,革命胜利就不可能。”[③] 党员干部与非党干部只有彼此相见以诚,才能和衷共济,这样,革命才能取得胜利。

第三,不仅跟领导干部“交换”,而且与专家学者“交换”。

重视专家学者的意见,对于确保我们党的各项政策尤其是重大政策决策的科学性、正确性,是非常重要和十分必要的。建国之初,陈云就指出,我国大约有 30 万的专业技术人员和管理人员,这些人员是“我们的‘国宝’,是实现国家工业化不可缺少的力量,要很好地使用他们。”[④] 他还说,我们财经工作中出现的一些毛病,当然原因很多,但是领导机关的同志自己“业务不通”,又对专家意见重视不够、专家作用发挥不足,是一个极其重要的原因。我们是政治家、军事家,还不是企业家,缺乏领导经济的经验。外行办事是要吃亏的。例如天津盖仓库,和打仗一样,一看地形,说这个地方好,就将房子盖在这里,结果一下雨,

① 《陈云文选》第 1 卷,人民出版社 1995 年版,第 248 页。
② 《陈云文选》第 1 卷,人民出版社 1995 年版,第 249 页。
③ 《陈云文选》第 1 卷,人民出版社 1995 年版,第 244 页。
④ 《陈云文选》第 2 卷,人民出版社 1995 年版,第 46 页。

仓库塌下去了。钱是老百姓的,偶然浪费少数钱,尚可请人民原谅;如果年年如此,老是浪费,人民是不会原谅的。改革开放之初,陈云又明确提出,实行改革开放,引进技术项目,“都必须有专家参加,必须是领导干部和专家共同商量。”而且“不同方面的专家,往往有不同的意见”,因此,我们“要注意和考虑各方面专家的意见。”①

第四,不仅跟同级或上级“交换”,而且与下级“交换”。

陈云认为,要使我们的认识符合客观实际,我们制定的政策切实可行,不仅要经常跟同级单位或上级单位交换意见,而且要特别注意多与下级的单位和人交换意见,从下级那里得到真知灼见。虽然一般说来,下级不如上级对全局问题了解得多,但他对自己工作范围内的实际情况却比上级了解得更清楚。因而上级要把下面的情况搞清楚,就必须多与下级交换意见,这样上级才能有加工的“原料”,上级头脑的“加工厂”才能出合格的产品。陈云非常强调多与下级交换,而且总是率先垂范,深入实际,调查研究。早在中央苏区时期,他就指出,党和工会的领导“必须纠正官僚主义”,要“审慎地了解各业的每个商店、作坊的经济能力,依照实际情形,规定适合于每个企业的经济要求。”② 在延安,他提出了“吸收下级的经验来改善领导”③ 的著名观点。建国后,他更是经常深入基层、深入群众,不仅与当地党委和政府的干部座谈,交换看法,而且亲自到工人、农民家中询问情况,听取意见,并把群众的意见和要求认真整理,及时上报中央,成为中央制定政策的重要依据。

---

① 《陈云文选》第3卷,人民出版社1995年版,第280页。

② 《陈云文选》第1卷,人民出版社1995年版,第10页。

③ 《陈云文选》第1卷,人民出版社1995年版,第221页。

(二)比较

陈云指出,制定政策的程序和方法,第二步是在"交换"的基础上对客观实际作出判断,拟定各种可供选择的方案,并分析每一种方案的优劣。在这一步上,必须掌握"比较"这一环节。所谓比较,就是对事物进行多方面、全方位的对比,以便把情况弄得更清楚,从而使方案选择更科学。他说,比较就是"为了更换好地判断事物的性质。不经过比较,就看不清事物已经发展到什么程度,它的要害和本质是什么。"[①] "通过比较,可以弄清楚事物的本质。"[②] 我们"就能够对事物认识得更清楚、更深刻。"[③] 这样,也就能够将政策制定得更加科学、更加正确。

对于比较这一方法,马克思曾经作过十分精辟的论述,他说:"如果把这些发展过程中的每一个都分别加以研究。然后再把他们加以比较,我们就很容易地找到理解这种现象的钥匙。"[④] 那么,究竟应该如何进行正确的比较呢? 陈云指出:"所谓比较,一是左右的比较,例如毛主席论持久战,比较了中国和日本的情况,既反对速胜论,又反对亡国论,正确的结论是持久战;二是前后的比较,例如毛主席讲统一战线,就比较了陈独秀和王明,或者是只团结不斗争,或者是只斗争不团结,正确的结论是既团结又斗争。"[⑤] 1990 年 1 月,85 岁高龄的陈云在谈到比较的方法时再次强调:"比较,就是上下、左右进行比较。抗日战争时期,毛主席《论持久战》就是采用这种方法。他把敌我之间

---

① 《陈云文选》第 1 卷,人民出版社 1995 年版,第 345 页。
② 《陈云文选》第 3 卷,人民出版社 1995 年版,第 47 页。
③ 《陈云文选》第 1 卷,人民出版社 1995 年版,第 345 页。
④ 《马克思恩格斯全集》第 19 卷,人民出版社 1963 年版,第 131 页。
⑤ 《陈云文选》第 3 卷,人民出版社 1995 年版,第 235—236 页。

互相矛盾着的强弱、大小、进步退步、多助寡助等几个基本特点，作了比较研究，批驳了‘抗战必亡’的亡国论和台儿庄一战胜利后滋长起来的速胜论。毛主席说，亡国论和速胜论看问题的方法都是主观的和片面的，抗日战争只能是持久战。历史的发展证明了这个结论是完全正确的。由此可见，所有正确的结论，都是经过比较的。”①

如果我们在制定政策的过程中忽视比较的方法，就难以作出正确的决断，而且往往容易犯错误，这在我们党的历史上曾经留下过深刻的教训。1947 年 2 月 7 日，陈云在《怎样才能少犯错误》一文中举例说，我们如果用比较的方法，把 1932 年的革命高潮与 1927 年大革命失败后相比较，再与上海三次暴动时相比，就知道 1932 年的革命高潮究竟达到什么程度，然后再决定我们的政策和策略，这样就不至于采取“左”倾冒险主义的行动。在这里，陈云用历史事实生动说明了“比较”在认识事物、制定政策中的重要作用。从这个教训中，陈云强调指出，我们在制定政策时一定要“对于各种意见要进行比较。”因为“所有正确的分析，都是经过比较的。这是‘试金石’的方法。”②

陈云认为，世界是复杂的，客观事物是相互联系的整体。因此，对一些重大而复杂的问题，“不仅要和现行的作比较，和过去的作比较，还要和外国的作比较。这样进行多方面的比较，可以把情况弄得更清楚，判断得更准确。”③ 尤其是“制定政策，决定计划，要把各种方案拿来比较。……多比较，只有好处，没有坏

① 《陈云文选》第 3 卷，人民出版社 1995 年版，第 371—372 页。

② 《陈云文选》第 3 卷，人民出版社 1995 年版，第 47 页。

③ 《陈云文选》第 3 卷，人民出版社 1995 年版，第 189 页。

处。"[①] 他还说:"我建议书记处讨论决定重大问题时,事先要调查研究,要准备好方案,而且要准备两个方案,不要只准备一个方案。"[②] 通常在制定政策时,我们"必须作出几个比较方案,择优选用。"[③]

在进行比较时,陈云特别强调:"我看采取这种辩论的办法好。辩论总可以搞清楚一些问题,经过比较,就可以看出哪一种意见好,取得一致看法。没有比较,不好。"[④] "重大问题的决定,必须经过集体的充分讨论,以便减少失误,少走弯路"。[⑤] 例如解放初期,第一汽车厂究竟该建在什么地方,当时争论很多,分别主张建在北京、石家庄、太原、西安等地。陈云为此作了认真细致的研究。当时匡算,如果这个汽车厂全年生产3000辆汽车,就需要2.4万千瓦的电力,而西安只有0.9万千瓦,光修电站就要几年时间。一年需要20多万吨钢铁,而石景山钢铁厂要5、6年以后才能搞起来。木材要2万立方米,在西北砍木头,山都要砍光。还有每年的运输量是100万吨,而西安到潼关的运输量不超过200万吨,光汽车工厂就够它运的了。最后,经过三次讨论,综合比较,大家一致认为我国的第一个汽车制造厂只能建在东北。

(三)反复

陈云指出,制定政策的程序和方法,第三步是在"交换"、"比较"的基础上对政策方案作出最终的选择。在这一步上,必须掌

---

① 《陈云文选》第3卷,人民出版社1995年版,第189页。
② 《陈云文选》第3卷,人民出版社1995年版,第358页。
③ 《陈云文选》第3卷,人民出版社1995年版,第280页。
④ 《陈云文选》第3卷,人民出版社1995年版,第256页。
⑤ 《陈云文选》第3卷,人民出版社1995年版,第353页。

握“反复”这一环节。所谓反复，就是对事物进行深思熟虑的、反复的思考，避免因为考虑不周而匆忙作出决定。他在许多场合的讲话中反复强调：“反复，就是决定问题不要太匆忙，要留一个反复考虑的时间。这也是毛主席的办法。他决定问题时，往往先放一放，比如放一个礼拜、两个礼拜，再反复考虑一下，听一听不同的意见”。[①] “所谓反复，就是事情初步定了以后还要摆一摆，想一想，听一听不同意见。即使没有不同意见，还要自己设想出可能有的反对意见。我们反复进行研究，目的是弄清情况，把事情办好。”[②]

陈云为什么如此强调“反复”在政策制定过程中的作用呢？因为他认为，反复是深化对客观事物认识的重要方法，反复就是要对客观事物反复进行认识。陈云指出：“人们认识事物，往往不是一次就能完成的，需要有一个反复的过程。”[③] 所以“作了比较以后，不要马上决定问题，还要进行反复考虑。对于有些问题的决定，当时看起来是正确的，但是过了一个时期就可能发现不正确，或者不完全正确。因此决定问题不要太匆忙，要留一个反复考虑的时间，最好过一个时候再看看，然后再作出决定。我和毛主席在一起工作的时候，发现他对有些问题也不是一下就决定的。”[④] 尤其是对那些重大的方针政策，在制定过程中更不能匆忙决定，更应该推崇反复的方法，反复研究。因为这些问题往往一时难以完全弄清楚，而这些问题又事关全局、影响巨大，所以稍有不慎，就可能在决策中出现失误。于是，陈云把“定案

① 《陈云文选》第3卷，人民出版社1995年版，第372页。
② 《陈云文选》第3卷，人民出版社1995年版，第236页。
③ 《陈云文选》第3卷，人民出版社1995年版，第47页。
④ 《陈云文选》第3卷，人民出版社1995年版，第189页。

时宁慢勿急”[1] 作为一条基本原则始终遵循。

例如,1957 年 9 月 24 日,他在党的八届三中全会上的发言中提出,为了缓解粮食和布匹供应紧张,解决老百姓的吃穿问题,应该进一步重视农业,实现农业增产。“那末,在我国究竟应该采取什么最有效的办法来使农业增产呢?”[2] 陈云从化学肥料、化学纤维、治涝、扩大灌溉面积等 4 个方面提出了一系列切实可行的政策主张。在化学肥料方面,提出“我们要从现在开始大规模地发展化学肥料,这是农业增产的最快、最重要的一条。”[3] 在治涝方面,提出“现在国家的钱很少,治涝和开荒,先搞哪一个? 我认为治涝比开荒有利。”[4] 论述完这 4 个问题后,陈云郑重提出:“我认为这些问题,经过准备之后,应该在报纸上展开讨论,让党内党外各界人士都发表意见。这样做,可以把我们的方案搞得更妥当一点。应该看到:我们历史上有一些事情,决定得太快了。”[5] 接着他举了建国初决定大量种植橡胶树和建造三门峡水库两个决策失误的例子,来说明在制定政策过程中忽视反复这一方法的运用的教训。他指出:“像这样的问题,最好是人大通过议案以前,在报纸上公布,征求人民意见,大家讨论。……现在要回过头来重新研究,说明当时不应急于定案。”[6] 在陈云看来,“急于定案”是导致决策失误的一个重要原因。

我们知道,陈云一生没有出现过大的决策失误,他所制定的

---

① 《陈云文选》第 3 卷,人民出版社 1995 年版,第 280 页。
② 《陈云文选》第 3 卷,人民出版社 1995 年版,第 79 页。
③ 《陈云文选》第 3 卷,人民出版社 1995 年版,第 79 页。
④ 《陈云文选》第 3 卷,人民出版社 1995 年版,第 83 页。
⑤ 《陈云文选》第 3 卷,人民出版社 1995 年版,第 85 页。
⑥ 《陈云文选》第 3 卷,人民出版社 1995 年版,第 85 页。

方针政策也都较为切合实际,并取得了较好的实践效果,这与他遇事反复考虑、慎重稳妥的决策风格密切相关。仔细分析陈云所强调的反复的决策方法,我们将发现这一过程涵盖了3个阶段:第一,决断前,“作了比较以后,不要马上决定问题,还要进行反复考虑。”[①] 第二,决断中,“事情初步定了以后还要摆一摆,想一想,听一听不同意见”,[②] 甚至“找反对的意见攻一攻”。[③] 第三,决断后,“在实践过程中反复认识。凡是正确的,就坚持和发展。如果发现缺点就加以弥补,发现错误就立即改正。总之,判断,行动,再认识,修正之,这样就可以不犯大的错误”,这是“最要紧的”。[④]

“交换、比较、反复”这三个方法,是促进人们认识不断深化、不断完善的方法,也是制定政策、确保决策正确的重要方法。对于这一组方法,陈云非常自信,他说:“从我的经验看,如果上面说的三条要求都达到了,就能够比较全面地认识客观事物,避免某些片面性,作出比较正确的决策”。[⑤] 陈云的这六字方法,概括了现代决策科学关于决策程序的阐述,是我们进行科学决策、制定方针政策的指导原则。

另外,陈云还特别强调,制定政策要走群众路线,充分发挥人民群众的首倡精神。他说:“解决群众切身问题的办法,必须在群众中去讨论,到群众中去寻找。因为只有群众才真正了解他们自己的问题,只有在群众中才能讨论出当时当地解决问题

① 《陈云文选》第3卷,人民出版社1995年版,第189页。
② 《陈云文选》第3卷,人民出版社1995年版,第236页。
③ 《陈云文选》第1卷,人民出版社1995年版,第345—346页。
④ 《陈云文选》第1卷,人民出版社1995年版,第346页。
⑤ 《陈云文选》第1卷,人民出版社1995年版,第346页。

最适当的办法。”[1] 而且重大政策、“重大问题的决定，必须经过集体的充分讨论”，这样才能把政策制定得更正确，从而在实践中“少走弯路，把事情办得更好。”[2]

① 《陈云文选》第1卷，人民出版社1995年版，第169页。
② 《陈云文选》第1卷，人民出版社1995年版，第353页。

第三章　政策执行论

党和国家制定政策是为了解决问题,促进社会经济发展。要把政策方案变成政策实践,就离不开政策的贯彻执行,政策执行是实现政策目标和解决社会问题的直接途径。陈云不但对如何制定政策有许多精辟的论述,而且关于如何贯彻执行好政策、充分发挥政策功效的论述同样非常丰富。

一、关键是抓好政策的贯彻执行

1990年6月6日,陈云在同中央负责同志谈话时说:“自从江泽民同志主持中央工作以来,制定了不少好的方针、政策。现在的关键是要抓落实。”[①] 后来他又对全党全国人民提出了明确的要求,他说:“全国上下都要同心同德,团结一致,不折不扣地贯彻落实党中央、国务院采取的一系列方针、政策和措施,把中国经济搞上去是大有希望的,社会主义中国是大有前途的!”[②] 在这里,陈云以朴实的语言,深刻地指出了贯彻执行政策的极端重要性。

① 《陈云文选》第3卷,人民出版社1995年版,第376页。
② 《陈云文选》第3卷,人民出版社1995年版,第380页。

(一)政策执行是实现政策目标的根本性环节

众所周知,任何政策都是针对一定的社会问题提出和制定的,而政策的制定并不等于问题的解决。要彻底解决这些问题,则有赖于有效的政策执行。可以这样说,制定政策只是认识世界,而执行政策才是改造世界。如果没有执行,再好的政策方案也只能是一纸空文,再完美的政策目标也无法实现。美国政策学家艾利森指出:“在实现政策目标的过程中,方案确定的功能只占10%,而其余的90%取决于有效的执行。”① 由此可见,政策执行是有效解决社会问题和政策问题的关键所在,是实现政策目标的根本性环节。

无产阶级在为实现自己的目标而奋斗的过程中,始终对如何将自己制定的政策有效地落到实处给以了极大的关注。马克思曾经说过:“一步实际运动比一打纲领更重要。”② 苏联是世界上第一个社会主义国家,制定了一系列建设社会主义的方针政策,斯大林指出:“有正确的政策,这当然是首要的事情。但是,如果这个政策没有实行,或者实行的时候在实践中被歪曲了,那末这个政策又有什么用处呢?”③ 并且,针对有些人认为只要制定了正确的政策,就能取得革命和建设的胜利的错误认识,斯大林提出了严肃的批评,他说:“有些人以为只要制定正确的党的路线,把它公布出来,把它制成一般的提纲和决议并一致通过,胜利就会自行到来,即所谓自流地到来。这当然是不对的。这是很大的错误。只有不可救药的官僚主义分子和文牍主

① 丁煌:《政策执行》,《中国行政管理》1991年第11期。

② 《马克思恩格斯选集》第3卷,人民出版社1995年版,第296页。

③ 《斯大林全集》第9卷,人民出版社1954年版,第141页。

义分子才会这样想。事实上这些成就和胜利不是自流地取得的,而是在争取执行党的路线的残酷斗争中取得的。胜利任何时候都不会自行到来,它通常是由人们争取来的。有了贯彻党的总路线的好决议和好宣言,这只是事情的开始,因为它们只表示争取胜利的愿望,而不是胜利本身。在正确的路线提出以后,在对问题做出正确的决定以后,事情的成功就取决于组织工作,取决于组织实现党的路线的斗争,取决于正确地挑选人才,取决于检查领导机关的决议的执行情况。否则,党的正确路线和正确决议就会有遭到严重破坏的危险。"①

在中国革命和建设的各个历史时期,陈云都非常强调要坚决贯彻执行党和国家的政策,因为这直接关系到党和国家政策目标的实现及其实现的程度。例如他在中央苏区时期就指出,我们"做好工作的关键,有了正确的决议案还不够",更重要的是"要把正确的决议运用到群众中去"。② 这样才能发动群众,实现党的领导,党的决议才能得到贯彻落实。建国初期,当人民革命果实面临能否保持和发展的关键时刻,主持全国财经工作的陈云,不仅亲自为政务院起草了《关于统一国家财政经济工作的决定》,参与了统一市场、统一财经、统一金融、统一编制等重大政策的制定,而且一度坐镇上海,全力以赴地将这些政策落到实处。他运筹帷幄,调集各地粮、棉等物质,以迅雷不及掩耳之势,打击投机资本的冲击,制止通货膨胀,取得了稳定物价斗争的伟大胜利。

① 《斯大林选集》下卷,人民出版社 1979 年版,第 342—243 页。
② 《陈云文选》第 1 卷,人民出版社 1995 年版,第 24 页。

(二)政策执行是检验政策是否正确的惟一途径

政策属于主观认识范畴。一项政策的正确与否,是否符合客观实际,是否真正有效,最终要执行以后才能知道,必须由实践来检验,实践是检验真理的唯一标准。毛泽东曾经指出:"判定认识或理论之是否真理,不是依主观上觉得如何而定,而是依客观上社会实践的结果如何而定。真理的标准只能是社会的实践。"[①] 刘少奇也说:"执行政策就是实践,在实践中间调查研究,在实践中间认识客观世界,在实践中间发现我们的错误,在实践中间发现新的问题,制定新的政策。所以,重要的问题在于执行,在于实践。"[②] 凡是经过贯彻执行,促进了社会进步和生产力发展,并得到群众拥护的政策,就是正确的政策,否则就是错误的政策。正是从这个意义上说,政策执行是检验政策正确与否的唯一途径。

陈云曾长期主持我们国家的经济工作,制定过一系列重要的经济政策,重要的有:[③] (1)关于把我国资本主义工商业和个体农业、手工业改造成为有利于人民的社会主义经济的政策;(2)关于缩小工农业产品价格剪刀差的政策;(3)关于一要吃饭,二要建设的方针;(4)关于先生产、后基建的方针;(5)关于加强农业、稳定农民的方针和政策;(6)关于做好社会主义工商业的政策;(7)关于经济建设和人民生活必须兼顾、必须平衡的政策;(8)关于在发展生产的基础上逐步提高人民生活水平的政策;(9)关于生活必

---

① 《毛泽东选集》第1卷,人民出版社1991年版,第284页。

② 《刘少奇选集》下卷,人民出版社1985年版,第457—458页。

③ 陈光林著:《陈云经济思想研究》,山东人民出版社1990年版,第115—116页。

需品的生产必须先于基建的政策；⑽关于从全国考虑财经问题，保证国计民生的方针；⑾关于开源节流、发展经济的政策；⑿关于稳定市场、稳定物价的政策；⒀关于忍小谋大、局部服从全局、地方服从中央的原则；⒁关于集中统一和因地制宜同时兼顾的方针；⒂关于少花钱多办事的原则；⒃关于统筹兼顾、稳步发展的方针；⒄关于发挥社会主义制度优越性，实现“大家富裕”的原则；⒅关于经济摆在有吃有穿基础上，认真解决人民吃饭穿衣的方针；⒆关于供应紧张时网开一面的政策，等等。所有这些政策，究竟是对还是错，符不符合我国的实际，陈云一贯认为，这需要实际的检验，需要看执行的结果。实践证明，陈云的这些政策主张是正确的，是符合中国国情的，在实践中收到了良好的效果，有力地促进我国社会主义事业的发展。

（三）政策执行的结果是完善政策和制定新政策的重要依据

任何一项政策执行以后，都会有相应的结果。一般情况下，这个结果反映了政策本身是否正确及其正确的程度，同时也决定着该项政策的未来。究竟该如何判断一项政策的走向？陈云指出，总的原则是“凡是正确的，就坚持和发展。如果发现缺点就加以弥补，发现错误就立即改正。总之，判断，行动，再认识，修正之”。[①] 由此可见，政策执行的结果与政策的补充、修正、完善以及新旧政策更替之间有着十分密切的依存关系。

众所周知，建国初期陈云不仅主持了我国第一个五年计划的编制，而且稳扎稳打地领导了这一计划的贯彻执行，并使之得以圆满完成。这个计划最早从1951年开始，共编制了5次，其中第一、二、三、五次都由陈云亲自主持。在这期间，我国经历了

① 《陈云文选》第1卷，人民出版社1995年版，第346页。

国民经济恢复、抗美援朝战争、社会主义改造等一系列重大事件，所有这些不断地给这一计划的编制带来新的问题，提出新的要求。在编制过程中，陈云始终保持清醒的头脑，他认为，由于“自己编制计划的经验太少，需要边做边改，执行一段看看，作一下调整。”[①] 事实也是这样，第一个五年计划是边制定、边执行、边修正而最终完善的。直到1955年7月，也就是这一计划执行了两年之后，全国人大一届二次会议才审议通过，并正式对外公布。这个过程充分体现了陈云倡导的“判断，行动，再认识，修正之”[②] 的思想。

党的十一届三中全会以后，我国实行了改革开放的方针政策，以农村改革为发端的经济体制改革，是社会主义制度的自我完善和发展。对这一改革，陈云同样倾注了大量的心血，1985年9月23日，他在党的代表会议上的讲话中对这一政策给予了高度的赞扬。他说：“经济体制改革，是为了发展生产力，逐步改善人民的生活。农村的改革已经取得了明显的效果。城市的经济体制改革，总方向是正确的，具体的步骤措施，正在探索中。要走一步看一步，随时总结经验，坚持把改革搞好。”[③] 所谓“总方向是正确的”，“走一步看一步”，就是要坚持经济体制改革的政策，并在贯彻执行中不断总结经验，做到“凡是正确的，就坚持和发展。如果发现缺点就加以弥补，发现错误就立即改正。”[④] 从而使该项政策逐步地完善、成熟起来。

陈云还认为，党和国家的各项政策都是一定历史阶段的产

---

① 刘家栋著：《陈云与调查研究》，中央文献出版社2004年版，第22页。

② 《陈云文选》第1卷，人民出版社1995年版，第346页。

③ 《陈云文选》第3卷，人民出版社1995年版，第350页。

④ 《陈云文选》第1卷，人民出版社1995年版，第346页。

物,具有一定的时效性,它只能在一定的时空范围内起作用,超过了这一时空范围,这项政策就将失去应有的效用或完成了它的使命,因此,就要被新的政策所代替,或者说要根据新的情况来制定新的政策。1992 年 7 月 21 日,他在《悼念李先念同志》一文中指出:"现在我们国家的经济建设规模比过去要大得多、复杂得多,过去行之有效的一些做法,在当前改革开放的新形势下很多已经不再适用。这就需要我们努力学习新的东西,不断探索和解决新的问题。"① 在此,陈云明确要求,我们要结合新的时代特征,反映新的实际情况,制定新的政策,解决新的问题。显然在这个过程中,以前政策执行后的结果及其反馈回来的信息,毫无疑问将成为制定新政策的重要依据。

二、政策执行要坚持原则性与灵活性相结合

毛泽东曾经说过:"一个革命政党的任何行动都是实行政策。不是实行正确的政策,就是实行错误的政策;不是自觉地,就是盲目地实行某种政策。"② 在政策执行过程中,把坚定的原则性与具体的灵活性有机地结合起来,创造性地执行政策,是辩证唯物主义的基本原理在政策执行中的运用,是陈云高超的领导艺术和工作方法在政策执行中的生动体现。

(一)政策执行的原则性

原则是指人们在对客观事物发展变化一般规律认识的基础上总结出来的观察问题和处理问题所依据的准则。政策执行的

① 《陈云文选》第 3 卷,人民出版社 1995 年版,第 379 页。
② 《毛泽东选集》第 4 卷,人民出版社 1991 年版,第 1286 页。

原则性，就是要求人们在贯彻执行政策时，必须坚定不移、不折不扣地实现政策目标。陈云强调，在贯彻执行政策的过程中，原则性是首先必须坚持的。

1. 党性是原则性的基础。

中国共产党是马克思主义武装起来的无产阶级政党，党性是阶级性的最高、最集中体现，自觉维护全党在马列主义、毛泽东思想基础上的团结和统一，贯彻执行好党的路线、方针和政策，这是最大的原则性。因此，陈云指出，在贯彻执行党的方针政策时，每个党员干部都要把党性放在第一位，要严格以共产党员党性的要求来对待政策执行工作。他说："一个共产党员，不能只是口头上拥护党的决议就算完事，他的责任在于坚决地执行决议，在实际工作中实现这些决议。……共产党员不仅在日常工作中要忠实于党的决议，而且要在困难中，在生死关头时，忠实于革命和党的决议；不仅在有党监督时，而且要在没有党监督时，忠实于革命和党的决议；不仅在胜利时，而且要在失败时坚持执行党的决议。只有具备这样坚定和顽强的英雄气概，才配称为一个好的共产党员。"[①] 否则，就不是一个合格的共产党员，党就形成不了一个坚强的战斗集体，这样，党的路线、方针、政策也就难以得到有效的贯彻执行。

2. 纪律性保证原则性的落实。

陈云认为，在贯彻执行政策时坚持原则性，必须强化纪律观念。他说："怎样才叫做遵守纪律呢？一句话：迅速确切地执行党的决议。"[②] 1939 年 5 月 30 日，他在《怎样做一个共产党员》中进一步指出："十八年来党的斗争经验，证明了纪律是执行党

① 《陈云文选》第 1 卷，人民出版社 1995 年版，第 140 页。

② 《陈云文选》第 1 卷，人民出版社 1995 年版，第 126 页。

的路线的保证。在过去,由于正确地开展了党内斗争,执行了党的纪律,我们克服了陈独秀等人的错误路线,制止和战胜了张国焘的反革命破坏阴谋,保证了党在各个时期的革命任务的实现,以及现在抗日民族统一战线的成立和抗日战争的进行。在今后,党仍应坚持这种纪律,才能团结全党,克服新的困难,争取新的胜利。因此,一个共产党员坚决地自觉地遵守党的纪律是他的义务。""不要以为自己能够在会议上或稠人广众之前声明拥护并举手赞成党的路线,就算遵守了党的纪律,这是十分不够的。一个真正能自觉遵守纪律的好党员,就在于他能在实际行动和日常生活的每个具体问题上,表示出自己是坚决地遵守党的铁的纪律的模范。"[①] 后来他又说,遵守党的纪律,就是要做到"四个服从",即"个人服从组织,少数服从多数,下级服从上级,全党服从中央,这'四个服从'是一个也不能少的。这是我们党的铁的纪律,也是健全党内生活、增强党的战斗力的有力武器。"[②] 严格的纪律,更是保证我们党和国家的方针政策得到坚决贯彻执行的有力武器。

3.坚定性是原则性的表现。

政策是党领导政府和人民的工具和手段,是人们社会活动的指导方针和行动准则,它的这个特性决定着政策一经制定,必须得到坚定的贯彻执行,不能随意变通,更不能朝令夕改,否则,人们的行动就会无所适从,党的威信就会受到影响,党的领导也就难以实现。有鉴于此,陈云反复强调:"个人对组织,少数对多数,下级对上级,全党对中央,服从是无条件的。组织、多数、上级、中央的决策正确时,自然要服从;如不正确,或不完全正确,

---

① 《陈云文选》第1卷,人民出版社1995年版,第139页。
② 《陈云文选》第1卷,人民出版社1995年版,第348页。

怎么办？在行动上必须服从，同时应该按党章规定的权利，提出建议，或保留自己的意见。”① 无论在何种情况下，“政府下的命令一定要执行。……政府的法令，不论干部和群众都要遵守，干部要起带头、模范作用。”②

4. 整体性是原则性的要求。

所谓整体性，是指在执行政策时，要把政策作为一个有机整体来看待，注重发挥政策的整体效应。我们党和国家的政策，表面上看是各种各样的，如经济政策、政治政策、文化政策和社会政策等，其实都具有内在的统一性。而且，即使是某一项政策，它也牵涉到社会的方方面面，影响着各个阶层的利益，哪怕是正确的政策，执行的结果虽然从总体上来看是代表了最广大人民群众的根本利益，但从眼前来看也有一些人获利大、一些人获利小、一些人不获利甚至已有利益受到损害的问题。所以，陈云特别强调，执行政策一定要考虑大局，从整体利益出发，不能有利的就执行，不利的就不执行。一定要向群众讲清楚，“牺牲眼前的利益，是为了长远的利益，牺牲小的利益，是为了大的利益。”③“每个共产党员，都要把革命的和党的利益放在第一位，以革命的和党的利益高于一切的原则来处理一切个人问题，而不能把个人利益超过革命的和党的利益。”④ 只有在思想真正把这个利益问题认识清楚，才能在行动上无论遇到什么情况都能坚定地把各项政策落到实处。

---

① 《陈云文选》第1卷，人民出版社1995年版，第197页。
② 《陈云文选》第1卷，人民出版社1995年版，第174页。
③ 《陈云文选》第1卷，人民出版社1995年版，第173页。
④ 《陈云文选》第1卷，人民出版社1995年版，第138—139页。

(二)执行政策的灵活性

陈云认为,要真正做到坚持原则,就必须从实际出发,实事求是,审时度势地采取灵活的策略,使原则变成具体的行动措施。因为“只有这样灵活的切实的领导,才能保证上级决议的完全执行”。[①]

1. 从实际出发,将政策具体化。

一般来说,政策规定都比较原则,它只是为人们的社会活动指明基本的方向和提出一般的要求,没有也不可能把所有情况都包罗无遗。因此,这就要求在贯彻执行的过程中,要从本地区、本部门的实际情况出发,因时因地制宜,将原则性的政策具体化,制定出贯彻落实的具体方案和措施。陈云认为,马克思主义的活的灵魂,就是具体问题具体分析,实事求是,一切从实际出发。他指出,贯彻执行政策也要坚持一切从实际出发,具体问题具体分析。早在1933年,陈云针对当时苏区党和工会忽视各地的实际情况,不是根据本单位的具体实际去执行《中华苏维埃共和国劳动法》,而是教条式地照搬《劳动法》的情况,尖锐地指出:“不能不顾实际情况,不体现出各个企业的不同工人的具体要求,千篇一律地抄录劳动法。”[②] 他提出:“要审慎地去考察资本家怠工与否,分别各种情形执行不同的策略。”[③] 1934年6月7日,他在《建立白区工作的几个重要问题》一文中强调:“一切工作方法,必须随着每个地方的不同情形来决定。一般的原则和方法,可以参考党中央各种决议,同时要审慎地结合当地当时

---

① 《陈云文选》第1卷,人民出版社1995年版,第154页。
② 《陈云文选》第1卷,人民出版社1995年版,第10页。
③ 《陈云文选》第1卷,人民出版社1995年版,第10页。

的实际情形来提出适当的口号，灵活地运用各种工作方法。”[①] 陈云能在“左”倾错误在党中央占主导地位的时候提出这些思想，表现了他极大的求真务实精神。

根据具体的实际情况来执行政策，是陈云的一贯主张。在延安时期，陈云担任了很长时间的中央组织部长，他明确要求：“地方党部负责各支部的领导人，在指导支部执行上级党部的一切决议和指示时，必须依据支部当前的情况，并经过支部的讨论，去定出在这个支部如何执行决议的具体办法和步骤，而不是机械的千篇一律的应用。”[②] 建国后，中国共产党从局部执政的党成为了领导几亿人口大国的执政党，全国的情况更为复杂。在这一新的时代背景下，陈云更是要求在贯彻执行政策时，要从当地的实际情况出发，将中央和上级的政策具体化。例如 1956 年 11 月 19 日，他在商业部的一次扩大部务会议上的讲话中，不但要求各地“要根据当地的实际情况”把中央政策具体化，而且明确指出具体化的责任主体“主要是县委”。他说，贯彻执行政策“必须考虑到我国人多、地大、各地情况不一样这个事实。我们常说，政策要根据当地的实际情况具体化，谁来‘化’？主要是县委。”[③] 党和国家方针政策的贯彻执行，就是这样结合实际情况，通过一个个的“具体化”来落实的。

2. 区别不同情况，贯彻执行政策。

没有区别就没有政策，这是马克思主义政策观的一个基本观点。陈云认为，执行政策的区别性，是其灵活性、具体性的另一种表现形态。在具体的实践中，陈云非常注意这个问题。例

① 《陈云文选》第 1 卷，人民出版社 1995 年版，第 29 页。
② 《陈云文选》第 1 卷，人民出版社 1995 年版，第 154 页。
③ 《陈云文选》第 3 卷，人民出版社 1995 年版，第 31 页。

如在解放战争时期,彻底消灭国民党、打败蒋介石,是我们党的总方针、总政策,但是解放后,对国民党员、三青团员究竟该如何处理呢?陈云1948年8月1日在为中共中央东北局起草的一份决定中明确指出:“我们的政策,对于不同情况的国民党员、三青团员,应加区别。对于为保障职业而加入的国民党员、三青团员,应令其登记,并报告入党、入团经过,在保证不参加破坏活动的条件下给以工作,但在短期内不可担任重要职务。对于负责党务、团务的人员,则必须分清其是否特务分子而决定去留。对于隐瞒的特务分子,则必须提高警惕,从企业中清除出去。”①

陈云在建国后对许多经济问题的解决也是采取区别对待的政策。例如,实现“一化三改”是党在过渡时期的总路线、总政策,那么具体该如何执行对私营商业改造的政策,实现对私营商业的社会主义改造呢?陈云1954年7月13日在为中共中央起草的《加强市场管理和改造私营商业》的指示中,将私营商业分为私营批发商、城乡私营零售商和私营进出口商三类,并针对每一类的不同情况,执行不同的政策。具体说来是:“第一,对私营批发商。以零售为主而兼营批发的,一般的转为零售商。专营的批发商或以批发为主而兼营零售的,其中凡能继续经营者,让其继续经营;凡为国营商业所需要者,可以为国营商业代理批发业务;凡能转业者,辅导其转业;经过上述办法仍无法安置者,其职工连同资方代理人可经过训练,由国营商业录用。”② “第二,对城乡私营零售商。除一部分必须和可能转业的以外,一般的应逐步地把他们改造成为合作商店或国家资本主义的零售商。国营商业应该采取分配货源、搭配热门货、调整批零差价、逐步

① 《陈云文选》第1卷,人民出版社1995年版,第359页。
② 《陈云文选》第2卷,人民出版社1995年版,第250页。

统一公私售价等办法,保持私营零售商一定的营业额,使他们能够维持生活。"① "第三,对私营进出口商。基本上应按照对私营批发商的处理原则进行处理。同时,国营对外贸易机关应尽量采取联营、经销、代进、代出等国家资本主义的形式,对私营进出口商实行社会主义改造,使他们能在国营对外贸易机关的领导和管制之下,发挥其对资本主义国家进出口贸易的应有的积极作用。"② 由此可见,针对不同的人,不同的事,合理地执行不同的政策,这是陈云政策执行艺术的高超境界。

(三)创造性地执行政策

坚持原则性与灵活性相结合,是执行政策的根本要求,也是中国革命和建设事业取得胜利的重要条件和成功经验。那么,怎样才能实现两者的有机结合,真正把政策不折不扣而又迅速有效地落到实处呢?陈云认为,关键是要做好"结合"这篇大文章,创造性地执行政策。

第一,解放思想,更新观念,是创造性地执行政策的前提。

思想是行动的先导。陈云指出,创造性地执行政策,首先必须解放思想,只有思想解放了,才能打破旧的条条框框,摈弃僵化思想、陈旧观念的束缚,突破传统的羁绊,才能正确地坚持以马列主义、毛泽东思想为指导,去分析前进道路上不断遇到的新情况,解决新问题。他说,我们进行社会主义建设,"墨守成规的倾向必须反对,应该提倡敢想、敢说、敢干的精神。没有这种精神,我们就不能前进。"③ 正是坚持不断的解放思想,陈云在领

---

① 《陈云文选》第2卷,人民出版社1995年版,第250—251页。
② 《陈云文选》第2卷,人民出版社1995年版,第251—252页。
③ 《陈云文选》第3卷,人民出版社1995年版,第113页。

导社会主义经济建设、贯彻执行党和国家各项政策的过程中，提出了一系列富有创建的政策主张。例如，在上个世纪60年代初，“当时在养猪问题上已经确定‘公私并举、私养为主’的方针，但对母猪是公养还是私养，并没有明确规定，而这是关系到养猪事业能否迅速恢复和发展的一个重要问题。”[①] 陈云解放思想，在深入调查研究的基础上，创造性地“得出一个结论，就是大部分母猪也应该下放给农民私养。”[②] 如果不解放思想，不更新观念，执行政策当“收发室”、“传声筒”，就不可能有这些创造性的政策主张，更难以开创社会主义事业的新局面。

第二，从实际出发，实事求是，是创造性地执行政策的关键。

陈云认为：“创造性必须和实事求是相结合，否则就会华而不实，不能真正地前进。”[③] 创造性地执行政策，关键是要从实际出发，实事求是，结合实际情况落实中央和上级的政策。关于这个问题，刘少奇在1962年7月18日对中央机关下放干部的讲话中有一段非常精辟的分析，他说：“执行这些政策，要注意因地制宜，要有主动性，要有能动性，不能只是把这些政策照搬到底下去了就完事了。这种主动性、能动性，不是否定中央的政策，而是为了更好地、更正确地执行中央的政策。……中央制定政策，要把每一个县、每一个地方的特殊情况都规定到，那是不可能的。中央的政策是一般的规定，到了各个地方，就要考虑各个地方的情况怎么样，局势怎么样，什么时候执行，经过什么过程执行，如何执行才能执行得好、执行得通。这里就需要动一番脑筋，脑子里头就要想一想。想一想，不是不执行，不是反抗，不

① 《陈云文选》第3卷，人民出版社1995年版，第373页。
② 《陈云文选》第3卷，人民出版社1995年版，第372页。
③ 《陈云文选》第3卷，人民出版社1995年版，第113页。

是自己重新规定一套政策，而是使中央的政策在地方具体化，得到最好的执行。”[①] 陈云也多次强调：“我们观察、分析和解决问题的方法，是唯物辩证法，也就是毛主席说的实事求是，从实际出发。”[②] 实践证明，只有从实际出发，实事求是，才能创造性地执行政策，从而真正把党和国家的方针政策落到实处。

第三，吃透政策精神，把政策变为群众的自觉行动，是创造性地执行政策的基础。

政策执行是人的实践活动，再好的政策，如果只掌握在少数人手中，不为群众所掌握，也只能是观念形态的政策。陈云指出，党的方针政策贯彻执行的程度，取决于广大干部群众对党的政策的理解和掌握程度，群众对党的政策理解得越深刻，掌握得越全面，党的方针政策就将执行得越好。因此，要千方百计地让干部群众知道政策，了解政策，吃透政策精神，使人民群众认识到党的政策是代表他们利益的，这样，他们就会自觉地、主动地执行政策，实现政策目标。正是在这个意义上，毛泽东认为：“善于把党的政策变为群众的行动，善于使我们的每一个运动，每一个斗争，不但领导干部懂得，而且广大的群众都能懂得，都能掌握，这是一项马克思列宁主义的领导艺术。”[③] 陈云在领导中国革命和建设的实践中，反复强调：“我们领导的艺术，不在于口号提得多，提得高，而在于每个口号为当时当地群众所能接受”，[④] 为此，我们一定要多“向群众进行宣传解释工作”，[⑤] 这是创造性地贯彻执行政策的基础，也是中国革命和建设取得胜利的一

① 《刘少奇选集》下卷，人民出版社 1985 年版，第 456 页。
② 《陈云文选》第 3 卷，人民出版社 1995 年版，第 46 页。
③ 《毛泽东选集》第 4 卷，人民出版社 1991 年版，第 1319 页。
④ 《陈云文选》第 1 卷，人民出版社 1995 年版，第 26 页。
⑤ 《陈云文选》第 1 卷，人民出版社 1995 年版，第 173 页。

条成功经验。

第四，充分依靠群众，认真总结群众的实践经验，是创造性地执行政策的途径。

执行政策的过程，就是把党的政策变为群众的自觉行动，在社会各个方面得到贯彻落实的过程。而要真正做到创造性地执行政策，开创中国革命和建设事业的新局面，不仅要解放思想，更新观念，坚持从实际出发，实事求是，认真学习政策，把握政策精神，而且还必须深刻认识政策运动的规律，自觉遵循科学、有效的执行途径。陈云认为，这条正确的途径就是，始终坚持党的群众路线，从群众中来，到群众中去，相信群众，依靠群众。他说："解决群众切身问题的办法，必须在群众中去讨论，到群众中去寻找。因为只有群众才真正了解他们自己的问题，只有在群众中才能讨论出在当时当地解决问题最适当的办法。我们的地方党部，我们的区委和党支部，只有收集了群众的意见，才能做出很好的决定，否则是不可能的。"① 陈云还进一步指出，对创造性地执行政策而言，坚持群众路线的关键又是充分尊重群众的首创精神，认真总结群众的实践经验。他说，每当我们遇到"疑难不决的事情，要请教群众。没有这一条，不能算马克思主义者。我们在工作中，不仅要依靠组织，更主要的是要依靠群众。这应该成为我们的一个口号。"②

三、政策执行要遵循科学的程序和方法

1954 年 7 月，陈云在谈到如何对城乡私营零售商进行社会

① 《陈云文选》第 1 卷，人民出版社 1995 年版，第 169 页。
② 《陈云文选》第 3 卷，人民出版社 1995 年版，第 46 页。

主义改造时提出:"改造私营零售商的工作,可以首先选择适当行业,进行试点,取得经验,逐步推广。"① 这典型地反映了陈云对政策执行过程的要求。

(一)进行试点

重视政策试点,是马克思主义认识论在政策执行过程中的具体体现。众所周知,政策来源于实践,是对客观世界的一种反映。正是从这个意义上说,政策也是一种认识,一种主观的东西。由于人们的认识常常受主客观条件的限制,同时客观世界又总是处于不断的发展变化之中,因此,政策制定出来以后究竟是否正确,能否解决问题,还有待于重新回到实践中,也就是贯彻执行中去检验。从理论上说,这种检验可以是局部的,也可以是全面的;但是在实践中,这种检验只能先是局部的,先进行政策试点或试验,不可能贸然全面推广,因为万一政策有什么明显的不完善之处,那么由此引起的不良后果及损失将是难以估量的。所以,在推行任何一项新的政策之前,一定要先在某些地区、部门、单位进行试点或试验,以便取得具体的经验,为以后的全面贯彻执行做好准备。重视政策试点,既可以避免损失,少走弯路,也可以使制定出来的新政策迅速适应不断发展变化的新情况,解决不断出现的新问题。

早在革命战争年代,毛泽东就曾经说过:"任何领导人员,凡不从下级个别单位的个别人员、个别事件取得具体经验者,必不能向一切单位作普遍的指导。"② 要求在推行某项政策时,一定要先取得具体的经验,然后再用以作"普遍的指导"。陈云在我

① 《陈云文选》第2卷,人民出版社1995年版,第251页。

② 《毛泽东选集》第3卷,人民出版社1991年版,第898页。

们党内一贯以稳健著称，他在贯彻执行政策时更是对试验、试点极为重视。例如，社会主义改造基本完成后，为了改变过去为限制资本主义工商业所采取的办法，并有效地纠正社会主义改造过程中由于缺少经验而产生的一些错误，陈云在党的八大上提出了五条政策性措施：第一，我们应该改变工商企业之间的购销关系；第二，工业、手工业、农业副产品和商业的很大一部分必须分散生产、分散经营，纠正从片面观点出发的盲目的集中生产、集中经营的现象；第三，我们必须取消市场管理中那些原来为了限制资本主义工商业投机活动而规定的办法；第四，必须使我们的价格政策有利于生产；第五，对某些产品的国家计划管理的办法，应该有适当的变更。那么，这些措施该如何贯彻执行呢？陈云强调指出："我们所说的这些措施，必须慎重从事，稳步前进，经过试验，逐步推行。"①

由于"大跃进"、人民公社化运动的影响，再加上严重的自然灾害，20世纪60年代初我国国民经济出现了严重的困难。1962年2月26日，陈云在国务院各部、委党组成员会议上的讲话中，提出了克服困难的六大办法：第一，把十年经济规划分为恢复和发展两个阶段；第二，减少城市人口，"精兵简政"；第三，要采取一切办法制止通货膨胀；第四，尽力保证城市人民的最低生活需要；第五，把一切可能的力量用于农业增产；第六，计划机关的注意力，应该从工业、交通方面，转移到农业增产和制止通货膨胀方面来，并且要在国家计划里得到体现。最后他说："目前财政经济的状况怎样，克服困难的办法是什么，这是全党和全国人民时刻关心的大事，我们应该慎重地考虑这些问题，兢兢业业地做几年工作。我们的工作部署，要反复考虑，看得很准，典型试验，

---

① 《陈云文选》第3卷，人民出版社1995年版，第13页。

逐步推广，稳扎稳打。慎重一点，看得准一点，解决得好一点，比轻举妄动、早动乱动好得多。”[①] 在这里，陈云同样强调了在政策执行的过程中，首先必须进行试点、试验的重要性。

（二）总结经验

众所周知，马克思主义历来重视经验教训的总结。列宁多次指出，共产党的政策不能从书本出发，不能只凭自己的善良愿望，也不能只根据人民群众的革命情绪，更不能只凭少数人的觉悟程度和斗争决心，而要从实际出发，认真总结以往的实践经验。他说：“为了更好地了解今天的政策，有时不妨回顾一下昨天的政策。”[②] 毛泽东在领导中国革命和建设的过程中关于这方面的论述就更多，例如他告诫全党：“群众的意见与经验一定要作为我们政策的基础。……我们的任务就是听从他们，学习并了解他们的经验、愿望、批评，确定他们所需要的东西的总和，再作为政策交还给他们。”[③] 在改革开放的新时期，邓小平更是强调：“我们不靠上帝，而靠自己努力，靠不断总结经验，坚定地前进。”[④] 在试点、试验的基础上认真总结经验，是我们党正确执行政策的一条成功经验。

如果把试点、试验作为政策执行的第一阶段的话，那么，总结经验就是政策执行的第二阶段，而且是一个十分重要的承前启后阶段。陈云对这个阶段同样非常重视，对总结经验在执行政策过程中的重要作用总是强调再三。例如，党的十一届三中

① 《陈云文选》第3卷，人民出版社1995年版，第206页。

② 《列宁全集》第12卷，人民出版社1987年版，第21页。

③ 《田家英谈毛泽东思想》，四川人民出版社1991年版，第279页。

④ 《邓小平文选》第3卷，人民出版社1993年版，第118页。

全会以后，我们实行改革开放的伟大战略决策，这是一项前无古人的创造性事业，既无现成的经验可套，亦无成功的模式可搬，一切需要在实践中摸索，在实践探索中前进。1980 年 12 月 16 日，陈云在中央工作上的讲话中指出："我们要改革，但是步子要稳。因为我们的改革，问题复杂，不能要求过急。改革固然要靠一定的理论研究、经济统计和经济预测，更重要的还是要从试点着手，随时总结经验，也就是要'摸着石头过河'。开始时步子要小，缓缓而行。"[①] 事实也是这样，我们的改革首先从农村开始，正如小平同志在一次会见津巴布韦客人时所说："党的十一届三中全会以来，我们逐步进行改革。改革首先从农村开始。农村改革已经见效了，农村面貌发生明显变化。有了农村改革的经验，现在我们转到城市经济改革。城市经济改革就是全面的改革"。[②]

对这一改革政策的贯彻执行，陈云后来又提出了怎样的要求呢？1984 年 10 月 20 日，他在党的十二届三中全会上的书面发言中作了很好的阐述。他说："自党的十一届三中全会以来，我国农业方面的改革已经取得了极大的成功。工商业及财政、计划等方面的改革，也经过了几年的酝酿、试点和实践，取得了不少成效和经验。一九八一年我曾说过，这个改革的意义，不下于五十年代对资本主义工商业的改造。"[③] 在 30 年前的这场改造中，陈云不但是历史的见证者，而且亲自参与、领导了对资改造政策的制定与执行。强调先行试点，在试点的基础上总结经验，然后再逐步推广、全面铺开，是我国对资本主义工商业的社

① 《陈云文选》第 3 卷，人民出版社 1995 年版，第 279 页。
② 《邓小平文选》第 3 卷，人民出版社 1993 年版，第 138 页。
③ 《陈云文选》第 3 卷，人民出版社 1995 年版，第 336 页。

会主义改造取得成功的一条重要经验。党的十二届三中全会审议通过了《关于经济体制改革的决定》,对这个决定的贯彻执行,陈云指出:“这次体制改革涉及范围相当广,广大干部还不很熟悉,在进行中还会出现一些现在难以预见的问题。因此,必须边实践,边探索,边总结经验。……总之,我们要按照这个决定的精神去做,解放思想,实事求是,既要积极,又要稳妥。只要这样做了,这次改革就一定能够成功。”①

(三)逐步推广

陈云指出,政策执行过程的第三阶段就是逐步推广、全面铺开。也就是说,一项政策经过试点试验、取得经验,被具体实践证明是正确的以后,接下来的就是如何全面贯彻执行的问题。陈云认为,在政策的全面贯彻执行阶段,同样有一个从逐步推广到全面铺开的过程。例如在三年困难时期,为了坚决地同投机倒把活动做斗争,他提出了三个方面的对策。首先是经济斗争。你按牌价卖给我鸡蛋,我也按牌价卖给你糖果;如果你卖高价鸡蛋,我就卖高价糖果,你多赚了钱,我就想办法拿回来。这就是说,不仅要有低价对低价,而且要有高价对高价。其次是业务经营。在农村建立供销社,在城市建立消费社,互相配合,经营三类物资和一部分工业品。供销社、消费社经营这些东西,价格可能会高一点。但是,如果不要它们经营,搞投机倒把的人会经营,人民的损失更多。再次是行政管理。要通过市场管理、税收、运价等办法把自由市场管起来。陈云强调,所以这些政策的贯彻执行,“都要反复考虑,进行试点,取得经验,然后铺开。”②

---

① 《陈云文选》第3卷,人民出版社1995年版,第338页。

② 《陈云文选》第3卷,人民出版社1995年版,第202页。

为尽快实现货币回笼，制止通货膨胀，克服经济困难，陈云1962年初提出了一项增加高价商品销售的政策，而且做了具体的设计。他说，高价商品品种要少，回笼货币要多。应该是不搞则已，一搞就能收回一大批钞票。卖高价商品，实际上是货币贬值，群众会有些不满。但是，只要基本生活资料不涨价，就不会出大问题。如果不采取这个办法，多余的货币不能回笼，到处冲击市场，更不好办。他还具体要求，去年搞高价商品，重点在城市；这次搞高价商品，重点在农村。哪里钞票多，就在那里投放高价商品。当谈到如何执行这项政策时，陈云明确指出："要先试点，看一看，听一听反映，步子稳一点，看准了以后再推广。"①

陈云还特别强调，为了能够将政策迅速全面地、不折不扣地贯彻执行下去，必须做好执行前的宣传工作。关于政策宣传在政策执行中的重要作用，毛泽东曾经作过精辟的论述，他说："善于把党的政策变为群众的行动，善于使我们的每一个运动，每一个斗争，不但领导干部懂得，而且广大的群众都能懂得，都能掌握，这是一项马克思列宁主义的领导艺术"。② 陈云一向对毛泽东十分崇敬，对毛泽东的这项"领导艺术"也偏爱有加。例如，他在建国初期领导对资本主义工商业改造的过程中，多次强调要做好政策宣传工作。他说："赎买政策对国家和人民、对工人阶级本身是有利的。因此我提议，在全国公私合营企业中广泛地进行一次赎买政策的宣传解释。"③ 我们一定"要在党内党外广泛地宣传我们党对资本主义工商业改造的方针、政策。"④ "业

① 《陈云文选》第3卷，人民出版社1995年版，第202页。
② 《毛泽东选集》第4卷，人民出版社1991年版，第1319页。
③ 《陈云文选》第3卷，人民出版社1995年版，第39页。
④ 《陈云文选》第2卷，人民出版社1995年版，第293页。

务上的方针、政策和办法，应该使企业中公私双方有关的管理人员，都能熟悉。”[①] 实践证明，通过强化政策宣传，让各级党员干部和广大人民群众充分了解和深刻认识党的各项方针政策，是党的方针政策得以正确、顺利贯彻执行的基础前提和行之有效的重要方法。

四、充分发挥干部在政策执行中的作用

毛泽东指出：“政治路线确定之后，干部就是决定的因素。”[②] 这句名言精辟揭示了各级干部在政策执行中的重要作用。陈云在领导中国革命和建设的过程中，为了使党的路线、方针、政策得到及时有效的贯彻执行，不但深刻论述了广大干部对贯彻执行政策的重要性，而且从我国的基本国情和客观实际出发，提出了一系列加强干部队伍建设的行之有效的方法、措施和途径。

（一）一切政策都要通过干部去实现

马克思主义政党历来重视干部队伍建设，强调干部对贯彻执行政策的重要作用。斯大林曾经说过：“在正确的政治路线提出以后，组织工作就决定一切，其中也决定政治路线本身的命运，即决定它的实现或失败。”[③] 毛泽东在领导中国革命时说得更明确：政治路线确定之后，干部就是决定的因素。关于干部在政策执行中的作用，陈云在延安时期就作了深刻的阐述，他说，

① 《陈云文选》第2卷，人民出版社1995年版，第315页。

② 《毛泽东选集》第2卷，人民出版社1991年版，第526页。

③ 《斯大林选集》下卷，人民出版社1979年版，第243页。

党的干部"是党的骨干。干部在党的组织中占重要地位。党看重干部的作用,认为没有坚强的干部队伍,我们党的事业就不能发展,就不能取得革命胜利。因此,干部对于党的事业负有重大的责任,应该成为一般党员和群众的模范。"① 他还指出:"斯大林同志在1935年曾经指出:'人才、干部是世界上所有宝贵的资本中最宝贵最有决定意义的资本。应该了解:在我们目前的条件下,干部决定一切。'毛泽东同志在1938年召开的党的六届六中全会上的报告中也说过:'政治路线确定之后,干部就是决定的因素。'这些话无疑是十分正确的,因为党的一切决议和政策,都要通过干部去实现。"② 离开了党的干部,党的一切决议和政策都将难以得到有效的贯彻执行,这样,党的奋斗目标就将难以实现。

强调党的干部在政策执行中的重要作用,既是陈云党建思想的一个基本观点,也是他政策执行思想的一个基本观点。陈云一贯认为,党的"组织工作要适合于政治路线的要求,保证政治路线的实行。"③ 为此,他提出"两个要求:对政治路线的正确了解;对具体情况的切实了解。"④ 也就是说,要把党的路线、方针、政策贯彻执行好,我们的各级干部不但要"正确了解"党的路线、方针、政策,而且要"切实了解"具体的客观实际情况。只有做到了这"两个了解",党的路线、方针、政策才能够得以落实。忽视了这"两个了解"中的任何一个,党的路线、方针、政策的实行就将是一句空话。有鉴于此,陈云强调指出:"只谈路线,不了

① 《陈云文选》第1卷,人民出版社1995年版,第211页。
② 《陈云文选》第1卷,人民出版社1995年版,第211页。
③ 《陈云文选》第1卷,人民出版社1995年版,第210页。
④ 《陈云文选》第1卷,人民出版社1995年版,第210页。

解具体情况，是空谈。只知道具体情况，不了解路线，是盲目。要克服'上级只谈政治路线，下级只谈具体工作'的缺点。"[①] 为了迅速有效地将党的路线、方针、政策落到实处，陈云不但对"上级"的干部提出了明确的要求，而且对"下级"的干部也提出了具体的要求；不但强调了"上级"的干部在政策执行中的作用，而且也强调了"下级"的干部在政策执行中的作用。他说，在广大乡村地区，"真正贯彻执行上面的方针、政策和命令，要靠乡和行政村的干部。"[②] 要靠党的基层组织，"只要基层组织积极、认真、切实地按照中央的指示去做，什么事情都可以行得通；如果基层的组织和干部不积极工作，那就什么事情也办不成。"[③] 党的路线、方针、政策就难以得到贯彻落实。

陈云还指出，在贯彻执行政策时既要发挥广大干部的作用，又要充分发挥人民群众的作用。例如 1939 年 11 月 3 日，陈云在《开展群众工作是目前地方工作的中心》一文中说："如果我们定下了改善民生的方针，那末，这个方针的实现也要依靠群众自己起来奋斗。"[④] 1940 年 11 月 29 日，他在《关于干部工作的若干问题》的讲话提纲中又进一步指出："共产党要处处依靠群众。"[⑤] 这当然包括执行政策依靠群众。1956 年 11 月 19 日，在商业部扩大的部务会议上的讲话中，陈云更是明确强调："部长、局长、经理只能抓大的方面，具体执行还是靠二百五十万职工。只有依靠他们，充分发挥他们的积极性，才能把事情办好。……我们党是一直坚持群众路线的，在各项工作中都应该发动群众，

① 《陈云文选》第 1 卷，人民出版社 1995 年版，第 210 页。
② 《陈云文选》第 1 卷，人民出版社 1995 年版，第 174 页。
③ 《陈云文选》第 1 卷，人民出版社 1995 年版，第 174—175 页。
④ 《陈云文选》第 1 卷，人民出版社 1995 年版，第 166 页。
⑤ 《陈云文选》第 1 卷，人民出版社 1995 年版，第 213 页。

依靠群众的力量。”[①] 正是坚持走群众路线，充分发挥广大人民群众的积极性、创造性，我们党和国家的路线、方针、政策得到了切实有效的贯彻执行，中国革命取得了成功，社会主义现代化建设取得了举世瞩目的巨大成就。

（二）培养和造就一支高素质的优秀干部队伍

党的干部是党的事业中具有领导、骨干和模范作用，是实现党的领导，巩固党的组织，建立和加强党与人民群众的血肉联系，团结和带领广大人民群众贯彻执行党的路线、方针、政策，完成党的各项任务的决定性力量。在中国革命和建设的历程中，陈云始终高度重视党的干部队伍建设的问题，为加强党的干部队伍建设、提高各级干部的素质和水平提出了一系列明确的要求。

1. *在学习和实践中培养干部。*

陈云认为，党的干部的培养，主要通过学习提高和实践锻炼两个方面来进行，而且这两方面彼此相互联系，缺一不可。陈云指出：“革命事业是一种伟大的艰巨的工作，特别是中国革命的环境和革命运动更是万分复杂，变化多端，而领导革命的共产党，它之所以能在变化的、复杂的环境中把握一切伟大的革命运动，并且指导各个运动使之走向胜利，是因为有革命理论的指导。共产党员有了革命的理论，才能从复杂万分的事情中弄出一个头绪，从不断变化的运动中找出一个方向来，才能把革命的工作做好。不然，就会在复杂的、不断变化的革命环境中，迷失道路，找不到方向，不能独立工作，也不能正确地实现党的任务和决定。所以每个共产党员要随时随地在工作中学习理论和文

① 《陈云文选》第3卷，人民出版社1995年版，第31页。

化,努力提高自己的政治水平和文化水平,增进革命知识,培养政治远见。"① 我们的口号是"学习,学习,再学习。"② "学习是共产党员的责任"。③

那么,究竟应该学习什么呢?革命战争年代,陈云 1939 年 5 月 30 日在《怎样做一个共产党员》一文中强调:一要学习马克思主义基本理论。陈云认为,学习马克思主义理论,主要是学习和掌握其立场、观点和方法。他说:"我们的学习是学习马克思列宁主义的精神,学习他们观察问题的立场、观点、方法,而不是背诵教条。"④ 二要学习中国的历史和时事政治情况。三要学习军事知识和军事技术,特别是游击战争。四要学习识字和读书读报,提高文化水平。五要随时随地的在实际工作中学习,向群众学习。陈云认为:"一切实际工作中的和群众斗争中的经验教训,是我们最好的学习的课本。"⑤ 后来他又说:"努力学习,加强自己。学习什么呢?学理论,学正确的思想方法,"⑥ 学马克思主义哲学。建国初期,随着社会主义建设事业的全面展开,他又提出,广大党员干部要学习经济管理,学习科学技术,以提高干部管理国家,领导经济建设的水平。陈云语重心长地说,不能总是当外行,"要下决心学习。不学习,经济建设一窍不通,那就搞不成。"⑦ 改革开放以后,1983 年 2 月 25 日,陈云在写给中共中央党校校长王震、副校长蒋南翔的信《培训革命化、年轻化、知

---

① 《陈云文选》第 1 卷,人民出版社 1995 年版,第 142 页。
② 《陈云文选》第 1 卷,人民出版社 1995 年版,第 144 页。
③ 《陈云文选》第 1 卷,人民出版社 1995 年版,第 187 页。
④ 《陈云文选》第 1 卷,人民出版社 1995 年版,第 143 页。
⑤ 《陈云文选》第 1 卷,人民出版社 1995 年版,第 143 页。
⑥ 《陈云文选》第 1 卷,人民出版社 1995 年版,第 261 页。
⑦ 《陈云文选》第 2 卷,人民出版社 1995 年版,第 133 页。

识化、专业化的党政领导干部》中进一步强调："党校学员既要学习马列主义、毛泽东思想的基本理论和党的方针、政策，以此作为主课，又要学习一些现代科学文化知识和必要的专业知识，以提高领导水平和实际工作能力。"①

在重视基本理论、基本业务知识学习的同时，陈云又强调，广大干部必须到社会实践中去锻炼，到工农群众中去学习，从实际工作的经验教训中提高为人民服务的本领。他说："实际工作是重要的教育武器。实际工作的过程，就是教育干部的过程。"② 1942 年 3 月 24 日，陈云在为延安《解放日报》写的署名社论《到什么地方学习》中进一步指出："事实证明：真正政治上高明的革命家，只能在革命斗争中培养，不能专从学校里训练。共产党的真正领袖不论是苏联的或者是中国的，决不是毫无经验、夸夸其谈的人，而是既有丰富革命经验又有真正革命理论的人。干部也是一样，真正政治上开展的干部，决不是毫无革命斗争经验的。因此，没有革命斗争经验的人，如果不到工作中取得实际经验，单靠听讲看书，甚至饱读马克思列宁主义的原理原则，想在政治上真正开展是不可能的。"③ 接着，他明确要求："缺少工作经验的干部，为了建立政治上开展的基础，为了自己在政治上进步，应该先到工作中去学习。"④ "这是革命对我们的要求，也是我们对革命的责任。"⑤ 所有这些，对我们今天培养干部仍有重要的指导作用。

---

① 《陈云文选》第 3 卷，人民出版社 1995 年版，第 322 页。
② 《陈云文选》第 1 卷，人民出版社 1995 年版，第 216—217 页。
③ 《陈云文选》第 1 卷，人民出版社 1995 年版，第 250—251 页。
④ 《陈云文选》第 1 卷，人民出版社 1995 年版，第 251 页。
⑤ 《陈云文选》第 1 卷，人民出版社 1995 年版，第 254 页。

2. 按德才兼备原则选拔干部。

德才兼备是我们党选拔任用干部的一条重要标准和原则。陈云在延安时期曾担任中共中央组织部部长7年之久,按此标准为党为革命事业培养和选拔了大批的优秀干部。1940年11月29日,他在《关于干部工作的若干问题》的讲话提纲中,对这一标准作了具体的阐述,他说:“德才并重,以德为主。反对只顾才不顾德,也反对只顾德不顾才。才和德应该是统一的。才,不是空才;德,也不是空德。考察一个干部的才和德,主要应看其完成任务中的表现。坚持人、事两宜的原则,用人得当,适得其所。要求干部能上能下。只能上、不能下,只能升级、不能降级,是个人第一、党性不纯的表现。”[①]“德才并重,以德为主”成为陈云选拔干部的一贯思想。40多年后,1982年9月6日,他在党的十二大的发言中再次强调了这个问题,他说:“德才相比,我们要更注重于德,就是说,要确实提拔那些党性强,作风正派,敢于坚持原则的人。”[②] 同时,他还认为,对有德无才的人,同样不能委以重任,否则会误国误民。陈云强调,无论在何种历史条件下,我们都必须坚持德才兼备的标准,按德才兼备、任人唯贤的原则来选拔任用干部。

陈云说过:“才,不是空才;德,也不是空德。”[③] 那么,究竟何为“才”?何为“德”呢?他进一步指出:所谓“德”,就是政治标准,是对干部的政治立场、思想作风和组织纪律等方面的要求。主要包括:一是政治立场坚定,忠诚党的事业,坚决拥护和积极贯彻执行党的路线、方针、政策。陈云指出:“用干部的标准,概

---

① 《陈云文选》第1卷,人民出版社1995年版,第214页。
② 《陈云文选》第3卷,人民出版社1995年版,第317页。
③ 《陈云文选》第1卷,人民出版社1995年版,第214页。

括起来有二:政治、能力。两者不能缺一,以政治为主。”[①] 二是思想作风过硬,党性强。陈云十分重视党的思想作风建设,指出“执政党的党风问题是有关党的生死存亡的问题”。[②] 而搞好党风的关键在于广大党员,特别是党的各级干部具有并保持良好的作风。三是遵守党的纪律,组织纪律性强。陈云指出,党的纪律是保证党实现领导、发挥作用的工具,广大党员和干部必须遵守党的纪律,领导干部更要以身作则。他说:“共产党不论在地下工作时期或执政时期,任何时候都必须坚持党的纪律。”[③] 陈云强调,选拔干部一定要把“德”放在首位。

在重视并强调干部选拔任用中“德”的标准的同时,陈云也十分重视干部的“才”。所谓“才”,即干部的文化知识、业务水平、专业技术造诣和应具备的领导才能。具体说来:一要具备较高的文化水平。这是一个干部综合能力和水平的基础。陈云认为:“文化与政治是密切相联的。如果没有文化的提高,要提高政治水平是不可能的。”[④] “干部没有文化,没有知识,革命是革不成功的。”[⑤] 因此,具有相当的文化水平是干部选拔任用的基本条件之一,也是考察、衡量干部才能的基本条件之一。二要具备一定的专业技术知识。早在民主革命时期,陈云就反复指出,我们一定要“向全党解释,各种经济工作和技术工作是革命工作中不可缺少的部分,是具体的革命工作。应纠正某些党的组织和党员对革命工作抽象的狭隘的了解,以至轻视经济工作和技

① 《陈云文选》第1卷,人民出版社1995年版,第213页。
② 《陈云文选》第3卷,人民出版社1995年版,第273页。
③ 《陈云文选》第3卷,人民出版社1995年版,第275页。
④ 《陈云文选》第1卷,人民出版社1995年版,第178页。
⑤ 《陈云文选》第1卷,人民出版社1995年版,第177—178页。

术工作,认为这些工作没有严重政治意义的错误观点。”[①] 为此,他特别提出要发挥知识分子的作用,培养选拔一批专业技术干部。三要具备较强的决策能力、组织能力和管理水平。陈云指出,一个干部光有德还不够,必须有才。有德无才的干部,虽然政治上可以信赖,但由于缺乏必要的文化、专业知识和组织领导能力,不可能完成党交付的任务,不可能将党的方针、政策落到实处,更难以开创党的事业的新局面。

3. 重视培养和选拔中青年干部。

党的干部,尤其是党的各级领导干部是实现路线、方针、政策的骨干和保证,党的干部能否后继有人是关系到党的事业兴衰成败和国家前途命运的重大战略问题。正是从这样的战略高度,陈云思考党的干部队伍建设时,特别重视对中青年干部的培养和选拔。早在抗日战争时期,时任中共中央组织部长的陈云在狠抓干部队伍建设时,就十分注意大力培养和选拔新干部的问题。例如 1939 年 12 月 10 日,他在陕甘宁边区党的第二次代表大会上的讲话中说:“现在我们的工作有很大的开展,新的根据地在不断建立,军队在不断扩大,党在全国需要用很多干部,如果没有大批的新干部补充到干部队伍中来,我们的革命事业就要停顿不前,就不能打败日本帝国主义。”[②] 他还说,我们“党是以老干部为骨干的,但是仅有老干部还不够,还需要大批的新干部。老干部是宝贵的,新干部也宝贵。”[③] 由于认识到位,措施得力,新的干部源源不断地充实党的干部队伍,从而使我们党的干部队伍的数量和质量都有了很大的提高,这就为贯彻执行

① 《陈云文选》第 1 卷,人民出版社 1995 年版,第 226 页。
② 《陈云文选》第 1 卷,人民出版社 1995 年版,第 178—179 页。
③ 《陈云文选》第 1 卷,人民出版社 1995 年版,第 182 页。

党的路线、方针、政策,领导抗日战争和解放战争的胜利以及新中国的建设提供了有力的组织和人才保证。

但是建国后,由于"文化大革命"的破坏和摧残,党的干部队伍出现了年龄老化等问题,不能适应改革开放和现代化建设事业的需要。对此,陈云强烈呼吁要培养和选拔成千上万的德才兼备的中青年干部,否则就难以保证党的十一届三中全会制定的改革开放的路线、方针、政策得到切实的贯彻执行。例如1979年3月25日,在主持国务院财经委员会第一次会议上的讲话中,陈云提出要"找一个,两个,三个,四个,或者五个年轻一些的,四十岁到五十岁的干部,到财经委员会工作。"让"这些人参与讨论问题,参与决定大政方针的事。培养这样的人,我看很有必要。"① 几个月后,在党的十一届五中全会上,陈云又说:"成立中央书记处,这是党的一项重要的措施。这个事情非常紧迫,非常必要。现在从中央到县委,大部分人头发都已经白了。所以,有它的紧迫性,有它的必要性。现在我们主动地来选择人才,还有时间,再等下去,将来就没有时间了。"② 接着,他明确指出:"书记处和全党的一个重要任务,是要在各级选择合格的年轻干部。"③ 1981年5月8日,陈云又专门致信中央,特别提出提拔培养中青年干部是当务之急。两个月后,在省、自治区、直辖市党委书记座谈会上,他又作了《成千上万地提拔中青年干部》的讲话,大声疾呼:"只有成千上万地提拔经过选择的好的中青年干部,才能使我们的干部交接班稳定地进行。"④ 解决好干

① 《陈云文选》第3卷,人民出版社1995年版,第257—258页。
② 《陈云文选》第3卷,人民出版社1995年版,第269页。
③ 《陈云文选》第3卷,人民出版社1995年版,第270页。
④ 《陈云文选》第3卷,人民出版社1995年版,第302页。

部队伍的交接班问题，是摆在全党面前的一项重要任务。

陈云曾经在党的十二大上满怀信心地说："我相信，只要把干部队伍的交接班问题解决好，我们党的事业就一定会后继有人。"[①] 而"解决干部队伍交接班的问题，就要提拔中青年干部进入各级领导班子。"[②] 实践正如陈云所说的那样，我们党和国家从中央到地方成功地解决了各级领导的交接班问题，平稳地实现了从第二代中央领导集体向第三代中央领导集体的过渡，改革开放和现代化建设的各项方针政策始终得到了一以贯之的有效执行，中国特色的社会主义事业更是取得了前所未有的辉煌成就。

① 《陈云文选》第3卷，人民出版社1995年版，第317页。
② 《陈云文选》第3卷，人民出版社1995年版，第315页。

第四章 政策调整论

政策贯彻执行以后，如果符合客观实际，对社会经济的发展起促进作用，那么就将继续执行；反之，就必须进行调整。在新中国历史上，有过三次比较大的经济调整，一是20世纪50年代初的工商业调整，二是60年代初的国民经济调整，三是70年代末80年代初的国民经济调整。陈云是这三次经济调整的直接领导者，对如何搞好政策调整提出过一系列独到的见解，政策调整思想是陈云政策思想的一大特色。

一、政策调整的原因与类型分析

所谓政策调整，就是根据政策执行的结果，对政策作出某些必要的补充或删减、修订或修改，从而使其更加完善、更加科学的动态过程。政策调整是政策实施过程的有机组成部分，是完善政策的重要环节。对于为什么要进行政策调整，陈云在一系列文章、讲话和指示中作了充分的阐述。

（一）实践发展引起的政策调整

什么是实践？马克思在《关于费尔巴哈的提纲》中说，实践是人类“现实的、感性的活动”。[1] 在《德意志意识形态》一书中，马克思、恩格斯进一步指出，应该把实践活动视为现实的客观存在，视为人类的本质，视为人类历史的基础，从而也是全部人类知识的基础。政策是人类社会发展到一定历史阶段的产物，是适应社会实践需要而出现的一种社会政治现象，它的产生是社会实践的结果。众所周知，在原始社会并没有政策现象存在。随着氏族社会的解体，国家作为阶级对立不可调和的产物应运而生，政策从此成为统治阶级管理国家的重要工具。特别是近代社会产生政党政治以后，政策在社会生活中的重要作用更加突出，既是国家履行社会职能的基本手段，也是政党最基本的政治行为，任何政党都通过其政策实践来体现它的活动宗旨和发展方向。

马克思主义唯物辩证法认为，客观事物是不以人的意志为转移的，实践是不断发展变化的。因此要求作为反映客观事物的政策，也要随着实践的发展而不断地适应发展了的实践。列宁指出：“马克思主义的政策是以现实的东西而不是以可能的东西为依据。一种现象转化为另一种现象是可能的，所以我们的策略不是一成不变的。”[2] 只有这样，才能使政策正确地反映客观事物，正确地指导社会实践，始终与客观情况保持一致，维持一种动态的平衡，以保证政策的有效性，发挥政策对社会经济发展的促进作用。陈云经常说，毛泽东思想的根本要求，就是实事求是，一切从实际出发。早在延安时期，他就曾经指出，为了把工作做好，我们必须不断地“总结经验教训，考察、补充和修正决

---

① 《马克思恩格斯选集》第1卷，人民出版社1995年版，第54页。

② 《列宁全集》第47卷，人民出版社1990年版，第256页。

议,使主观逐步达到与客观相一致",[1] 使我们的各项政策与客观实际相一致。

新中国成立后,陈云在这方面的论述就更多。例如在社会主义改造时期,1956 年 7 月 21 日,他在全国各省、自治区、直辖市商业、农产品采购厅局长和供销合作社主任会议上的讲话中说:"现在我们面前出现了许多新情况。实行公私合营以后,所有制发生了根本的变化。……情况既然改变了,我们的商业政策就要根据新的情况加以改变。比如加工订货、统购包销的办法要改变,许多商品要采取选购的办法,也可以由工业部门自销或委托商业部门代销。……又如批发,过去是自上而下地派货,……现在要把派货制度改变为自下而上的选购制度。"[2] 接着,他进一步指出:"现在是商业工作的转变关头,要改变过去的旧办法,建立一套新办法。没有一套新的办法,就不能适应新环境的需要。"[3] "改变过去的旧办法","建立一套新办法",以"适应新环境"的过程,也就是进行政策调整的过程。

(二)政策弊端暴露引起的政策调整

陈云指出,从一分为二的观点来看,任何一项政策都不可避免地存在着某种不足或弊端。有些弊端是政策制定和执行过程中,由于人们主观的失误或客观条件的影响导致的;有些弊端是由政策的时空特点决定的。在政策实施前,或在政策执行初期,这些弊端不一定会立即暴露出来,但随着政策实施的深入,某些弊端就会起作用,影响政策的贯彻执行,这时政策调整的任务就

---

① 《陈云文选》第 1 卷,人民出版社 1995 年版,第 221 页。
② 《陈云文选》第 2 卷,人民出版社 1995 年版,第 333—334 页。
③ 《陈云文选》第 2 卷,人民出版社 1995 年版,第 340 页。

提上了议事日程。

在实践中,陈云非常重视对政策执行以后的考察,要求发现不足必须及时地加以克服。例如,1956年6月30日,他在一届全国人大三次会议上关于商业工作与工商关系问题的发言中,对统购包销政策的贯彻执行作了系统的评述,既指出了存在的弊端,也提出了克服弊端的办法。他说:“大家知道,我们国家对资本主义工商业,既不采取没收,也不采取让它泛滥、任意剥削人民的政策,而是采取利用、限制、改造的政策。执行国家这个政策的主要业务部门是商业部门。采取的主要措施,是对多数工业品实行加工订货、统购包销,对主要农产品实行统购统销。几年以来,实行上述政策的结果基本上是良好的。”①

但是,“我们还必须看到,加工订货、统购包销的办法,在执行中有很多毛病。”② 从工缴费方面来说,虽然国营商业部门不断地调整工缴费用和收购价格,使之逐步走向合理,但仍有不少商品没有给私营工厂以应得的利润。从加工的计划性方面来说,由于国营商业的批发系统分工不细,管理商业品种太多,经验不够,加上国营商业过去采取自上而下分配商品的制度,所以加工数量时多时少,原料供应不当,某些商品品种减少,花色不合销路等等毛病,确实普遍存在。“六年多的经验告诉我们,加工订货、统购包销的办法,对保证生产、稳定市场,对资本主义工商业社会主义改造,起了巨大的作用,因此它是正确的和必要的。但是,也应该看到,这是在一定历史条件下的一种特殊的管理生产的方法,这只能是一种过渡的暂时的办法。在定息形式

---

① 《陈云文选》第2卷,人民出版社1995年版,第321页。

② 《陈云文选》第2卷,人民出版社1995年版,第322页。

的全行业公私合营以后，应该考虑采取新的更加完善的办法。”[①] “采取新的更加完善的办法”的过程，也就是对有关政策进行相应调整、从而使之更加完善成熟的过程。

（三）认识水平提高引起的政策调整

任何一项政策，都是人们认识的产物。政策是对一定历史时期的客观情况所进行的科学认识的总结，是一定的客观规律的正确反映。人们对政策问题的认识表现为一种不断深化的过程。在现实生活中，客观事物总是发展变化的，而且各种矛盾的暴露也需要有一个过程，再加上人们自身认识能力的局限，从而增加了政策决策的难度。对于决策者来说，“如果政策决策中可预知的因素越多，其决策的成功率就越高；反之，其决策的失误率就越大。”[②] 马克思主义唯物辩证法告诉我们，任何一种事物都不可能孤立地存在，这就使得政策决策者必须面对大量不可预知的因素的现实来制定政策。这样，某些不可预知因素的出现和某些环节的失误，都可能使政策与客观实际相脱离。随着实践的发展和认识水平的提高，以及对客观事物认识的深化，人们会发现原定政策的这些不足、缺陷和失误，因此，就要对政策作出某些必要的修改和补充，以使政策更加切合实际、更加完善科学。

关于这一点，陈云的论述同样非常丰富。他一贯认为，“人们认识事物，往往不是一次就能完成的，需要有一个反复的过

① 《陈云文选》第2卷，人民出版社1995年版，第323页。

② 刘斌、王春福主编：《政策科学研究》第1卷，人民出版社2000年版，第329页。

程。”[①] 要“在实践过程中反复认识。凡是正确的，就坚持和发展。如果发现缺点就加以弥补，发现错误就立即改正。”[②] 我们在认识事物时，一定要“吸收正确的，驳倒错误的，使自己的意见更加完整。并且在实践过程中，还要继续修正。因为人们对事物的认识，往往不是一次就能完成的。”[③] 具体到如何认识党和国家的方针政策问题上，陈云提出了一个同样的逻辑，即“判断，行动，再认识，修正之”。[④] 也就是说，政策也要随着人们认识的深化，不断地“修正之”，从而更加符合客观实际，更加有效地发挥其对社会经济发展的促进作用。

陈云不但在理论上提出政策要随着人们认识的深化而不断地“修正之”，而且在实践中他经常对这类政策的修正、调整提出具体要求。例如，1957 年 9 月 24 日，他在党的八届三中全会上的发言中，明确要求对经济体制改进以后中央和地方财政分成政策要在执行一年以后，进行经验总结，提高认识。如果发现有不适应的地方，就要进行必要的调整。他说：“中央和地方各种分成制度，基本上三年不变；但执行一年以后，如果有不适应的地方，应该有局部的调整。”[⑤] 因为“三年分给地方的三十亿至三十六亿元是估计数字，其中财政结余约十亿至十五亿元，比例分成约二十亿元，执行结果可能出入很大，贫富地区之间的差别也可能很大，只有实践一年以后，才可以看出问题。”[⑥]“看出问题”的过程，也就是人们的认识不断提高、逐步深刻的过程。陈

① 《陈云文选》第 3 卷，人民出版社 1995 年版，第 47 页。
② 《陈云文选》第 3 卷，人民出版社 1995 年版，第 346 页。
③ 《陈云文选》第 3 卷，人民出版社 1995 年版，第 372 页。
④ 《陈云文选》第 3 卷，人民出版社 1995 年版，第 346 页。
⑤ 《陈云文选》第 3 卷，人民出版社 1995 年版，第 76 页。
⑥ 《陈云文选》第 3 卷，人民出版社 1995 年版，第 76—77 页。

云强调，这一认识的提高只能发生在该项政策“实行一年之后”，并且对该项政策也只能在“基本上三年不变”的情况下“作必要的局部调整。”①

二、政策调整有着重要的意义和作用

制定政策的目的是为了解决社会问题，实现政策目标，促进经济社会的发展。政策目标能否实现，不但取决于政策制定得是否正确，而且更取决于制定出来的正确政策能否得到有效的执行。政策调整是保证政策目标得以充分实现的一条重要途径。陈云认为，在实现政策目标的过程中，随着实践的发展和人们认识的提高，对政策作相应的调整不但是必要的，而且具有重要的意义。

（一）政策调整有利于纠正政策的失误和偏差

通常，政策的制定都经过了一整套严格的科学程序，政策的执行也有一系列的原则和程序作保障。但政策作为一种主观认识，其正确与否无法在制定过程中得到检验和作出最佳的判断，而必须经过实践来验证。在政策实践中，一项政策如果能够完全实现或基本达到政策的预期目标，那么这项政策就被证明是正确的或基本正确的。反之，如果政策执行的后果是负作用大于正作用，那么说明这项政策决策失误或执行出了偏差。这样的政策执行的时间越长，涉及面越广，造成的损失也就会越大。所以政策调整一定要及时，只有及时调整才可以避免政策失误造成的更大损失。

① 《陈云文选》第3卷，人民出版社1995年版，第76—77页。

有鉴与此,陈云强调,我们的政策出台以后,一定要充分注意和及时了解政策执行的结果,随时随地收集各种反馈的信息,一旦发现政策出现失误和偏差,就应立即准确地对该项政策作出局部性甚至根本性的调整。例如,1978年2月26日至3月5日,五届全国人大一次会议通过的《十年规划纲要》提出,从1978年到1985年,要新建和续建120个大项目,其中有10大钢铁基地,9大有色金属基地,8大煤炭基地,10大油气田,30个大电站,6条铁路新干线,5个重点港口,全国基建投资相当于过去28年的总和。这一决策反映"文化大革命"结束后人们希望尽快发展国民经济的善良愿望,但是严重超越了当时国力财力的承受能力。1979年3月陈云出任国务院财经委员会主任、主持全国财经工作后,在大量调查研究的基础上明确指出,我国基本建设投资规模过大,国民经济比例严重失调,要用两三年,最好是3年的时间,对国民经济进行调整。同年9月18日,他在国务院财政经济委员会召开的汇报会上的讲话中再次强调:这次"经济的调整,即实行调整、改革、整顿、提高的方针,是必要的,并不是多此一举。计委这次提出明年的基建投资是二百五十亿元,财政部提出的是一百七十亿元。不管哪个数字,都比一九七八年的四百五十一亿元和一九七九年的三百六十亿元减少了。这就在实际上证实了一九七八年和一九七九年的投资超过了国家财力物力的可能。"① 这次调整,及时地纠正了当时的政策偏差,对保持国民经济的健康发展起了十分重要的作用。

(二)政策调整有利于政策的完善和发展

任何一项政策都是为了解决既定环境和背景下的具体问题

---

① 《陈云文选》第3卷,人民出版社1995年版,第264页。

而制定和实施的。政策是客观实际的反映,它与客观实际的符合具有相对性。政策一旦形成和颁布之后,其内容便基本固定下来,但客观环境和条件却不会不变。由于客观环境和条件的变化以及政策执行的结果,政策所要解决的问题总会有所变化,新的情况总会发生,这就会使原来比较符合客观实际的政策变得滞后,这就需要对原有的政策进行调整,进行补充、修正或完善,以适应变化了的新情况、新环境。同时,任何一项政策又是在政策制定和执行主体一定的认识水平的基础产生的。人们对客观事物的认识是一个"实践——认识——再实践——再认识"不断深化的过程,同样,对政策环境的认识也是如此。在一般情况下,由于受人们认识局限性的影响,最初出台的政策难免会比较笼统、过于原则,甚至不够全面。随着实践的发展,人们对政策问题的认识必将不断深化,这就需要通过政策调整来将原来比较笼统的政策加以具体化,对过于原则的政策进行充实,将不够全面的政策加以完善。

新中国成立后,我国在粮食问题上曾经实行过一项重要的统购统销政策。对这项政策的制定、执行、调整、完善,陈云作出了重要的贡献。为了解决全国的粮食供应问题,陈云曾经设计了8种政策方案供党中央决策参考,经过反复论证,反复比较,最后决定实行粮食的统购统销政策。1953年10月16日,中共中央作出《关于实行粮食的计划收购与计划供应的决议》,同年11月23日,中央人民政府政务院发布《关于实行粮食的计划收购和计划供应的命令》,规定了实行粮食统购统销的具体办法。该项政策出台后,为了解决执行中遇到的种种问题,1955年1月中旬,陈云亲赴上海青浦小蒸乡进行调查。调查中发现,当时农民有意见的主要原因是上一年统购时购了"过头粮",挖了口粮,农民不够吃了。对于统购统销政策,农民虽然有一些意见,但基本上还是能够接受的。于是,陈云认为,虽然“统购统销政策有缺点、有漏洞,可以补充、改进,但能够也必须坚持。”[①] 调查结束后,陈云回到北京向中央提出了农村粮食统购统销中的“三定”政策主张,即定产、定购、定销。这一主张与以前的政策相比有了很大的改进,作了更加符合农民利益的调整,因而得到了毛泽东和党中央的赞同,也更为广大农民所接受。“三定”政策确定下来后,1955 年 4 月 28 日,中共中央和国务院发出《关于加紧整顿粮食统销工作的指示》,要求全国本着“三定”原则对粮食统购统销进行整顿。经过整顿以后,全国的粮食销量迅速恢复正常,粮食形势稳定下来。同年 7 月 21 日,陈云又在一届全国人大二次会议上作了《坚持和改进粮食的统购统销》的发言,对人们尚存的一些问题又作了进一步的解答,对改进统购统销政策的一些措施又进一步作了说明。这样,统购统销政策就在陈云的直接领导下,经过不断的充实、调整、修改,渐渐地完善起来,并执行了长达 32 年之久,直至 1985 年才逐步废止。从统购统销政策的不断丰富和完善,我们可以清楚地看出政策调整在这一过程中的重要作用。

(三)政策调整有利于政策的贯彻执行

众所周知,一项政策要达到既定的目标、发挥出应有的功能,就必须得到切实有效的贯彻执行。然而在现实生活中,我们的一些政策却难以得到有效的贯彻执行。究其原因,各种各样。陈云认为,其中一个十分重要的方面就是,我们的一些政策常常不符合实际,各项配套措施脱节,因而导致政策难以执行。

---

① 孙业礼、熊亮华著:《共和国经济风云中的陈云》,中央文献出版社 1996 年版,第 96 页。

在20世纪50年代的中后期，为了尽快实现我国的社会主义工业化，大力发展钢铁工业成为历史的必然。但是1958年"大跃进"以后，我国发展钢铁工业的政策和指标却严重地脱离当时的国情。在确定1958年的计划时，钢的生产指标是625万吨。由于"大跃进"的形势，8月北戴河中央政治局扩大会议提出，1958年钢的生产要比1957年翻一番，即达到1070万吨。同年12月，党的八届六中全会通过了关于1959年国民经济计划的决议，钢的生产指标增长到2000万吨。然而到1959年春天，工业生产的形势表明，全年要生产2000万吨钢已不可能。而且各地反映，由于全民大炼钢铁，许多农用物质、人民生活用品和部分重工业的生产，因原材料、燃料供应不足，运输力被挤占而纷纷告急。当时全党全国面临着这样一种状况，如不调整钢铁指标，会使国民经济蒙受巨大的损失；如调整钢铁指标，又担心产生不良的政治影响。钢铁生产指标成为不仅是一个经济问题，同时也是一个全国上下普遍关注的政治问题。

在这紧急关头，陈云受毛泽东和党中央委托落实钢铁生产指标问题。当时冶金工业部对1959年钢的生产指标提出三个数字（即三个方案）：1300万吨、1400万吨、1500万吨。国家计委重工业局提出的数字，钢的可靠指标是1250万吨到1300万吨，争取指标是1400万吨。国家经委冶金局提出钢的可靠指标是1300万吨，争取指标是1500万吨。经过认真调查，反复研究，1959年5月11日，陈云在中共中央政治局会议上提出："钢材的可靠指标可以初步定为九百万吨，钢的生产指标就是一千三百万吨"，（130/3）并对此作了详细的说明。5月15日，他又就钢铁指标问题给毛泽东写了一封信，再次提出了按生产钢1300万吨、钢材900万吨进行安排，把将来超过的数量作为争取目标。最后，中央完全接受了陈云的意见，按钢1300万吨、铁1900万吨、钢材900万吨对钢铁指标作了调整。在调整生产指标的同时,也对钢铁生产的一系列配套政策作了相应的调整。调整指标执行的结果是,1959年"实际生产钢1387万吨,生铁2192万吨,钢材897万吨。"[①] 实践证明,该项调整是实事求是的,执行的结果是非常成功的。

三、搞好政策调整的正确步骤与途径

政策调整实质上就是政策的再制定与再执行过程。为了搞好这个调整,我们不仅要充分认识政策调整的重要作用,正确分析政策调整的各种原因,而且还要严格遵循科学的调整步骤和采取切实可行的调整途径。只有这样,政策调整的重任才能圆满完成。对此,陈云从理论与实践相结合上强调了以下几个方面:

第一,客观全面地弄清实情,是政策调整成功的前提条件。

陈云认为,一项政策执行以后,是否应该进行调整,怎样制定调整方案,如何落实调整措施,关键在于正确弄清执行以后的实际情况。他说:"我们常讲实事求是。实事,就是要弄清楚实际情况;求是,就是要求根据研究所得的结果,拿出正确的政策。譬如打仗,敌情判断错了,作战就要失败。又如医生看病,把病情诊断错了,就治不好病,甚至把人治死。"[②] 他还说,有些政策为什么不正确,错误到底是从哪里来的?"我得出一条结论,是由于主观对客观事物认识上有偏差。凡是错误的结果都是由行动的错误造成的,而行动的错误是从认识的错误来的。认识支

---

① 《陈云与新中国经济建设》,中央文献出版社1991年版,第280页。

② 《陈云文选》第3卷,人民出版社1995年版,第188页。

配行动,行动是认识的结果。”① 因此,我们要“用百分之九十以上的时间去弄清情况,用不到百分之十的时间来决定政策。”②只有“不忙于决定对策,而首先了解情况,这才不是本末倒置。”③ 这样制定出来的调整方案,才能建立在客观公正的坚实基础之上。

既然弄清实际情况如此重要,那么,用什么方法来弄清实际情况呢?陈云指出:首先是调查研究,调查研究是陈云政策思想的一个基本点。无论是制定政策,还是执行政策和调整政策,陈云在作出决策之前首先要做的一项工作,就是进行深入细致的调查研究。调查研究是陈云反复倡导和终身践行的一种基本工作方法和领导方法。他多次强调,领导机关制定政策和调整政策,一定“要用百分之九十以上的时间作调查研究工作,最后讨论作决定用不到百分之十的时间就够了”。④ 例如 1961 年 6 月下旬到 7 月上旬,他到上海青浦小蒸人民公社做了为期半个月的调查,使他弄清了许多实际情况。通过调查研究,他发现让农民多种一点自留地,具有可以补充口粮、便于养猪积肥、可以种些蔬菜、可以有些零用钱、可以恢复和发展竹园等五大好处。因而得出结论:“农民的积极性提高了,种这样一点自留地决不会妨碍集体生产,相反地会促进集体生产的发展。生产发展了,国家规定的征购任务也就更容易完成。”⑤ 陈云将这些调查研究的结果,随后向中央作了详细的汇报,对包括自留地政策在内的一系列农村政策的调整起了积极的促进作用。

---

① 《陈云文选》第 1 卷,人民出版社 1995 年版,第 342 页。
② 《陈云文选》第 3 卷,人民出版社 1995 年版,第 46 页。
③ 《陈云文选》第 1 卷,人民出版社 1995 年版,第 343 页。
④ 《陈云文选》第 3 卷,人民出版社 1995 年版,第 189 页。
⑤ 《陈云文选》第 3 卷,人民出版社 1995 年版,第 186 页。

陈云指出，要保证决策正确光有调查研究还不够，还要鼓励讲真话，勇于讲真活。“大跃进”期间一系列错误决策产生的原因，就是党内民主风气不好，敢于反映真实情况和提出不同意见的同志，往往受到压制、批判，致使相当多同志不敢讲真话，道真情，掩盖了错误和问题，因而导致了国民经济的严重困难。为了尽快地实现政策调整，从而使国民经济调整工作健康发展，1962年2月8日，陈云在扩大的中央工作会议上一针见血地指出：“这几年我们党内生活不正常。‘逢人只说三分话，未可全抛一片心’，这种现象是非常危险的。……在党内不怕有人说错话，就怕大家不说话。有些‘聪明人’，见面就是‘今天天气哈哈哈’，看到了缺点、错误也不提。如果这样下去，我们的革命事业就不能成功，肯定是要失败的。”① 因此，他鼓励干部群众讲真话，揭露矛盾，发表不同意见；倡导领导干部善于倾听不同意见，以此来获得真情。他说：“难者在弄清情况，不在决定政策。因此，要善于听取不同意见。”② 因为“只听顺耳的话，是不能做好工作的。”③ 同样，也是不能完成政策调整的重任的。

第二，制定正确的调整方案，是政策调整成功的决定因素。

政策调整方案是进行政策调整的依据，是在大量调查研究的基础上，根据政策实施的反馈信息和执行结果，对原政策的修改原则、内容、方法和步骤所作出的规定。政策调整方案的好坏，直接关系到政策调整的成败。陈云指出，为了保证政策调整方案的质量，在制定政策调整方案时，必须注意以下几个问题：第一，政策执行结果的反映要真实可靠。也就是说，要将政策执

① 《陈云文选》第3卷，人民出版社1995年版，第187页。

② 《陈云文选》第3卷，人民出版社1995年版，第361页。

③ 《陈云文选》第2卷，人民出版社1995年版，第330页。

行的结果,执行中存在的问题,广大人民群众的意见等,如实地、全面地反映上来。只有在真实可靠的基础之上,才能有的放矢地制定调整方案。第二,政策调整标准的确立要客观科学。在全面了解政策执行的结果、决定对有关政策进行调整之后,就应该着手制定如何进行调整的标准,确立所要实现的调整目标。例如 1961 年 5 月 31 日,陈云在中央工作会议上说,我们要对工业进行调整,但又"不能设想工业生产的困难局面一下子就可以好转",① 调整的标准和目标一定要客观科学,这样制定的调整方案才能在实践中行得通。第三,政策调整原因的分析要准确合理。陈云认为,政策产生偏误有各种各样的原因,只有找准问题的原因之后,才能够"对症下药"地制定切实可行的调整方案。

在制定政策调整方案时,陈云特别强调了总结经验教训的重要性。由于陈云长期主持我们党和国家的经济工作,因此他对社会主义建设的经济政策有着更深刻的认识,并经常指出,我们的经济政策"不能只依靠书本,生搬硬套,必须从我国的经济现状和过去的经验中去寻找。"② 而且"要找出一套新办法,就要研究过去的办法。开始时可能总结得不完整,但不要紧,可以慢慢完整起来。"③ 无论经济政策,还是其它各个方面的政策,要始终保持其正确性,就必须认真总结经验教训,及时地根据实际情况的变化进行适当的调整,从而改进我们的工作。正如他 1954 年 6 月 30 日在关于第一个五年计划的几点说明中阐述的那样,为了让我们的政策更正确,我们的工作更出色,我们必须

---

① 《陈云文选》第 3 卷,人民出版社 1995 年版,第 166 页。

② 《陈云文选》第 3 卷,人民出版社 1995 年版,第 56 页。

③ 《陈云文选》第 2 卷,人民出版社 1995 年版,第 340 页。

不断地总结经验,“把各地和中央部门总结的经验集中到一起,加以分析、综合、提高,就可以用来改进我们的工作。根据过去的经验,找出新的办法,我看这项工作比日常的业务工作更重要。”[①] 他还特别告诫全党:“总结经验就可以把过去做对了的和做错了的加以分析,使我们头脑清醒,把工作提高一步。不总结没有交代,做了若干年的工作老是糊里糊涂,死了也不好见马克思,后代的人也要责怪我们。”[②] 不总结“过去的经验”,就难以“找出新的办法”,难以把政策调整好,难以“把工作提高一步”。认真总结经验,不仅对调整和完善我们的政策,从而改进我们的工作,而且对整个革命事业都具有十分重要的意义。

陈云指出,制定政策调整方案同样要遵循“多谋以求善断”,[③] “交换、比较、反复”[④] 等方法和原则,因为这些既是政策制定的方法,也是政策调整的方法。如果说制定政策是一个初始决策的过程,那么调整政策则是一个追踪决策的过程,总之都是决策过程。同政策制定一样,政策调整也是从若干个可供选择的方案中进行比较分析,从而最终选择出一个最佳方案的。例如“事关全局”的上海宝钢“特大项目”,由于“仓促上马”,[⑤] 曾一度出现骑虎难下的局面,舆论议论纷纷,建设出现困境。是建还是停?中央十分焦急。陈云临危受命,前往解决这一问题。在深入调查研究,比较各种方案的基础上,陈云提出了“干到底”的八条建议[⑥]。最后,党中央批准了陈云的建议,宝钢一期工程

---

① 《陈云文选》第2卷,人民出版社1995年版,第340页。

② 《陈云文选》第2卷,人民出版社1995年版,第341页。

③ 《陈云文选》第3卷,人民出版社1995年版,第140页。

④ 《陈云文选》第3卷,人民出版社1995年版,第371页。

⑤ 《陈云文选》第3卷,人民出版社1995年版,第259页。

⑥ 《陈云文选》第3卷,人民出版社1995年版,第260—262页。

在1985年建成投产。1979年6月16日,陈云在国务院财经委员会全体会议上谈到这一决策的具体过程时作了详细的说明,他说:"在近一个半月中间,我对宝钢如何建设的问题,有过三次反复的考虑。第一次是在看了谷牧同志五月十一日批的那个文件之后,认为应该基本立足于国内,买技术,买专利。关键设备还是要进口。……第二次是五月三十一日到上海以后,有个想法:全部进口吧。……买设备的同时,也买制造技术,买专利。第三次是六月六日离开上海时,我最后考虑的意见,还是按照三委、三部和银行报告的意见办。这三次反复,对我来说是很有益处的。"[①] 20多年过去了,实践证明陈云的八条建议是正确的,是符合实际的、切合可行的综合治理方案。

第三,采取合适的方法措施,是政策调整成功的重要保障。

一般说来,政策调整过程可以分为认识准备阶段和实施调整阶段。从提出政策方案到选择政策方案属于政策调整的准备阶段,而要真正达到政策调整的目的,还必须经过其实施阶段。陈云认为,政策调整方案的制定只是迈出了第一步,而更为重要的是如何采取有效措施把它化为具体的实践和行动。只有这样,政策调整的任务才能完成,政策调整的目标才能实现。他进一步指出,政策调整方案的实施过程,也就是政策的再执行过程,因此,政策执行的一系列方法和原则,如典型试验,总结提高,逐步推广,原则性与灵活性相结合,创造性地执行政策等,所有这些对政策调整方案的实施都是不可缺少的。除此之外,陈云还对落实政策调整提出了一系列具体的方法和措施,如果我们仔细分析这些方法和措施,会发现具有如下一些特征:

一是针对性。众所周知,在20世纪70年代末80年代初,

① 《陈云文选》第3卷,人民出版社1995年版,第259—260页。

我国对国民经济进行了调整。陈云一方面指出“实行调整、改革、整顿、提高的方针,是必要的”。[①] 另一方面又对如何实施调整提出了许多具体的针对性措施,例如关于缩短基本建设战线问题,他强调:“既然基建投资决定于当年的财政拨款有多少,明年基建规模就应该按照财政拨款多少来安排,……哪个项目该上就必须上,哪个项目没有财力上就必须下。要核定该上该下的项目,不能推平头,不能来一个大家打七折,因为其结果将不能改变基建战线太长的现状。不下决心这样做,我们说要缩短基建战线就是一句空话。推平头,大家打七折,这种办法将使我们一事无成,害国害民。”[②] 他还说:“调整,就是步伐调整调整,该踏步的踏步,该下的下,该快马加鞭的快马加鞭。目的是为了前进,为了搞四个现代化。”[③] 也就是说,调整的措施一定要有针对性,该怎么样就怎么样,只有这样,才能真正解决问题。

二是衔接性。政策调整的过程,也就是政策的再制定和再执行过程。为了克服严重的国民经济困难,1961 年 1 月党的八届九中全会正式决定实行“调整、巩固、充实、提高”的方针。在这期间,陈云非常重视粮食问题的解决,为此,对农业政策作了一系列的调整,并收到了一定的效果。1961 年 5 月 31 日,他在中央工作会议上说:“今天是五月三十一日,再过一个月这个粮食年度就结束了。如果将农村的情况估计一下,我认为这个年度比上个年度要好一点。这个年度内,党中央和毛主席抓了‘十二条’,随后又有‘六十条’,农村的情况逐渐好转。这次会议进

---

① 《陈云文选》第 3 卷,人民出版社 1995 年版,第 264 页。
② 《陈云文选》第 3 卷,人民出版社 1995 年版,第 266 页。
③ 《陈云文选》第 3 卷,人民出版社 1995 年版,第 256—257 页。

一步解决了一些政策问题，我看下一年度会比今年更好些。”[1] 如何进一步解决粮食问题呢？陈云指出，一项重要的措施就是“继续调整党在农村的基本政策。这就是贯彻执行‘十二条’和‘六十条’，再加这次会议定的四条（调查研究、群众路线、退赔、平反与处罚）。这是重要的。政策问题不解决，农民的积极性发挥不出来，其他的措施再多，农业生产也上不去。”[2] 在这里，陈云强调了一个重要思想，那就是落实调整措施，不但要注意前后衔接，而且还要与“其他的措施”衔接，否则就难以达到应有的调整效果。

三是稳妥性。陈云强调，我们的政策调整一定要在积极稳妥中进行，这也是他的一贯主张。早在对资本主义工商业进行社会主义改造时期，针对许多职工提出公私合营企业职工的工资待遇高低差别太大的问题，陈云指出：“这是应该在可能范围内加以调整的。调整的方针应该是，公私合营企业职工的工资同当地同类国营企业职工的工资相比，高了的不降低，低了的根据生产情况和企业的可能，分期地、逐步地增加。”[3] 而且他还说：“我们应该看到，公私合营企业工资标准的逐步调整，需要有几年的时间。”[4] 在这里，陈云用了“在可能范围内”，“分期地、逐步地”等词语，表明他主张对公私合营企业职工工资实行“逐步调整”。逐步调整的过程，也就是一个积极稳妥的过程。后来他一直坚持这个原则。例如20世纪80年代初，他强调指出：我同意中央财经小组提出的调整计划，“因为我们这次调整是清醒

---

① 《陈云文选》第3卷，人民出版社1995年版，第160页。

② 《陈云文选》第3卷，人民出版社1995年版，第161页。

③ 《陈云文选》第2卷，人民出版社1995年版，第316页。

④ 《陈云文选》第2卷，人民出版社1995年版，第316页。

的健康的调整,我们会站稳脚跟,继续稳步前进。"[①] 经过调整,"会使我们的步骤更加稳妥,更加合理。"[②]

四是协调性。我们知道,党和国家的方针政策是一个庞大的体系,政策调整也是一项复杂的系统工程。因为调整了某项政策,往往会引起别的连锁反映,孤立的政策是不存在的。正如陈云所说:"任何一个部门都不能离开别的部门。一部机器,只要缺一部分配件,即使其他东西都有了,还是开不动。"[③] 同样,任何一项政策,都不能离开别的政策,需要别的政策来与它相配套,否则,该项政策就难以得到有效的贯彻执行。于是在政策调整过程中,陈云非常强调各项措施的协调配套问题。例如在建国初期调整工商业时,他详细地列出了所要调整的各种关系,他说:"在调整工商业这个题目中,问题很多。它包括调整公营与私营之间的关系问题,调整公营与公营之间的关系问题,调整私营与私营之间的关系问题;还包括调整工业与商业之间的关系问题,调整金融业与工商业之间的关系问题,调整城乡之间的关系问题,调整国内各区域之间的关系问题,调整各企业内部关系问题,调整出入口关系问题,等等。"[④] 后来在贯彻落实"调整、改革、整顿、提高"方针时,陈云总是强调:"调整的目的,就是要达到按比例,能比较按比例地前进。"[⑤] 只有"照顾到各方面协调地前进,这个前进是可靠的"。[⑥] 总之,政策调整一定要注意协调好各个方面的关系。

---

① 《陈云文选》第 2 卷,人民出版社 1995 年版,第 282 页。
② 《陈云文选》第 2 卷,人民出版社 1995 年版,第 282 页。
③ 《陈云文选》第 3 卷,人民出版社 1995 年版,第 211 页。
④ 《陈云文选》第 2 卷,人民出版社 1995 年版,第 102—103 页。
⑤ 《陈云文选》第 3 卷,人民出版社 1995 年版,第 253 页。
⑥ 《陈云文选》第 3 卷,人民出版社 1995 年版,第 268 页。

当然,陈云的政策调整思想还有其它一些内容,例如以"利国强民"作为政策调整的根本出发点的思想,以"争取快、准备慢"为特征的政策调整速度思想,等等。所有这些,共同构成陈云关于政策调整的独特思想体系。

第五章　经济政策论

陈云是中国共产党第一代、第二代中央领导集体的重要成员，长期主管和分管经济工作，一生都与经济结下了不解之缘。江泽民同志曾经代表中共中央这样指出，陈云是“中国社会主义经济建设的开创者和奠基人之一”，“他对党、对人民的贡献是巨大的、多方面的。特别是他为中国社会主义经济建设的开创和奠基所建立的功勋尤为卓著。”① 无论是建国初期经济战线上的“三大战役”，还是第一个五年计划的编制与实施；无论是 20 世纪 60 年代初的国民经济调整，还是 70 年代末 80 年代初的国民经济调整，以及改革开放等许多重大经济活动，陈云都发挥了独特的领导作用。他的一系列经济思想和政策主张，总是受到中共中央的高度重视，成为制定新中国经济建设方针政策的重要指导思想，对中国社会主义建设产生了极其深刻的影响，共和国经济深深地打上了陈云的烙印。

一、进行经济建设必须从国情出发

中国共产党及其领导人在领导中国革命、建设和改革的过

① 江泽民：《在<陈云文选>(1—3 卷)、<陈云>画册出版发行暨陈云同志诞辰 90 周年座谈会上的讲话》，《人民日报》1995 年 6 月 14 日。

程中，始终坚持认清国情的原则。一切从国情出发，是他们领导革命、建设和改革的根本依托和保证。什么时候从国情出发，立足国情，分析国情，研究国情，什么时候所进行的伟大事业就会取得成功，从胜利走向胜利，反之亦然。陈云正是国情论的代表人物之一，可以说，高度重视国情，一切从国情出发，是陈云制定和贯彻落实经济政策的一个基本特征。在中共第一代中央领导集体中，国情论是毛泽东的首倡，但陈云对国情论的阐述也非常丰富。

（一）中国国土广大，资源丰富，工业基础薄弱，地区分布不合理。搞工业化建设必须从全国的大局出发

制定工业化建设的规划，出发点乃认清国情。陈云对中国的国情有着十分深刻的认识，当然这种认识也有一个不断深入和与时俱进的过程。他在1926年7月发表的《中国民族运动之过去与将来》一文中指出："在以农立国的中国，占全国人口百分之八十强的农民，是民族运动中唯一大主力。农民不参加运动，中国革命鲜有希望。"① 他认为，这就是中国的基本国情。在此后的大半个世纪中，陈云始终不渝地坚持把这一思想贯穿到制定和贯彻落实党的路线、方针、政策，领导中国社会主义建设的各个方面和整个过程中，并逐步加以丰富和延伸，形成了在他的经济思想和政策主张中占据重要地位的国情论。

早在建国初期制定第一个五年计划之前，陈云就指出："中国是一个农业国，以前还要进口粮食、棉花等农产品。现在虽然比过去好多了，但是，发展农业仍然是头等大事。农业发展不起

① 《陈云文选》第1卷，人民出版社1995年版，第2页。

来，工业就很难发展。”[①] 在负责编制我国“一五”计划的过程中，陈云坚持实事求是的原则，指出：“中国土地少，人口多，交通不便，资金不足。因此，农业生产赶不上工业建设的需要，将是一个长期的趋势，不要把它看短了。”[②] 他反复强调，计划不能凭我们自己的主观愿望来编制，一定要从中国的实际情况出发。他把中国的国情概括为：人口众多，人多第一就要吃饭、穿衣、住房子，做计划不考虑这一条不行；可耕地只有16亿亩，单位面积的粮食产量只有200多斤；工业基础非常薄弱，矿产地质工作做得很少，地质勘探力量又很小，探明的储量很少，技术干部严重不足……。[③] 1979年3月21日，陈云在中共中央政治局会议上讲道：“我们国家是一个九亿多人口的大国，百分之八十的人口是农民。革命胜利三十年了，人民要求改善生活。有没有改善？有。但不少地方还有要饭的，这是一个大问题。”[④] 我们一定要从国情出发来制定一系列好的政策解决这些问题。

进入20世纪80年代，1980年我国人口已达到十亿，在这年年底召开的中央工作会议上，陈云特别强调如下两个方面：一是“我们是十亿人口、八亿农民的国家，我们是在这样一个国家中进行建设”。“香港、新加坡、南朝鲜等地区没有八亿农民这个大问题”。“欧美日本各国也没有八亿农民这个大问题”。[⑤] 他强调指出：“我们必须认识这一点，看到这种困难。现在真正清醒

---

① 《陈云文选》第2卷，人民出版社1995年版，第143页。

② 朱佳木主编：《陈云年谱》中卷，中央文献出版社2000年版，第210页。

③ 卢瑞莲等主编：《共和国领袖的成功之路》，湖南人民出版社1997年版，第482页。

④ 《陈云文选》第3卷，人民出版社1995年版，第250页。

⑤ 《陈云文选》第3卷，人民出版社1995年版，第281页。

认识到这一点的人还不很多。”① 二是“我们实现现代化的基地:现有工业是基础,在这个基础上加以改造和引进新技术。现有技术人员是我们知识力量的基础”。② 陈云在这里所说的现有工业、引进技术和技术人员,其实就是我们进行现代化建设的现实基础。因此,他主张,我们在实现现代化建设中,除了要上若干个大项目以外,着重点应该放在国内现有企业的挖潜、改革和改造上。这是我们今后发展工业的一条新路子。对外开放要建立在自力更生的基础上,并且通过实施对外开放政策,不断增强自力更生能力。

(二)中国是一个农民占总人口80%的国家,且耕地少,农业是国民经济的基础,以农立国,粮食定,天下定

发展农业经济特别是发展粮食生产,安排好农民生活,保持城镇消费品市场稳定,对于经济建设大局和国家政治生活具有十分重要的意义。我们制定经济政策,进行经济建设,特别是进行社会主义现代化建设,是在什么情况下进行的?这是一个首要问题。陈云说,我们要讲实事求是,首先要把这个“事实”搞清楚。这个问题不搞清楚,什么事情也搞不好。在这方面,陈云表现了一个马克思主义者实事求是的认识态度和求真务实的思想品格。例如,1957年9月24日,陈云在《解决吃穿问题的主要办法》一文中写道:“在农业生产方面,中国不是苏联、美国型的国家。苏联和美国地多人少。中国是地少人多,除去内蒙古、新疆、西藏、青海以外,全国人口的百分之九十四,只占有全国百分之四十的土地。日本、联邦德国这些国家,也是地少人多。苏

① 《陈云文选》第3卷,人民出版社1995年版,第281页。

② 《陈云文选》第3卷,人民出版社1995年版,第281页。

联、美国农业增产主要是靠扩大耕地面积，而日本、联邦德国基本是靠提高单位面积产量。”① 又如，他在1979年3月8日写的一份提纲《计划与市场问题》中指出：“我国社会经济的主要特点是农村人口占百分之八十，而且人口多，耕地少。计划机关和工业、商业部门的同志对此没有深刻的认识。如果不纠正这种认识上的盲目性，必然碰壁。‘农轻重’的排列，就是马克思主义与中国革命实践相结合。”② 基于这种认识，陈云指出，高度重视农业是立足国情的必然选择。他反复强调，我国的社会主义现代化建设，必须从国情出发，把握两个实际和坚持两个始终。

一是把握我国人口多、农业发展水平较低的实际，始终把解决人民群众的吃饭穿衣问题当作头等大事。早在1957年，陈云就指出，经济建设不摆在有吃有穿的基础上是不稳固的，必然要回过头来补课。1962年陈云担任中央财经小组组长后，又进一步指出：“农业问题，市场问题，是关系五亿多农民和一亿多城市人口生活的大问题，是民生问题，解决这个问题，应该成为重要的国策。”③ 他认为，如果不切实想办法解决大城市的六千多万人的生活问题，群众就会有意见，“人民群众要看共产党对他们到底关心不关心，有没有办法解决生活的问题。这是政治问题。”④ 陈云想到的当然不只是这六千余万城市人口的生活问题，他想到的是把经济政策置于全国人民之中，并真正搞好全国人民的生活这个大问题。他语重心长地说：“我们花了几十年的时间把革命搞成功了，千万不要使革命成果在我们手里失掉。

---

① 《陈云文选》第3卷，人民出版社1995年版，第79页。

② 《陈云文选》第3卷，人民出版社1995年版，第246页。

③ 《陈云文选》第3卷，人民出版社1995年版，第210页。

④ 《陈云文选》第3卷，人民出版社1995年版，第209—210页。

现在我们面临着如何把革命成果巩固和发展下去的问题，关键就在于要安排好六亿多人民的生活，真正为人民谋福利。”①

二是把握我国农村人口比重大的实际，始终抓住农民这个大头。陈云对中国是个农业大国这一国情的认识是非常清醒的。他多次说过，农业发展状况如何，首先影响几亿农民的生活。先要安排农业问题，稳住国民经济的这个大头。在稳定这个大头的基础上来考虑我们整个的建设。只要农业发展了，农民生活改善了，就全国范围来说，人民生活问题的大头就稳住了。否则，就会出大乱子。

1978 年 12 月 10 日，陈云在中共中央工作会议上作《关于当前经济问题的五点意见》的发言，第一条就是讲进口粮食，稳定农民的问题。他说：“我们不能到处紧张，要先把农民这一头安稳下来。农民有了粮食，棉花、副食品、油、糖和其他经济作物就都好解决了。摆稳这一头，就是摆稳了大多数，七亿多人口稳定了，天下就大定了。”②

与邓小平一样，陈云在 20 世纪 70 年代末和 80 年代初使中国的国民经济摆脱了“文化大革命”时的困境，他们对经济问题的思考和处理有许多相一致的地方，邓小平本人在一系列讲话中也多次引用陈云的观点。陈云的农业经济思想是中国共产党集体智慧的结晶，它不仅反映在陈云有关农业的论述中，而且反映在党和国家一系列方针政策中，为中国的社会主义农业和农村发展留下了宝贵的精神财富。

---

① 《陈云文选》第 3 卷，人民出版社 1995 年版，第 210 页。

② 《陈云文选》第 3 卷，人民出版社 1995 年版，第 236 页。

(三)全党和各行各业都要关心农业、支援农业,并重视粮食工作

陈云指出:“农业问题是全国的大事,对各部委的工作都有关系。不仅农、林、水各部要研究,工、交各部要研究,财、贸各部要研究,而且文教、政法、外事各部也要研究。我们都是干革命的,搞社会主义的,对于这样关系全国六亿多人民的大事,关系整个社会主义建设的大事,是不能不关心的。”① 陈云强调全党和各行各业都要研究农业、关心农业,这就从指导思想到具体措施上,进一步要求贯彻以农业为基础的方针。围绕这一问题,他着重阐明了以下几项政策主张:

一是工业要支援农业。陈云认为,工业要树立为农业服务的观点,大力支援农业,特别是要加强直接为农业服务的化肥工业。他说:“我们要从现在开始大规模地发展化学肥料,这是农业增产的最快、最重要的一条。”② 1961 年 5 月 16 日,他为中央化肥小组起草的给中共中央的报告《加速发展氮肥工业》中说道:“为了发展农业生产,增加粮食产量,必须尽可能加快氮肥工业的发展。”③ 他把加速氮肥工业作为工业支援农业的一项重要任务。

二是交通运输要为调整农业布局服务。1951 年 5 月 16 日,陈云在中国共产党第一次全国宣传工作会议上的讲话《发展农业是头等大事》中指出:“为了发展农业生产,调整农业布局,要

---

① 《陈云文选》第 3 卷,人民出版社 1995 年版,第 194 页。
② 《陈云文选》第 3 卷,人民出版社 1995 年版,第 79 页。
③ 《陈云文选》第 3 卷,人民出版社 1995 年版,第 149 页。

在西南和西北修铁路。"① 铁路修通了,农产品运得出来,工业品也运得进去,再加上丰年积谷,粮食就不会恐慌。

三是国家财政要首先保证农业的需要。陈云认为,在贫穷落后的基础上进行建设,必须集中有限的财力物力,保证重点建设。他选择经济发展的战略重点历来坚持两条原则:一条是有利于建立稳定的国民经济基础;一条是能够对整个国民经济的发展产生重大影响。他主持经济工作时,也是历来把发展农业作为相当长时期内我国经济发展战略的重点,在物资分配上优先保证农业的需要。1962 年他还提出:"为了农业、市场,其他的方面'牺牲'一点,是完全必要的。"②

对于粮食工作,陈云历来十分重视。例如 1957 年 9 月 6 日,他在全国粮食工作会议上所作的总结中讲到,全党都要重视粮食工作。他指出,第一,粮食工作同全国每个人都有切身的利害关系。"粮食工作是一项关系全国人民切身利益的重要的工作。我们不仅要向五亿多有余粮的农民征购粮食,而且要向一亿城镇居民和一部分缺粮人口供应粮食。就是说,它不仅关系到对五亿多农民收购的多少,而且关系到对近两亿需要粮食的人销售的多少。"③ 第二,粮食分配同农业生产有直接的关系。粮食统购统销就是国家对粮食的一种分配。搞得好,对于农业生产就有刺激的作用;搞得不好,就会发生不利的影响。农民注意生产,同时又注意分配,分配和生产是紧密地联系在一起的。在粮食分配方面,要照顾国家和农民两个方面的利益。如果只顾国家需要,而不顾农民的需要,就会影响农民的生产积极性,

① 《陈云文选》第 2 卷,人民出版社 1995 年版,第 142 页。
② 《陈云文选》第 3 卷,人民出版社 1995 年版,第 210 页。
③ 《陈云文选》第 3 卷,人民出版社 1995 年版,第 72—73 页。

不利于农业生产以至整个国民经济的发展。如果不顾国家的需要,只是片面地强调农民的需要,就会影响城镇居民的口粮供应,就会妨碍国家的建设。第三,粮食是稳定市场、保证建设的最重要的物资,没有任何物资比粮食更为重要。陈云说道,我们讲市场是否稳定,主要的是指粮食局势和粮食价格是否稳定。粮食的局势和价格如果不稳定,整个市场物价就不可能稳定,国家建设就无法进行。以上说明,粮食工作极为重要,它决不仅仅是一项单纯的经济工作,而且也是一项重大的政治工作。各级党委必须加强领导,制定具体的政策措施,切实把问题解决好。陈云进一步指出,过去认为合作化以后,从一亿多个农户变为几十万个合作经济单位,粮食工作总会好做一些,现在看来,这种想法不完全对头,至少一个时期内并不如此。因此,今后全党还必须把粮食工作放在重要的位置上。①

这里,我们还要谈一下陈云与粮食统购统销的问题。1953年10月10日,陈云在全国粮食会议上发表了《实行粮食统购统销的讲话》,讲话指出了当时全国粮食所存在的严重问题,主要表现在四个方面:第一,收进的少,销售的多;第二,不少地方已开始发生混乱;第三,东北的灾情很严重;第四,北京、天津的面粉不够供应;第五,粮食混乱现象如不采取措施加以制止,今年全国的收购计划将完不成,销售计划将大大突破。在出口粮不能减少、军队和机关人员的口粮不能减少、储备粮不能减少的情况下,陈云根据当时的实际情况,提出了处理问题的四个基本办法:“在农村实行征购,在城市实行定量配给,严格管制私商,以及调整内部关系。”②

---

① 《陈云文选》第3卷,人民出版社1995年版,第73页。

② 《陈云文选》第2卷,人民出版社1995年版,第208页。

陈云针对国内粮食紧张的严峻局面，所提出的粮食统购统销政策，有重大的现实意义。统购统销政策，“在我国建国的初期经济发展水平比较低、基本商品匮乏的情况下，起了有效保障城市社会主义建设需要、广大人民基本生活资料需要和稳定物价的作用。在50年代末和60年代初的国民经济暂时困难时期，在‘文化大革命’十年动乱时期，它对保证人民群众温饱和国家经济建设的发展，也起了重要作用。”①

粮食统购统销政策的提出、制定和实施又一次充分证明了陈云从国情出发，实事求是，重视调查研究和科学论证。1953年10月16日，中共中央作出《关于实行粮食的计划统购与计划供应的决议》，确定在11月底以前完成各级动员和准备，12月8日开始在全国范围内实行粮食的统购统销。11月19日，国务院第194次政务会议通过，并于11月23日发布《政务院关于实行粮食的计划统购与计划供应的命令》，规定了实行粮食统购统销的具体办法。

（四）借外债必须考虑还本付息能力，考虑国内投资能力

我们所能借的外债，提供买方信贷、卖机器设备的占绝大多数，自由外汇很少，而且利息很高；带援助性质的外债，例如某些国际组织的低息贷款，数量不会很大，借到了也要用在最关键性的项目上。陈云还指出：“我们必须清醒地看到，外国资本家也是资本家。他们做买卖所得的利润，绝对不会低于国际市场的平均利润率。有些机器看来似乎利润低，但是同另外一些机器

① 中共中央文献研究室编：《关于建国以来党的若干问题的决议注释本（修订本）》，人民出版社1985年版，第230页。

或费用合起来的利润，绝不会低于平均利润率。世界上没有一个愿做低于平均利润率买卖的资本家。"①

1979年3月21日，在谈到"按比例发展是最快的速度"时，针对冶金部提出的引进设想，特别是引进外资设想这个问题，陈云指出："借外国人那么多钱，究竟靠得住靠不住？旧社会，我在上海呆过，钱庄、银行贷款，要经过好多调查，确有偿还能力，才借给你。外国商人说借钱给你，有真有假，这件事也不要看得太简单。"② 针对向外国借款和加强发展我国经济这两个问题，陈云认为可以向外国借款（中央下的这个决心是很对的），但是一下子要借很多是办不到的，并指出："有些同志只看到外国的情况，没有看到本国的实际。我们的工业基础不如它们，技术力量不如它们。有的国家和地区发展快，有美国的特殊照顾。只看到可以借款，只看到别的国家发展快，没有看到本国的情况，这是缺点。不按比例，靠多借外债，靠不住。"③ 1988年10月，陈云在《当前经济工作的几个问题》一文中指出："外债可以借，但要尽量少借。要用得好，还得起。"④ 他这里强调的还是一个从国情和国力出发的问题。

从上面陈云对借外债的一系列论述，我们可以看出，陈云的思考不是就外债而谈外债，而是将外债与中国的国情以及资本主义的性质结合在一起加以思考的。王梦奎指出，在当时许多人头脑并不清醒的情况下，陈云这些论述无疑是空谷足音。这

---

① 《陈云文选》第3卷，人民出版社1995年版，第277页。
② 《陈云文选》第3卷，人民出版社1995年版，第252页。
③ 《陈云文选》第3卷，人民出版社1995年版，第252页。
④ 《陈云文选》第3卷，人民出版社1995年版，第367页。

表明了陈云的远见。陈云的这一看法是很深刻的。[①]

二、走积极稳妥地发展经济之路

陈云强调，发展经济要从中国的国情出发，与国情国力相适应。在这个方面，他提出了一系列带有根本性的理论观点，如：陈云多次指出："建设规模的大小必须和国家的财力物力相适应。"[②] 即使能够逐步做到的，"办法也应该稳妥，这叫摸着石头过河。搞急了是要出毛病的。毛毛草草而发生错误和稳稳当当而慢一点相比较，我们宁可采取后者。尤其是处理全国经济问题，更须注意这点。"[③] 这也就是说，搞经济建设既要做到积极，更要做到稳妥。"搞建设，真正脚踏实地、按部就班地搞下去就快，急于求成反而慢，这是多年来的经验教训。"[④] 这些思想对当时制定新中国经济建设的方针政策起了重要的指导作用，对今天的社会主义现代化建设仍有很大的经验借鉴和深远的历史意义。

(一)建设规模的大小要同国力相适应

陈云认为，经济建设和人民生活必须兼顾，必须平衡。建设规模的大小必须和国力相适应。像我们这样一个大国，经济稳定极为重要。为此，他提出了五个应注意的问题：

第一，财政收入和银行信贷必须平衡，而且应该略有结余。

---

① 王梦奎：《学习陈云同志新时期经济论著四题》，《中共党史研究》1991 年第 2 期。

② 《陈云文选》第 3 卷，人民出版社 1995 年版，第 52 页。

③ 《陈云文选》第 2 卷，人民出版社 1995 年版，第 152 页。

④ 《陈云文选》第 3 卷，人民出版社 1995 年版，第 311 页。

只要财政收支和信贷平衡，那么，社会购买力和物资供应之间也会平衡。1950年到1955年财政收支平衡和物资供需平衡的状况，从正面证明了这一点。而1956年，由于财政上出现了赤字，物资供应就不平衡，这又从反面证明了这一点。同时还应该指出，财政收支略有结余是必要的，因为我国的经济建设规模日益扩大，便需要逐年增加物资的周转量，也就是要适当地增加库存量。陈云指出："所谓财政结余，并不只是结余钞票，主要是结余相应的物资。当然，财政结余并不是一点也不能使用，在保证必要的周转量和储备量的情况下，是可以使用的。1956年因为动用得太多，便发生了问题。"①

第二，物资要合理分配，排队使用。应该先保证必需的生产和必需的消费，然后再进行必需的建设。像钢铁、木材等原材料的供应，应该有分配的顺序。原材料的供应，宽裕时不发生问题，紧张时便必须有分配的顺序。在原材料供应紧张的时候，首先要保证生活必需品的生产部门最低限度的需要，其次要保证必要的生产资料生产的需要，剩余的部分用于基本建设。先保证生产、后供应基建这种排队的必要，主要是为了维护最低限度的人民生活的需要，避免盲目扩大基本建设规模，挤掉生活必需品的生产。在财力物力的供应上，生活必需品的生产必须先于基建，这是民生和建设的关系合理安排的问题。应该看到，基本建设搞多少，不决定于钞票有多少，而决定于原材料有多少。对于人民生活必需品的生产，陈云1957年1月18日在各省、自治区、直辖市党委书记会议上的讲话中指出："应该保证它们对原材料最低限度的需要，是因为今年的生产指标不可能在去年已经很高的基数上再增加多少。去年农业歉收，今年像棉纺织这

① 《陈云文选》第3卷，人民出版社1995年版，第53页。

样的轻工业生产不能不受到限制。还必须看到,今天把原材料的供应限于最低限度的生产的需要,挤出一点力量用于基本建设,正是为了将来生产的发展。”①

第三,人民的购买力要有所提高,但是提高的程度,必须同能够供应的消费物资相适应。构成购买力的主要部分,是职工的工资和农民出售农产品的收入,以及其他人的收入。目前购买力提高过快,是由于工资总额的增加以及农产品的提价。至于因农产品增产而增加购买力,不但并不可怕,而且是一件大好事情。现在要注意的是农产品提价的问题。提价的范围,只能限于那些收购价格过低影响生产发展的农产品。这是必须严格掌握的原则。经济作物的提价,必须考虑粮食和经济作物的比价,防止经济作物提价过多而挤了粮食,以至被迫再提高粮食价格,造成轮番提价、全面提价的危险。否则,农产品提价多了,便要减少建设投资,同时增加市场供应和货币回笼的困难。在这一方面必须十分慎重。生产消费品的原材料的来源,一是农产品,二是用出口农产品换回的原料,三是重工业部门生产的原材料。这三个来源,都受一定限制。人民购买力提高的程度必须和消费品增长的程度相平衡。②

第四,基本建设规模和财力物力之间的平衡,不仅要看当年,而且必须瞻前顾后。陈云指出,财力物力指的是投资、机器设备和原材料、消费物资、外汇这四个方面。1956 年安排基本建设的时候,只和当年财力物力勉强平衡,既没有瞻前也没有顾后,结果造成基本建设投资猛长,在 1957 年不得不减下来。这是 1956 年计划执行的重要教训之一。国家经委曾经试算过,如

---

① 《陈云文选》第 3 卷,人民出版社 1995 年版,第 53—54 页。
② 《陈云文选》第 3 卷,人民出版社 1995 年版,第 54 页。

果1957年基本建设投资为126亿元，照此推算，1958年要投资162亿至180亿元，这是当年财政支出所不可能负担的。再看过去几年基本建设的投资情况：1953年是65亿元，1954年是75亿元，1955年是86亿元，而1956年则陡升到140亿元。1956年是第一个五年计划的第四年，许多建设项目的设备进口和机器安装都集中在这一年及下一年，因此基本建设投资比往年应该增加得多一些，但是一下子增加了54亿元，这就太多了，结果无论财力方面和物资方面都不能平衡。由此看来，我们的年度计划要摆平，就必须瞻前顾后，前后衔接，避免陡升陡降，造成损失。①

第五，必须看到农业对经济建设的规模有很大约束力。我国农业经济比重很大，农业生产和财政收入有很大关系。据国家经委估算，在国家财政收入中，与农业有关的收入，大约占45%。当然，以农产品为原料的工业品中有工人创造的价值。所以，不能说农民向国家的缴纳占国家财政收入的45%，而只是说明，国家收入与农业有很大的关系。我国农村人多地少，农业生产增长率不高。1956年农业总产值583亿元，如果按增长5%计算，只增加29亿元。而农村人口以增加2%计算，一年即增加1000万人，每人每年消费60元，一年便要消费6亿元，余下的只有23亿元。虽然新增产的一部分经济作物占农产品的比重并不大。每年新增加的购买力和增加出口的很大部分，就要依靠这二十多亿元农产品去抵补。陈云指出："我国国民经济中工业所占的比重将来会增加，农业生产也要发展，但是在今后相当长的时期内，农业对经济建设规模的约束力是很大的。1954年和1956年农业歉收，都使第二年的工业生产、财政收入

① 《陈云文选》第3卷，人民出版社1995年版，第55页。

和基建投资下降,就充分证明了这一点。"①

总之,陈云认为,经济建设必须使群众高兴,必须十分谨慎。1956年11月19日,陈云在《做好商业工作》这篇讲话中讲到,生产发展了,就业增加了,群众就高兴;建设投资总的情况尚好,即大部分恰当,只有一部分不恰当或者用多了。过去的经济建设中,1953年是小冒,1956年又是小冒,比1953年冒的还大一点,暴露的问题也就更明显一点。只要我们很好地吸取今年上半年的教训,今后不再冒,商品供应就不会再这样紧张了。那么,为什么在全国社会主义改造高潮中,经济建设上会出现冒进呢?这是因为社会经济生活是复杂的,多变的,不会像看电影那样简单。半年来冒了一下,使人们的认识取得了一些经验,也有好处。陈云还认为,经济建设和人民生活必须兼顾,必须平衡。"看来,在相当长的一段时间内,这种平衡大体上是个比较紧张的平衡。建设也宽裕,民生也宽裕,我看比较困难。我们的耕地只有这么些,但人口多,吃的、穿的都靠它。如果不搞建设,失业半失业照旧,社会购买力很低,商品供应当然一时可以不紧张,但不搞建设更不行。搞建设,增加就业,一部分农村人口转入城市,就要多吃、多穿、多用,社会购买力就要提高,商品供应就会紧张。"②

20世纪中叶的中国已有6亿人口,在这样的一个大国中进行社会主义建设,陈云认为工作需要十分谨慎,并力求正确。他指出:"我国在社会主义阵营中是一个经济上落后的国家,但又是一个大国,人口占社会主义阵营的三分之二。因此,在社会主义建设事业中,或者谨慎正确,或者掌握不稳,这关系世界大局。

① 《陈云文选》第3卷,人民出版社1995年版,第55—56页。
② 《陈云文选》第3卷,人民出版社1995年版,第29页

我国农业和手工业合作化、资本主义工商业改造，几乎牵涉到全国人民，是一项极为复杂、紧张的斗争，如果发生错误，在整个社会主义改造中将会引起混乱。可以说，我国社会主义改造工作改得适当，对世界社会主义事业将起有益作用。"[①] 从1956年反"冒进"情况看，陈云发挥了独特的作用。正如有的学者所指出的那样，"1956年发生的那次冒进，也是靠陈云同志提出的三条有力措施而得到解决的，其中主要的一条就是把超过国力的过大的建设规模削减下来，结果既完成了第一个五年计划的任务，又压缩了过大的社会需求，缓和了物资供应紧张状况，保证了市场稳定。并由此而形成了建设规模必须与国力相适应的理论。"[②]

（二）国情国力对经济建设的稳步进行有重要影响

应当说，国力论，就是"建设规模要同国力相适应"[③] 的思想及政策主张。综观陈云的国力论，除了20世纪50年代他有专门的论述外，70年代特别是改革开放以来，他对国力论的内涵作了挖掘，并在外延上进行了拓展。

1957年，陈云提出的国力论，其含义，主要指的是从价值上看是纯收入，从物质上看是安排好现有生产后的剩余产品，所以在这个意义上，国力论就是把基本建设规模控制在所增加的财力和物力的限度内。具体说来，就是要制约住扩大再生产的规模，做到财政收支、银行信贷收支平衡，才能使建设规模与国家

---

① 《陈云文选》第3卷，人民出版社1995年版，第39页。

② 陈如龙：《建设规模必须与国力相适应是社会主义再生产的一条客观规律》，《陈云与新中国经济建设》，中央文献出版社1991年版，第476页。

③ 《陈云文选》第3卷，人民出版社1995年版，第52页。

财力相适应;要按照先生活、后生产、再基建的原则排队,并适当地留有一定的余地,才能确保建设项目的物资供应;要保持外汇收支平衡;要重视农业发展状况对建设规模的巨大约束力,并以农业能够提供多少剩余为基础来确定非农产业的发展速度;要对国力有个瞻前顾后的认识,而不能只看当年。

此外,陈云的国力论还表现在利用外资上,我们必须从精神实质和动态发展上把握陈云提出的国力论,国力论的灵魂是实事求是,核心是保持国民经济发展的比例关系,不能用通货膨胀来发展经济,国力论绝非闭关自守,而是要在不断增强自身经济实力的基础上,充分利用国外的发展资源。

从国情出发,稳步发展经济,应当说是陈云的一贯主张。在这个问题上,陈云强调得比较多的还是农业粮食问题、资源环境问题和人口就业问题。关于农业问题特别是粮食问题,前面也有不少涉及,这里只谈一下资源环境问题和人口就业问题。早在 1951 年,陈云就指出:“像中国这样大的国家,水灾可能每年都会有”,[①] 所以要做好防涝工作。但同时还必须看到,“全国水量平均起来并不多,还缺水,有些地方就经常干旱。从总的看,从长远看,要以蓄为主,蓄泄兼顾”,“对水一定要好好利用”。[②]

1979 年,陈云重新出来工作后,担任了中共中央副主席和国务院财经委员会主任。他给当时分别担任财经委员会副主任和秘书长的李先念、姚依林写信,提出了经济建设必须尽早注意的两个问题,第一个便是水资源的问题。他写道:“有些地区水资源已很紧张,如天津、北京等地。今后工厂的设立必须注意到

① 《陈云文选》第 2 卷,人民出版社 1995 年版,第 141 页。
② 《陈云文选》第 2 卷,人民出版社 1995 年版,第 141 页。

用水量。……即使有水资源的工厂,也应该有节约用水的办法。"[①] 1990年6月6日,陈云又指出:"要从战略高度来认识水的问题的严重性。各级领导部门,尤其是经济、科技领导部门,应该把计划用水、节约用水、治理污水和开发新水源放在不次于粮食、能源的重要位置上,并列入长远规划、五年计划和年度计划加以实施。"[②] 对于其他资源,陈云也提醒大家要注意节约。他针对实行承包责任制后出现的新情况,指出:"现在无论是农业生产,还是工业生产,都相当普遍地存在着一种掠夺式使用资源的倾向,应当引起重视。"[③]

陈云非常重视人口的控制和劳动力的就业问题。在主持全国财经工作的过程中,陈云深深感到,人口多固然一方面为我国经济建设提供了丰富的劳动力,但另一方面也造成人均资源少、市场供应难、就业压力大等问题,如果不加以节制,将是我国经济发展的严重制约因素。因此,他非常拥护毛泽东提出的计划生育的主张。他在1957年8月的国务院常务会议上说:"中国人多,必须提倡节制生育。这是有关经济建设的大问题。""节制生育的措施,要十年、二十年以后才能见效。中央和各省市都要成立专门委员会,来抓这件事情。"[④]

1979年3月21日,陈云指出:"人口多,要提高生活水平不容易;搞现代化用人少,就业难。我们只能在这种矛盾中搞四化。这个现实的情况,是制定建设蓝图的出发点。"[⑤] 正是基于对国情的这种清醒认识,他主张在解决工资水平与就业程度的

---

① 《陈云文选》第3卷,人民出版社1995年版,第263页。
② 《陈云文选》第3卷,人民出版社1995年版,第375页。
③ 《陈云文选》第3卷,人民出版社1995年版,第366页。
④ 《陈云文选》第3卷,人民出版社1995年版,第68页。
⑤ 《陈云文选》第3卷,人民出版社1995年版,第250页。

矛盾问题上,还是采取低工资、高就业的办法好,说"这是保持社会安定的一项基本国策"。[①] 建国以来我国长时间执行的工资政策,就是陈云这一思想的具体体现。

(三)建设规模要同物力财力尤其是农业相适应

在全面进行社会主义建设之际,注重数量是必须的,但更重要的是要注重质量。对多、快、好、省,陈云有自己独到的见解,他说:"注意了'多'、'快'、'省',这是对的,但是注意'好'不够。也就是说,注意了数量,忽略了质量,对'多快好省'没有完整的理解。"[②] 如对钢铁质量,陈云就提出需要注意三个问题:

第一,要强调改进质量。钢铁要强调改进质量,设备制造、日用工业品生产、基本建设等等,都要强调提高质量。有不少出口的东西,过去质量比较好,现在也降低了,在国外名誉很不好。数量虽然多,但是如果质量很坏,生产出来的东西不能真正顶用,不仅不能满足生产、建设和市场的需要,而且要造成极大的浪费。凡是过去质量好而后来降低了的产品,应该尽快恢复到原来的水平;凡是质量一直不好的产品,应该积极采取措施,限期提高。经委和财经小组准备用几天的时间,专门讨论改进产品质量的问题,并且准备拟定一些切实有效的办法。

第二,既要保证重点又要照顾一般。钢铁、煤炭、电力、机械、运输这些重点的生产和建设,是必须加以保证的,但是,对于石油、化工、重要建筑材料和市场迫切需要的轻工业品,也应该切实加以照顾。否则,不仅国民经济各部门不能互相协调地向前发展,而且重点本身的发展也难以得到可靠的保证。总之,我

---

① 《陈云文选》第3卷,人民出版社1995年版,第376页。
② 《陈云文选》第3卷,人民出版社1995年版,第106页。

们必须依据有计划按比例的原则办事。

第三，既要照顾明年又要照顾长远。当前的生产和建设是重要的，决不能忽视。但是，也不能只顾眼前，不顾将来。例如，大中型钢材轧机，管材、板材轧机，是解决钢材品种所必须的，应该加以保证。①

陈云还提出，已经摆开的基本建设规模，超过了国家财力物力的可能性，同现在的工农业生产水平不相适应。在这个问题上，也有不同的看法。有人说，这几年建设规模是合适的，就是因为有灾荒才发生了问题。也有人说，是农业扯了腿，不然就正好。在他们看来，好像是工业吃了农业的亏，工业本身没有问题。我看不是这样，而是基本建设规模过大，农业负担不了，工业也负担不了。我们现在这样大的建设规模，不仅在农业遇到灾荒的时候负担不了，即使在正常年景，也维持不了。假定1961年度的粮食产量不减少那么多，而是正常年景的3700亿斤，维持这样大的建设规模行不行呢？我看也不行。已经摆开的建设规模，不仅农业负担不了，而且也超过了工业的基础。现在工业的情况是，工人增加得太多了，产量却增加得不多。工业产品，不论从数量、质量、品种、规格来看，都不能满足各个方面的需要。因此，基本建设项目就不得不一批一批下马，工厂半成品就不能不大量积压。②

1962年2月21日至23日，中共中央政治局常委扩大会议（又称西楼会议）讨论1962年国家财政预算和整个经济形势问题。陈云在会上发言指出：当前经济困难有五个主要表现，其中第一、第二个表现就是农业有很大减产和基本建设规模超过了

① 《陈云文选》第3卷，人民出版社1995年版，第137页。
② 《陈云文选》第3卷，人民出版社1995年版，第194—195页。

国家财力物力的可能性。为此,陈云在发言中提出了解决这些困难的六项措施。3月18日,中共中央发出《关于批发陈云等同志讲话的指示》,陈云的讲话,"对大家认识全局,正视困难起了很大作用,从而也坚定了全党克服困难的决心和信心。"①

三、坚持综合平衡和有计划按比例的发展方针

综合平衡理论是毛泽东和陈云留下的宝贵理论遗产和思想财富。毛泽东和陈云把马克思的理论与中国社会主义经济建设的具体实践相结合,创造性地提出了综合平衡理论。这一理论是马克思主义中国化的重要成果,是我们党和国家制定社会主义经济建设各项方针政策的指导思想。陈云的坚持综合平衡、有计划按比例是最快的速度的观点,是他的将马克思主义基本原理与当时中国经济实际情况相结合的最好体现,也是他的经济思想及政策主张的最好诠释。

(一)坚持综合平衡,有计划按比例地发展国民经济

在实施"一五"计划的过程中,一些部门和地方出现了贪多求快、急躁冒进的苗头,陈云及时地发现并对此进行教育。他反复强调,计划不能凭我们自己的主观愿望来制定,一定要从中国的实际情况出发。为了克服急躁冒进,陈云在1954年6月30日向中央汇报"一五"计划有关的问题时,提出了四大比例和三大平衡的思想。陈云的综合平衡和有计划按比例的发展国民经济的思想,我们可以将其概括为五点:第一,国民经济有计划、按比例,综合平衡地发展,是社会主义经济发展的客观规律。第

① 朱佳木主编:《陈云年谱》下卷,中央文献出版社2000年版,第116—117页。

二，综合平衡，应是全局的、整体的平衡；制定计划不仅要看当年，还要看长远；搞好三大平衡就是搞好财政收支平衡、银行信贷平衡、物资供应平衡。第三，坚持农、轻、重的发展次序，注意国民经济各部门的协调发展，在优先发展重工业的基础上做好五个并举。第四，在发展农业的基础上进行建设。按比例，最主要的就是农业这个比例，“粮食定，天下定；粮食紧，市场紧。”①第五，坚持速度和效益的统一。提出争取快、准备慢、制定计划要留有余地的思想。

而实际上，陈云关于平衡发展经济的思想早在建国初期领导财政工作的具体实践中就有了，如他的平衡收支思想。1954年6月30日，陈云在《关于第一个五年计划的几点说明》一文中就提出“保持购买力与商品供应之间的平衡”，并对保持(解决)这一平衡提出了五种办法：“一是农业、工业和手工业的增产，这是最根本的；二是努力在农村中推销工业品；三是增加农产品出口，进口轻工业原料，如毛条、人造丝、橡胶等，经过加工向农村推销，这对回笼货币的作用很大；四是发行公债和提倡储蓄；五是适当调整工农业产品的价格，如烟、酒、糖等消费品可以涨点价，而某些农产品可以降点价。”② 这样，才可以保持市场的稳定。陈云在提出五种解决商品供应量与社会购买力之间的差额办法后，还讲了三条重要意见，其中第二条也是讲平衡问题，“今后还须继续搞好各年度的财政收支平衡，避免出现抛物线。同时，要搞好电、煤、木材等若干种主要产品的供需平衡。”③ 1957年4月29日，陈云在就市场物价问题答新华社记者问时强调，

---

① 《陈云文选》第3卷，人民出版社1995年版，第125页。

② 《陈云文选》第2卷，人民出版社1995年版，第244—245页。

③ 《陈云文选》第2卷，人民出版社1995年版，第245页。

“应该看到，如果我们的财政收支不能平衡，社会购买力和商品供应量之间不能大体平衡，物价就会乱涨，市场就会混乱，这对于经济的发展和人民生活的稳定都会带来十分不利的影响。”[①]

（二）必须认真研究国民经济比例关系

陈云指出：国民经济“按比例发展的法则是必须遵守的，但各生产部门之间的具体比例，在各个国家，甚至一个国家的各个时期，都不会是相同的。”[②] 当时的中国，由于经济落后，要在短时期内赶上去是比较困难的，所以，计划中的平衡就只能是一种紧张的平衡，样样宽裕的平衡是不可能的，齐头并进也是进不快的。

陈云对国民经济的比例关系十分重视，并注意吸取别人总结的经验。他说，“在党的第八次全国代表大会上，薄一波同志在发言中，讲了国民收入和积累、国民收入和国家预算收入、国家预算支出和基本建设投资三种比例关系，我很同意他的研究。他所提出的比例数字可能会略有出入，但寻找这些比例关系，是完全必要的。”[③] 陈云还以第二个五年计划的编制为切入点，来阐述他的国民经济比例关系的观点。他说，编制第一个五年计划时，首先着眼于新的基建项目搞多少，只求新的建设和财力的平衡。现在情况已经大不相同，已经建成的和正在建设的项目已经大大增加了，如果不认真研究国民经济的比例关系，必然造成不平衡和混乱状态。而研究合理的比例关系，决不能只依靠书本，生搬硬套，必须从我国的经济现状和过去的经验中去寻

---

① 《陈云文选》第3卷，人民出版社1995年版，第59页。

② 《陈云文选》第2卷，人民出版社1995年版，第241—242页。

③ 《陈云文选》第3卷，人民出版社1995年版，第52页。

找。既要研究那些已经形成的比较合理的比例关系,更重要的是研究暴露出来的矛盾。他还就这些矛盾提出了七点看法:1、重工业、轻工业、农业的投资比例,应该根据毛泽东在《论十大关系》中所提出的方针加以安排。2、煤、电、运输等先行行业部门,已经暴露出过去投资不够的问题,先行成为落后,这种状况要很快加以改变,否则对整个国民经济的发展很不利。3、钢铁工业和机械工业的关系,在发展先后和投资多少的问题上,也暴露了一些矛盾,要研究解决,使两者彼此配合,互相促进。4、民用工业和军用工业的关系要处理好。5、大厂和小厂、先进和落后的问题。6、正确处理建设中的"骨头"和"肉"的关系。7、公私合营的企业必须停止合并。[①] 陈云提出的关于正确处理重工业、轻工业和农业等国民经济中七个重要关系的意见,虽然由于接踵而至的"冒进"、"大跃进"、"文化大革命"而长期未被采纳,但在中国共产党纠正了"左"的错误后,终于被人们所重视。而且,这些符合国情的真知灼见对他后来探索中国社会主义经济建设和在经济政策决策中起了重要的奠基性作用。

(三)提出以国家计划为主体、以自由市场为补充的经济观

1956年9月20日,陈云在中国共产党第八次全国代表大会上作了题为《关于资本主义工商业改造高潮以后的新问题》的发言,从两大方面具体阐述了工商业管理中的一些新的原则意义的问题。陈云认为,对一部分商品采取选购和自销,让许多小工厂单独生产,把许多手工业合作社划小,分组或按户分散经营,把许多副业产品归农业合作社社员个人经营,放宽小土产的市场管理,用不着担心我国的市场退回到资本主义的市场。采取

① 《陈云文选》第3卷,人民出版社1995年版,第56—57页。

上述措施的结果，在我国出现的绝不会是资本主义市场，而是适合于我国情况和人民需要的社会主义的市场。

对此，陈云系统地概括了他的中国社会主义经济情况的基本构想，这就是"三个主体，三个补充"："在工商业经营方面，国家经营和集体经营是工商业的主体，但是附有一定数量的个体经营。这种个体经营是国家经营和集体经营的补充。至于生产计划方面，全国工农业产品的主要部分是按照计划生产的，但是同时有一部分产品是按照市场变化而在国家计划许可范围内自由生产的。计划生产是工农业生产的主体，按照市场变化而在国家计划许可范围内的自由生产是计划生产的补充。因此，我国的市场，绝不会是资本主义的自由市场，而是社会主义的统一市场。在社会主义的统一市场里，国家市场是它的主体，但是附有一定范围内国家领导的自由市场。这种自由市场，是在国家领导之下，作为国家市场的补充，因此它是社会主义统一市场的组成部分。"[①] 陈云的这一构想是我国社会主义建设历史上第一个完整的经济体制改革思想，是我国经济体制改革理论的奠基之作，对我国经济体制改革政策的制定与实施一直起着重要的指导作用。这一构想"是陈云在社会主义改造基本完成后指导中国经济工作继续前进的一个总纲，强调保留个体经济，突破了一大二公的旧模式；它主张计划经济下发挥市场作用，尊重价值规律，突破了大一统的计划模式，使企业拥有一定生产经营自主权；它允许一定范围内自由市场存在，突破了国家垄断模式。它作为一个比较完整的富有创见的构想，既不同于前苏联只有计划、没有市场的高度集中的计划体制，也不同于中国后来片面

---

① 《陈云文选》第3卷，人民出版社1995年版，第13页。

追求的一大二公的模式，它代表了党在这个时期探索的正确方向。”①

十一届三中全会以来，中国实行了搞活经济的政策，效果很显著。当时的商品十分丰富。“卖方市场”正在变成“买方市场”。对于这么好的形势，陈云十分高兴。他认为，今后要继续实行搞活经济的政策，继续发挥市场调节的作用。对于计划与市场这一关系问题，陈云有自己独到的见解，他郑重地指出：“我们也要防止在搞活经济中，出现摆脱国家计划的倾向。搞活经济是在计划指导下搞活，不是离开计划的指导搞活。这就像鸟和笼子的关系一样，鸟不能捏在手里，捏在手里会死，要让它飞，但只能让它在笼子里飞。没有笼子，它就飞跑了。如果说鸟是搞活经济的话，那末，笼子就是国家计划。当然，‘笼子’大小要适当，该多大就多大。经济活动不一定就限于一个省、一个地区，在国家计划指导下，也可以跨省跨地区，甚至不一定限于国内，也可以跨国跨洲。另外，‘笼子’本身也要经常调整，比如对五年计划进行修改。但无论如何，总得有个‘笼子’。就是说，搞活经济、市场调节，这些只能在计划许可的范围以内发挥作用，不能脱离开计划的指导。”② 陈云这一“鸟”与“笼子”的比喻是他对计划与市场关系问题思考的进一步深化，比“计划经济为主，市场调节为辅”的提法又有发展。历史和现实均表明，强调计划而忽视市场，或强调市场而忽视计划，都不适合中国的国情，也不利于中国社会主义经济建设，只有把计划和市场结合起来才能取得良好的效果。中国经济建设取得巨大成就，与陈云

① 赵士刚主编：《陈云与中共党史重大事件》，中央文献出版社 2001 年版，第 171—172 页。

② 《陈云文选》第 3 卷，人民出版社 1995 年版，第 320 页。

所强调的“计划经济为主，市场调节为辅”的计划市场相结合的经济政策是密不可分的。

（四）坚持有计划按比例地发展国民经济的原则

1954年6月29日至7月1日，陈云出席中共中央政治局扩大会议。会议讨论了编制第一个五年计划的问题。29日、30日，陈云就计划编制情况向会议作了汇报。汇报的第一部分对五年计划的基本任务、主要指标、主要产品的产量、基本建设的规模、农业合作化和资本主义工商业社会主义改造的速度等进行了介绍。第二部分着重阐述了五年计划必须按比例发展的问题，第一次明确提出了四大比例（农业与工业、轻工业与重工业、重工业各部门之间、工业发展与铁路运输之间的比例）和三大平衡的思想。他还指出，按比例发展的法则是必须遵守的，但各部门之间的具体比例，在各个国家，甚至一个国家的各个时期，都不会是相同的，唯一的办法只有看是否平衡。合比例就是平衡的，平衡了，大体上也是合比例的。我国因为经济落后，要在短期内赶上去，计划中的平衡只能是一种紧张的平衡，但紧张绝不能搞到平衡破裂的程度。①

“文化大革命”十年动乱使国民经济濒临崩溃的边缘，比例失调，效率低下。1978年2月，在党的十一届二中全会上，陈云就为遏制经济建设出现的急于求成的冒进思想倾向，强调按农轻重次序发展、提高工业生产质量的意见。1979年3月，陈云和李先念联名致信中共中央，指出：现在国民经济没有综合平衡，比例失调的情况是相当严重的，要有两三年的调整时期。②

① 《陈云年谱》中卷，中央文献出版社2000年版，第216页。

② 《陈云年谱》下卷，中央文献出版社2000年版，第240页。

同年4月,中共中央召开工作会议,采纳了陈云提出的建议,并将这次调整的方针确定为"调整、改革、整顿、提高"。这次经济调整,为80年代的经济发展和全面改革奠定了有利的基础,创造了良好的条件。这样,陈云的这些经济思想也就从建议层面上升到政策层面,为新时期经济工作走上健康稳定的发展轨道留下了不可磨灭的功绩。

陈云按比例发展国民经济的思想及其政策主张与马克思主义再生产理论是有内在联系的。他在1979年3月8日写的一份提纲《计划与市场问题》一文中提出了六大问题:一是计划工作的规则是有计划按比例,这一思想来源于马克思。二是1917年后苏联的经济计划和1949年后中国的经济计划,都是按照马克思所说的有计划按比例办事的。三是整个社会主义时期必须有两种经济即计划经济部分(有计划按比例的部分)和市场调节部分(即不作计划,只根据市场供求的变化进行生产,即带有盲目性调节的部分)。四是忽视了市场调节部分的另一后果是,同志们对价值规律的忽视,即思想上没有"利润"这个概念。这是大少爷办经济,不是企业家办经济。五是我国社会经济的主要特点是农村人口占百分之八十,而且人口多,耕地少。六是在今后经济的调整和体制的改革中,实际上计划与市场这两种经济的比例的调整将占很大比重。不一定计划经济部分愈增加,市场经济部分所占绝对数额就愈缩小,可能是都相应地增加。[①]同年3月21日,陈云在中共中央政治局会议上发表了《坚持按比例原则调整国民经济》的讲话,其中第二点和第三点讲到,按比例发展是最快的速度;最好要有三年的调整时间,调整的目的就是要达到按比例,能比较按比例地前进。使重点企业、城镇和

---

① 《陈云文选》第3卷,人民出版社1995年版,第244—247页。

社办工业各方面都大体安置下来。

陈云按比例调整国民经济的实践意义和理论意义都很重大。他遵循马克思主义的基本原理,遵循国情,实事求是,统筹全局,提出了科学的经济调整思想,并按此思想制定了一系列切实可行的经济调整政策,这些方针政策的贯彻执行就使得我国国民经济达到按比例或者比较按比例地发展。历史的实践完全证明了陈云经济调整思想以及在此基础上制定的经济调整政策的正确性。在实践上,由于中央及时采纳了陈云的意见,纠正了急躁冒进的错误倾向,为我国国民经济走上健康发展的轨道提供了保证;在理论上,是陈云几十年领导经济建设经验的新总结,使陈云的经济调整思想更加完善与成熟。

(五)陈云的综合平衡思想是一个完善的理论体系

追溯陈云的综合平衡思想,不得不注意他 1948 年 8 月所发表的《当前中国职工运动的总任务》。在这篇文章中,陈云虽然没有提出综合平衡的思想概念,但文章中已经蕴涵着平衡的思想原则(如按计划办事)。1954 年 6 月 29 日至 7 月 1 日,陈云出席中共中央政治局扩大会议,就第一个五年计划编制情况向会议作了汇报,第一次明确地提出了四大比例、三大平衡(即财政收支、购买力和商品供应、主要物资供需之间必须平衡)的思想(还提出了技术力量的供需之间也要平衡的思想)。1956 年 12 月 11 日,陈云在主持商业部部长办公会时指出:(1)预算和现金要平衡、不能有赤字,并应略有结余。(2)物资平衡决定于物资的分配方法,要首先保证生产和市场的最低需要,然后才能用来搞基本建设,否则就是只顾建设,不要人民。(3)购买力与物资必须平衡,不平衡就要出毛病。(4)工资的增加要适应消费品生产增长的速度。(5)消费资料的多少决定于农产品生产、进出口物资的多少和重工业交给轻工业的东西的多少。(6)要研究农业生产对工业生产是否有约束力、农业生产发展慢工业能否快的问题。(7)工业内部、重工业内部都有一定的比例关系,现在还没有形成这个比例。商业部门要力争做到前三条,咬住这三条,天下就不会大乱。①

1957年1月,陈云在中央召开的省、市、自治区党委书记会议上就财经问题讲了话,又从五个方面谈到了综合平衡的问题,并提出了制约经济建设规模超过国力的五大方法:(1)财政收支和银行信贷都必须平衡,而且应该略有结余。所谓财政结余,并不只是结余钞票,主要是结余相应的物资。(2)在原材料供应紧张的时候,首先保证生活必需品的生产部门最低限度的需要,其次保证必要的生产资料生产的需要,剩余部分用于基本建设。基本建设搞多少,不决定于钞票有多少,而决定于原材料有多少。(3)人民购买力的提高程度必须同能够供应的消费物资相适应。农产品提价只限于因收购过低而影响生产发展的品种。对经济作物提价要防止挤了粮食,以至于被迫再提高粮价,造成轮番提价。(4)基本建设规模和财力物力的平衡,不单要看当年,而且要前后衔接,避免陡升陡降。所谓财力物力,是指投资、机器和原材料、消费物资、外汇。(5)要看农业生产的增长率。在今后相当长的时期内,农业对经济建设规模的约束力是很大的。讲话还强调要重视研究国民经济的比例关系,指出,合理的比例关系必须从我国的经济现状和过去的经验中寻找,绝不能只依靠书本,生搬硬套。②

陈云的综合平衡思想是中国社会主义现代化建设和改革开

---

① 《陈云年谱》中卷,中央文献出版社2000年版,第353页。
② 《陈云年谱》中卷,中央文献出版社2000年版,第363—364页。

放实践和理论的长期指导思想。1962年3月7日,陈云《在中央财经小组会议上的讲话》中一共讲了七个问题,其中第三个问题又专门讲到了综合平衡的问题。他说,综合平衡“这个问题有很多争论,牵涉到积极平衡和消极平衡的提法。究竟什么是积极平衡,什么是消极平衡,认识是不同的。我以为,现在首先要弄清楚两点:一点是,从什么时候开始搞综合平衡?一点是,从什么‘线’出发搞综合平衡?先说从什么时候开始搞综合平衡。……我的看法是,综合平衡必须从现在开始,今年的年度计划就要搞综合平衡,开步走就要搞综合平衡。”“所谓综合平衡,就是按比例;按比例,就平衡了。任何一个部门都不能离开别的部门。一部机器,只要缺一部分配件,即使其他东西都有了,还是开不动。按比例是客观规律,不按比例就一定搞不好。”“再说按什么‘线’搞综合平衡,无非是长线、短线。过去几年,基本上是按长线搞平衡。这样做,最大的教训就是不能平衡,结果,建设项目长期拖延,工厂半成品大量积压,造成严重浪费。在这方面,这几年的教训已经够多了。按短线搞综合平衡,才能有真正的综合平衡。所谓按短线平衡,就是当年能够生产的东西,加上动用必要的库存,再加上切实可靠的进口,使供求相适应。……所以,一定要从短线出发搞综合平衡,这样做,生产就可以协调,生产出来的东西就能够配套。配了套才能做大事情,不配套就只是一堆半成品,浪费资金。按照短线进行综合平衡制定计划指标以后,长线怎么办?一种办法是继续生产。……另一种办法是,现在不需要的,或者虽然需要但不是急需的,就可以停下来,生产更急需的东西。总之,计划指标必须可靠,而且必须留有余地。只要综合平衡了,指标低一点,也不怕。看起来指标低一点,但是比不切实际的高指标要好得多,可以掌握主动,避免被动。……长期计划的指标,更要注意留有余地,而且以后再不要只想到钢了,应该在综合平衡的基础上全面安排。”①

由上可知,陈云的综合平衡思想是一个完善的理论体系,既是制定经济政策的重要依据,又是经济政策的一个重要组成部分,也是领导经济工作不可缺少的工具。薛暮桥认为,20世纪60年代初我国经济出现困境的主要原因是陈云在中共中央失去了经济工作领导权,陈云领导经济时国民经济是持续稳定发展的。历史和现实表明,中国历次经济发生波动的共同原因都在于陈云的综合平衡思想被冲击未能落实,每次严重失误的矫正又都是用各种方法重新实现平衡,而每次重新实现综合平衡后经济社会就重现生机。②

陈云的综合平衡思想,不仅是中国经济建设与改革最重大的理论成果之一,也是中共中央和国务院制定经济建设指导原则的根本依据,是我国经济决策长期的指导思想。在1980年12月25日中共中央工作会议的闭幕会上,邓小平作了题为《贯彻调整方针,保证安定团结》的讲话,指出:“我完全同意陈云同志的讲话。这个讲话在一系列问题上正确地总结了我国三十一年来经济工作的经验教训,是我们今后长期的指导方针。”③ 江泽民同志也肯定了陈云的经济理论对我国现代化建设都“具有长期的指导意义”。④

---

① 《陈云文选》第3卷,人民出版社1995年版,第210—213页。

② 《陈云研究述评》下册,中共中央文献出版社2004年版,第517页。

③ 《邓小平文选》第2卷,人民出版社1994年版,354页。

④ 江泽民:《在<陈云文选>(1—3卷)、<陈云>画册出版发行暨纪念陈云同志诞辰九十周年座谈会上的讲话》,《人民日报》1995年6月14日。

四、与时俱进地改革经济体制是一项重要政策

建国初期,在经济体制改革方面如“实行粮食的计划收购和计划供应”、“对资本主义工商业的社会主义改造”等方面,陈云均做出了重要贡献;在三年恢复时期和第一个五年计划时期,陈云对经济体制改革作了有益的探索,在主持对私营工商业的利用、限制、改造工作方面,也取得了巨大成就。陈云在八大报告中提出的“三个主体”和“三个补充”的观点,是对我国经济模式的基本构想。他的“主辅论”从质和量统一的观点对当时我国社会主义经济的根本特征作了严格的科学规定。它不仅说明了国民经济中各种成分的地位和作用,而且确定它们应有的比重。对经济体制中不适于保护和发展生产力的方面进行改革,是陈云比较一贯的政策主张。1957 年 11 月,陈云就起草了《关于改进工业管理体制的规定(草案)》、《关于改进商业管理体制的规定(草案)》、《关于改进财政管理体制的规定(草案)》等三个文件,这三个文件既充分体现了陈云的经济体制改革思想,又是陈云为改革当时不合理的经济体制而制定的进行经济体制改革的一系列重大方针政策,从而开始了我国经济体制改革的最早尝试。

(一)必须进行经济体制改革

在社会主义改造即将完成的时候,陈云对我国社会主义所有制结构问题以及市场问题作了探索。在“八大”的发言中,他提出了“三个主体、三个补充”的观点。八大决定根据统一领导,分级管理,因地制宜,因事制宜的原则,改进国家的行政体制,划分事业、企业、计划和财政的管理范围,适当扩大各省、自治区、

直辖市的管理权限，并且注意改进和加强中央各部门的工作。同时规定，保证企业在国家统一领导和统一计划下，在计划管理、财务管理、干部管理、职工调配、福利设施等方面有适当的自主权。1957年初，中共中央为了加强对经济工作和改进体制工作的统一领导，决定成立一个小组，在中央政治局领导下具体负责。1月10日，中共中央发出《关于成立中央经济工作五人小组的通知》，小组由陈云、李富春、薄一波、李先念、黄克诚组成，陈云为组长。[①]。小组成立后，立即着手研究落实《国务院关于改进国家行政体制的决议（草案）》的各项规定，认为改进体制的重点是工业、商业和财政，首先应解决好这三个方面的问题，并督促有关部门尽快提出具体实施方案。八届三中全会后，陈云在五人小组调查研究的基础上，亲自代国务院起草了《关于改进工业管理体制的规定（草案）》、《关于改进商业管理体制的规定（草案）》、《关于改进财政体制的规定（草案）》，经国务院全体会议通过，并提交1957年11月14日召开的第一届全国人民代表大会常务委员会第84次会议批准，自1958年起施行。

"大跃进"运动后，陈云通过深入的调查研究，发现了农村人民公社领导体制的一些弊端。他看到，农民的普遍意愿是实行联系产量、甚至包产到户的经营方式。1962年春，在"责任田"和"包产到户"问题上，他经过深思熟虑，毅然向毛泽东和其他几位中央常委建议：可以采取农民重新分田即包产到户或大包干的办法，来调动农民的生产积极性，提高农业产量。陈云的主张遭到毛泽东的批评，被视为"右倾"。陈云实际同邓子恢一样，是中国农业经济体制改革的先导者。他的深入思考为后来农业经济体制改革和农业政策的制定与调整奠定了十分可贵的思想基

① 《陈云年谱》中卷，中央文献出版社2000年版，第361页。

础。

国民经济被迫转入调整阶段后，陈云提出“没有相当的工业品供应农村，没有等价交换，单靠政治动员，是难以持久的。在相当范围内的自由市场，对促进生产是有利的”；[①] “要通过市场管理、税收、运价等办法把自由市场管起来”[②] 等重要思想。

1982 年 11 月 22 日，陈云在中央政治局会议上曾谦逊地说，20 世纪 60 年代时“我只是说合作小组、个体经营可能在相当长一个时期内还要存在”，现在“比我那个时候大进了一步”。[③]

的确，20 世纪 80 年代的社会主义经济体制改革，已经酿成蓬勃大潮。它将许许多多关于社会主义经济体制的错误认识，勇敢地甩到了一边，然而，人们必须承认，人的思想，是在继承中发展的。没有前人的曲折探索甚至失败，后人就得不到继承、借鉴和发展。陈云关于社会主义建设的思想包括经济体制改革的思想，对于后人无疑是一座智慧的宝库。

上述情况表明，在解决三大改造遗留问题时，陈云已经孕育改进经济体制、探索适合中国情况的经济体制的设想。1956 年 8 月，陈云提出：“苏联的生产无论大小一律纳入计划，我们可否来个大计划小自由，即在主要产品方面有计划，对次要产品搞自由市场。这种自由市场是国家市场的补充，不是资本主义无政府状态下的自由市场。总之，要适应中国的实际情况。”[④] 从这里我们可以看出，陈云在中共八大上阐述的三个“主体”、三个“补充”的思想，在这个时候就已经有个雏形了。

---

① 《陈云文选》第 3 卷，人民出版社 1995 年版，第 197 页。

② 《陈云文选》第 3 卷，人民出版社 1995 年版，第 202 页。

③ 张启华：《实事求是对待经济建设速度问题的典范》，《陈云和他的事业》上册，中央文献出版社 1996 年版，第 440 页。

④ 《陈云年谱》中卷，中央文献出版社 2000 年版，第 327 页。

(二)经济体制改革的主要内容

经济管理体制的改进涉及到方方面面,但它的重点则是在工业、商业和财政。作为中央经济工作五人小组组长,陈云经过艰苦细致的调查研究,多次举行座谈和召开会议,最终形成了改进工业、商业、财政管理体制方案。

1. 工业管理体制改革。

陈云指出,我国是社会主义国家,我国的建设是有计划的建设,全国各地区各企业的生产和建设工作都必须服从国家的统一计划,决不可以违反国家的统一计划,我们现行的工业管理体制基本上是符合这种要求的。但是,从目前情况来看,现行工业管理体制方面存在着两个主要的缺点。一个是地方管理的,现在还由中央工业部门直接管理;同时,地方行政机关对于工业管理中的物资分配、财务管理、人事管理等等方面是职权太小。另一个是企业主管人员对本企业的管理权限太小,工业行政部门对于企业中的业务管得过多。这两个主要缺点限制了地方行政机关和企业主管人员在工作的主动性和积极性。在国家的统一计划以内,给地方政府和企业以一定程度的因地制宜的权力,是完全必要的。这种国家统一计划范围内的地方政府和企业的一定程度的机动权力,正是为因地制宜地完成国家的统一计划,这是国家统一计划所必需的。为了适当地扩大地方政府在工业管理方面的权限和企业主管人员对企业的管理权限,陈云提出了两点意见:

第一,适当扩大省、自治区、直辖市管理工业的权限。"调整现有企业的隶属关系,把目前由中央直接管理的一部分企业,下放给省、自治区、直辖市领导,作为地方企业;增加各省、自治区、直辖市人民委员会在物资分配方面的权限;原来属于中央各部管理现在下放给地方政府管理的企业，全部利润的百分之二十归地方所得，百分之八十归中央所得；在人事管理方面，增加地方的管理权限。”①

第二，扩大企业主管人员对企业内部的管理权限。“在计划管理方面减少指令性的指标，扩大企业主管人员对计划管理的职责；国家和企业实行利润分成，改进企业的财务管理制度；改进企业的人事管理制度，除企业主管负责人员（厂长、副厂长、经理、副经理等）、主要技术人员以外，其他一切职工均由企业负责管理。”②

2. 商业管理体制改革。

在商业管理体制方面，陈云提出了七条意见：“(1)地方（省、自治区、直辖市、县）商业机构的设置，由各省、自治区、直辖市人民委员会根据地方的具体情况决定。当着两个或两个以上的商业机构合并设置的时候，在财务上可以不实行原来各系统的独立核算，而实行统一核算；但是，在业务方针政策上仍旧分别接受原来所属主管商业部门的指导。地方商业行政机构和企业管理机构，原则上实行合并。(2)中央各商业部门设在生产集中的城市或者口岸的采购供应站（一级批发站、大型冷藏库、仓库），实行以中央各商业部门领导为主、地方领导为辅的双重领导。(3)中央各商业部门所属加工企业，除了某些大型企业，地方认为管理有困难的以外，其余全部移交给地方，由地方商业部门直接管理。(4)商业计划指标，国务院每年只颁发四个指标，即：收购计划、销售计划、职工总数、利润指标。(5)中央各商业部门的企业利润，实行与地方全额分成。(6)商品价格管理的分工。

① 《陈云文选》第3卷，人民出版社1995年版，第88—90页。
② 《陈云文选》第3卷，人民出版社1995年版，第91—94页。

(7)实行外汇分成。”①

3. 财政管理体制改革。

本着划定中央和地方财政收支的范围,确定地方财政的收入来源,使地方有一定数量的机动财力来安排自己特殊的支出,进一步发挥组织收入、节约支出的积极性,以推动建设事业发展的原则,陈云对改进财政管理体制,提出了六条意见:“(1)地方财政收入,一般分为下列三种:地方固定收入、企业分成收入、调剂分成收入。(2)计算地方正常年度支出的办法。(3)分成的计算方法和分成比例三年不变。(4)地方财政结余的处理和地方预算的编制。(5)地方机动财力收入的限度。(6)关于民族自治区财政。”②

(三)经济体制改革的具体措施

这三大规定文件是代国务院起草的,就是说它已具有国家的法规效力,体现了国家经济体制改革方面的决策。同时,这三大规定也体现了陈云经济体制改革的思想。除此之外,陈云对经济体制改革方面还有自己独特的思考和设想。这个设想,我们可以把它概括为五个方面的措施:

第一,改变工商企业之间的购销关系。陈云指出:“应该把商业部门对工厂所实行的加工订货办法,改为由工厂购进原料、销售商品的办法。”③ 并提出了两种采购办法。

第二,工业、手工业、农业副产品和商业的很大一部分必须分散生产、分散经营,纠正从片面观点出发的盲目的集中生产、

① 《陈云文选》第3卷,人民出版社1995年版,第95—98页。

② 《陈云文选》第3卷,人民出版社1995年版,第99—104页。

③ 《陈云文选》第3卷,人民出版社1995年版,第6页。

集中经营的现象。陈云指出:“合营工厂中有一部分是应该合并和集中生产的,但是就全国来说,大部分必须按照原来的状况加以必要的调整后分散生产,分散经营。”① 他不赞成把小工厂合并成大工厂,认为:“如果把许多小工厂合并成为大工厂,就它们适应市场需要来说,不会有小工厂分散生产的时候那样灵活。”② 而那样做,既不能提高生产,也不能适应人民消费的需要。陈云还对商业分散经营和副业分散经营作了具体阐述。

第三,取消市场管理中那些原来为了限制资本主义工商业投机活动而规定的办法。陈云指出:“对于粮食、经济作物、重要的农副产品,仍然需要由国家统购或者委托供销合作社统一收购。但是对于一部分农副产品,例如小土产,现在由当地供销合作社独家统一收购的,应该改变为允许各地国营商店、合作商店、合作小组和供销合作社自由收购,自由贩运,禁止互相封锁。”③

第四,必须使价格政策有利于生产。陈云指出:“目前在我国物价政策上存在着一种不利于生产的现象,就是在出售价格方面,把稳定物价简单地看成是必须‘统一物价’,或者‘冻结物价’。”④ 对于物价在一定范围内的上涨不要有恐惧,有些情况下的物价上涨是合理的。

第五,对某些产品的国家计划管理的方法,应该有适当的变更。陈云指出:“我们应该把国家计划中对这些产品的各项指标只作为一种参考指标,让生产这些日用百货的工厂,可以按照市

① 《陈云文选》第3卷,人民出版社1995年版,第6页。
② 《陈云文选》第3卷,人民出版社1995年版,第7页。
③ 《陈云文选》第3卷,人民出版社1995年版,第9页。
④ 《陈云文选》第3卷,人民出版社1995年版,第10页。

场情况，自定指标，进行生产，而不受国家参考指标的束缚，并且根据年终的实绩来缴纳应缴的利润。只要企业生产发展了，又严格遵守国家规定的财政制度，那末，按年终实绩来缴纳利润，并不会造成国家的损失。”① 总的构想是：工商业经营方面，国家经营和集体经营是主体，个体经营是它的补充；生产计划方面，计划生产是工农业生产的主体，自由市场是它的补充；社会主义统一市场里，国家市场是主体，自由市场是它的补充。

陈云主持并亲自起草的关于工业、商业和财政管理体制改革的三个文件，涉及到中央和地方的关系问题，既有利于消除中央高度集权的弊病，又有利于调动地方积极性。薄一波指出，八大展现的探索成果，在经济方面也有不少，如陈云在发言中提出的著名的“三主体三补充”方针，“这‘三主体三补充’方针，对于克服社会主义改造高潮中给经济体制带来的一些弊病和当时出现的盲目求纯的思想，是一副对症的良药。”②

（四）对经济体制改革的评价

陈云经济体制改进的思想和政策主张，体现了他与时俱进的精神品格。这个思想主张对后来的经济体制改革仍然具有指导意义，比如其中的关于经济体制改革要做到活而不乱的思想和政策主张，关于经济体制改革要以有利于人民为出发点，要建立有利于人民的社会主义经济的思想和政策主张，成为新时期我国经济体制改革理论和实践的先导。陈云在中共八大的发言得到广泛赞同，“主体”和“补充”的思想和主张写进了中共八大

① 《陈云文选》第3卷，人民出版社1995年版，第12页。

② 薄一波：《若干重大决策与事件的回顾（修订本）》上卷，人民出版社1997年版，第512页。

关于政治报告的决议，补充了中共八大政治报告所没有的内容，丰富了中共八大路线。中共八大前，陈云的设想已经在实践中得到初步实施；中共八大后，按照“三个主体、三个补充”的思想，改进经济体制的探索又有新的进展。在理论方面的意义也很重大，它是“马克思主义与我国社会主义建设的具体实际相结合的典范，是对马列主义、毛泽东思想的丰富和发展”，“极大地丰富了建设有中国特色社会主义的理论”。

薄一波也认为，陈云代国务院起草的三个规定，其基本精神反映了党和国家对改进经济管理体制重要意义的认识，反映了当时改进体制的方针，就是：分级管理，逐步下放，重视综合平衡，处理好下放后的人、财、物和产、供、销等各环节的协调关系，破除和修订某些不合理的规章制度，更好地促进经济和各项事业的发展。应该说，50年代中期国务院拟定的《关于改进国家行政体制的决议（草案）》和陈云代国务院起草的三个规定，以及各部门提出的改进管理体制的设想和措施，在我国经济体制改革的历史上是一次积极有益的探索和尝试。①

陈云经济体制改革的这些思想和政策主张具有三个特点。一是时代性强，它是在苏共20大召开之后，当时国际共产主义运动遭到了挫折、社会主义阵营动荡不安的局面，同时在中国社会主义体制不适合生产力发展的状况和实际的情况下提出来的，具有时代性特点；二是原则性强，即具有稳定性原则、适度性原则、平衡性原则、规范性原则；三是现实性强，它是中国社会主义经济管理体制改革的最早尝试，对当时及后来的经济体制改革，甚至对我们今天完善社会主义市场经济体制均具有指导意

① 薄一波：《若干重大决策与事件的回顾（修订本）》下卷，人民出版社1997年版，第822页。

义和借鉴作用。

五、在安排好人民生活的基础上进行建设

经济建设和人民生活必须兼顾,必须平衡,可以说是陈云的一贯主张,是他制定经济政策和领导经济建设的一个重要指导思想。从1961年他主持起草中共中央粮价问题小组给毛泽东并中央的报告中提出的"吃饭第一",① 到1994年强调的"建设规模一定要与国力相适应,而且要留有余地,同时,要把注意力放到提高经济效益上来",② 有一根红线始终贯穿于其中,那就是建设社会主义必须改善人民的生活,搞基本建设也必须在安排好人民的生活的基础上进行。

(一)经济建设的最终目的是为了改善人民生活

在经济建设中,陈云始终牢记建设是为了改善人民生活这个最终目的。因此,无论涉及什么工作,他首先考虑的是要保证人民的基本生活需要。早在20世纪50年代经济恢复时期,财经部门为了制止通货膨胀,加紧征收公粮、发行公债的工作。陈云说,这些都是必要的,但一定要把城乡交流摆在第一位,就是不仅要将农民的土产收上来,还要把城市廉价的工业品销下去。他指出:"这是历史上没有一个政府提出过的;但却是关系全国人民经济生活的一件大事,我们如果不管,怎么能算人民的政府呢?"③ 1956年底,陈云兼任商业部部长,他在部党组会上说:

---

① 《陈云年谱》下卷,中央文献出版社2000年版,第57页。

② 《陈云文选》第3卷,人民出版社1995年版,第380页。

③ 《陈云文选》第2卷,人民出版社1995年版,第127页。

“商业工作，包括卖鸡、卖蛋，都有其政治意义。商业工作的好坏，直接关系到六万万人民群众的切身利益，关系到广大的城乡人民对我们是否满意。”① 在党的八届三中全会上，陈云针对第一个五年计划期间的经验教训，指出：“为了老百姓的吃饭穿衣，搞化肥，搞化学纤维，治涝，扩大灌溉面积，都要花很多钱，这是必要的。我们必须使人民有吃有穿，制定第二个五年计划要从有吃有穿出发。……应该对搞工业的同志讲清楚，工业占重要的地位，但老百姓要吃饭穿衣，是生活所必需的。经济不摆在有吃有穿的基础上，我看建设是不稳固的。”② 1961 年，中共中央采纳了陈云的意见，制定了“调整、巩固、充实、提高”的方针，下决心对国民经济进行调整。1962 年 3 月 7 日陈云在中央财经小组会议上讲话指出：“现在我们面临着如何把革命成果巩固和发展下去的问题，关键就在于要安排好六亿多人民的生活，真正为人民谋福利。”③ 从陈云这些话中，我们可以领悟到，任何时候，都要把人民利益放在第一位，把妥善解决好人民生活问题作为一项重要国策，把全心全意为人民谋利益作为制定和执行政策的出发点和归属。

（二）一要吃饭，二要建设

党的十一届三中全会后，中共中央又采纳陈云的意见，制定了“调整、改革、整顿、提高”的方针，决定又一次对国民经济进行调整。调整初期，一些部门舍不得压缩基本建设规模，以致引起物资供应紧张，物价普遍上涨。为此，陈云在中共中央工作会议

---

① 《陈云文选》第 3 卷，人民出版社 1995 年版，第 44 页。
② 《陈云文选》第 3 卷，人民出版社 1995 年版，第 85—86 页。
③ 《陈云文选》第 3 卷，人民出版社 1995 年版，第 210 页。

上再次提出经济建设的目的问题。他说:“这种涨价的形势如果不加制止,人民是很不满意的。经济形势的不稳定,可以引起政治形势的不稳定。”① 他还把压缩基建投资、增加必要国防开支,也与经济建设的目的联系起来。他说:“搞经济建设的最后目的,是为了改善人民的生活。搞国防建设,也是为了保障人民生活的改善。”②

1981年12月22日,陈云在省、自治区、直辖市党委第一书记座谈会的讲话中指出:“我们经济工作的另一大方针:一要使十亿人民有饭吃;二要进行社会主义建设。”③ 当然,如果只顾到吃饭,吃光用光,那么,国家就一点希望也没有。所以他又指出:“必须在保证有饭吃后,国家还有余力进行建设,因此,饭不能吃得太差,但也不能吃得太好。吃得太好,就没有力量进行建设了。”④ 这也就是说,提高人民生活水平有一个原则界限:只有这么多钱,不能提高太多,必须做到一能吃饭,二能建设。

1982年1月25日,陈云同国家计划委员会负责同志进行座谈,在强调要提高和改善人民生活之后,他接着说:“还是那句话:从全局看,第一是吃饭,第二要建设。吃光用光,国家没有了希望。吃了之后,还有余力搞生产建设,国家才有希望。只要把握住这一条就好。”⑤ 1983年6月30日,陈云在中共中央工作会议上又提到了“一要吃饭,二要建设”的观点。1988年10月8日,陈云在同中央负责同志的谈话要点中讲了八个问题,其中第六点指出:“提高人民生活水平,要掌握一定的幅度,不能过高、

---

① 《陈云文选》第3卷,人民出版社1995年版,第277–288页。
② 《陈云文选》第3卷,人民出版社1995年版,第280页。
③ 《陈云文选》第3卷,人民出版社1995年版,第308页。
④ 《陈云文选》第3卷,人民出版社1995年版,第308页。
⑤ 《陈云文选》第3卷,人民出版社1995年版,第309页。

过快。还是那句老话:一要吃饭,二要建设。好事要做,又要量力而行。"① 直到1994年2月9日,陈云在《要维护和加强党中央的权威》这篇谈话要点中再一次提到经济建设与国力的关系问题。他说:"从全国来看,当前经济工作要特别注意的一个问题,就是建设规模一定要与国力相适应,而且要留有余地。同时,要把注意力集中到提高经济效益上来。"②

陈云在制定方针政策和领导经济建设的过程中,始终坚持把提高和改善人民的生活放在首位。他所提出的"一要吃饭,二要建设"是马克思主义唯物论和辩证法的有机统一。吃饭是前提,第一位的,建设是手段,第二位的,建设必须吃饭,否则无法进行,但饭不能吃得超过国家的经济承受力,不能影响国家基本建设,因为,在某种意义上说,建设也是为了更好地体现人民的生活水平。同时,吃饭必须建设,不能为了吃饭而吃饭,不能不去进行基本建设,不能为了基本建设而不吃饭,而不吃好饭。陈云"一要吃饭,二要建设"的思想及其一系列政策主张是马克思主义物质观的科学体现,具有崇高的人民性。

(三)先生活、后生产、再基建

1945年2月,陈云在出席陕甘宁边区财政厅工作检讨会上讲话时就指出,财政工作的方针是生产第一,分配第二;收入第一,支出第二。③ 对于生产与基建的关系问题,陈云从当时的国情出发,提出了许多符合实际的主张。他以原材料供应为例,指出:"在原材料供应紧张的时候,首先要保证生活必需品的生产

---

① 《陈云文选》第3卷,人民出版社1995年版,第367页。
② 《陈云文选》第3卷,人民出版社1995年版,第380页。
③ 《陈云年谱》上卷,中央文献出版社2000年版,第408页。

部门最低限度的需要，其次要保证必要的生产资料生产的需要，剩余的部分用于基本建设，先保证生产、后供应基建这种排队的必要，主要是为了维护最低限度的人民生活的需要，避免盲目扩大基本建设规模，挤掉生活必需品的生产。”① 陈云又以财力、物力供应为例，提出：“生活必需品的生产必须先于基建，这是民生和建设的关系合理安排的问题。”②

1956年1月19日，陈云在关于商业问题的讲话中，分析了商品供应紧张问题，指出这是全国财政贸易和经济建设情况的反映。陈云认为，如果年年商品供应紧张，那“就不仅商业工作的问题，也不只是当年经济工作的问题，就需要重新考虑我们的建设方针是否妥当。”③ 针对1956年商品供应紧张状况，他认为是实际工作缺点造成的，因此他指出：“我们共产党必须天天关心人民群众的切身利益。人是要吃饭的，不能天天靠马列主义过活，一天不吃饭，肚子就饿得哇哇叫。”④ 对于经济建设和人民生活需要的平衡问题，陈云思考得更深，他说，经济建设和人民生活必须兼顾，必须平衡。“看来，在相当长的一段时间内，这种平衡大体上是个比较紧张的平衡。建设也宽裕，民生也宽裕，我看比较困难。我们的耕地只有这么些，但人口多，吃的、穿的都靠它。如果不搞建设，失业半失业照旧，社会购买力很低，商品供应当然一时可以不紧张，但不搞建设更不行。搞建设，增加就业，一部分农村人口转入城市，就要多吃、多穿、多用，社会购买力就要提高，商品供应就会紧张。”⑤

---

① 《陈云文选》第3卷，人民出版社1995年版，第53页。
② 《陈云文选》第3卷，人民出版社1995年版，第53页。
③ 《陈云文选》第3卷，人民出版社1995年版，第27页。
④ 《陈云文选》第3卷，人民出版社1995年版，第34页。
⑤ 《陈云文选》第3卷，人民出版社1995年版，第29页。

因此,在物资供应上,要按照先生活、后生产、再基建的原则排队,并适当地留有一定余地,才能确保建设项目的物资供应。像过去一些时期那样,片面强调发展生产建设,忽视改善人民生活,不仅会直接损害人民的利益,而且生产建设最终要退下来。但是,强调重视人民生活,决不是说可以超越生产发展的实际水平,过多地提高人民的消费水平,更不是说可以不要生产,不发展生产。我们国家人口多,底子薄,如果只顾改善人民生活这一头,国家没有必要的资金进行建设,实现现代化就没有希望,人民生活也不能得到持久的改善。"人民生活水平只能在生产发展的基础上逐步提高。"[①] 1959年6月29日至7月2日,毛泽东在庐山同各协作区主任谈话时说:过去安排国民经济的次序是重、轻、农,今后恐怕要倒过来,是农、轻、重。"过去陈云同志提过:先市场,后基建,先安排好市场,再安排基建。黄敬同志不赞成。现在看来,陈云同志的意见是对的。要把衣、食、住、用、行安排好,这是六亿五千万人民安定不安定的问题。"[②]

总之,陈云的先生活、后生产、再基建的主张是始终如一的,直到1979年,他在国务院财政经济委员会召开的汇报会上的讲话中,还提出了"要先生产、后基建;先挖潜、革新、改造,后新建"[③] 的主张。陈云的这些思想和政策主张,对我们今天坚持以人为本,落实科学发展观,全面建设小康社会仍然有着重要的现实指导意义。

---

① 《陈云文选》第3卷,人民出版社1995年版,第62页。

② 《陈云年谱》下卷,中央文献出版社2000年版,第23页。

③ 《陈云文选》第3卷,人民出版社1995年版,第268页。

第六章　政治政策论

陈云对党和人民的贡献是巨大的、多方面的。他是中国共产党屈指可数的经济理论家和经济实践家,他为中国社会主义经济建设的开创和奠基所作出的贡献尤其突出,他在经济方面的实践、著述和理论也最为丰富,他的经济思想及其在此指导下制定的经济政策对当代中国的现代化进程有着重要影响。同时在政治方面,陈云的思想理论和政策主张也是非常丰富的,涉及到党的建设、干部队伍建设、社会主义民主政治、社会主义精神文明建设等方面的内容。在中国革命和建设的进程中,陈云的这些思想理论和政策主张成为我们党在政治上制定正确路线、方针和政策的重要依据。

一、一定要把我们的党建设好

陈云非常重视党的建设。他在延安时期曾担任过 7 年的中央组织部部长,十一届三中全会以后,又担任了 9 年的中央纪委第一书记。关于如何把我们党建设好,陈云提出过一系列重要的政策主张,党建思想是陈云政治思想中一个十分重要的组成部分。加强陈云党建思想及其各项政策主张的研究,特别是对他运用马克思主义哲学思想和党的实事求是的思想路线指导实际工作的研究,是我们当前推进党的建设新的伟大工程,保持共产党员的先进性,提高党的执政能力和执政水平以及拒腐防变的迫切需要。

(一)坚持党的实事求是的思想路线

陈云认为,要取得中国革命的成功和社会主义建设的胜利,首先必须把我们党建设好,中国共产党是中国工人阶级的先锋队,同时是中国人民和中华民族的先锋队,是中国革命和社会主义事业的领导核心。毛泽东早在井冈山斗争时期就指出,红色政权的长期存在与发展和中国革命的成功,“有一个要紧的条件,就是共产党组织的有力量和它的政策的不错误。”[①] 如何保证“共产党组织的有力量和它的政策的不错误”呢?陈云强调,必须坚持党的实事求是的思想路线,一切从实际出发地制定和贯彻执行党的各项方针政策。为此,他提出了著名的“十五字诀”,即“不唯上、不唯书、只唯实,交换、比较、反复”。虽然这一思想陈云早已有之,但作出完整的表述是他1990年1月24日在同浙江省党政军负责同志谈到延安时期对毛泽东起草的文件、电报时的体会时概括的。他说:“在延安的时候,我曾经仔细研究过毛主席起草的文件、电报。当我全部读了毛主席起草的文件、电报之后,感到里面贯穿着一个基本指导思想,就是实事求是。那末,怎样才能做到实事求是?当时我的体会就是十五个字:不唯上、不唯书、只唯实,交换、比较、反复。”[②] 同时,陈云对这十五个字的内涵还进行了解释和阐述。

“不唯上,并不是上面的话不要听”。[③] 而是说,权力并不代

① 《毛泽东选集》第1卷,人民出版社1991年版,第50页。

② 《陈云文选》第3卷,人民出版社1995年版,第371页。

③ 《陈云文选》第3卷,人民出版社1995年版,第371页。

表更不等于真理，上面的话对不对，要由社会实践来检验；我们必须把对上面负责同对事业负责、对下面负责、对人民负责有机地统一起来。“不唯书，也不是说文件、书都不要读”。[①] 而是说，书上的东西并不等于百分之百的正确；书上的东西对不对，归根到底还是要由社会实践来检验；在实行书上讲的东西的时候，必须结合当时当地的实际，真正做到具体情况具体分析，因地制宜。“只唯实，就是只有从实际出发，实事求是地研究处理问题，这是最靠得住的”。[②] 陈云说，这九个字，讲的是唯物论。[③] 这九个字，实际上就是存在决定意识，物质是第一性、意识是第二性，以及认识来源于实践、实践又推动认识等马克思主义历史唯物主义基本原理的集中体现。

“交换，就是互相交换意见”。[④] 就是说，要通过交换意见，对事物有一个全面的符合实际的了解，力戒认识上的片面性。他以茶杯为例说：“比方说看这个茶杯，你看这边有把没有花，他看那边有花没有把，两人各看到一面，都是片面的，如果互相交换一下意见，那末，对茶杯这个事物我们就会得到一个全面的符合实际的了解。过去我们犯过不少错误，究其原因，最重要的一点，就是看问题有片面性，把片面的实际当成了全面的实际。作为一个领导干部，经常注意同别人交换意见，尤其是多倾听反面的意见，只有好处，没有坏处。”[⑤]

“比较就是上下、左右进行比较”。[⑥] 这就是说，要对事物矛

---

① 《陈云文选》第3卷，人民出版社1995年版，第371页。

② 《陈云文选》第3卷，人民出版社1995年版，第371页。

③ 《陈云文选》第3卷，人民出版社1995年版，第372页。

④ 《陈云文选》第3卷，人民出版社1995年版，第371页。

⑤ 《陈云文选》第3卷，人民出版社1995年版，第371页。

⑥ 《陈云文选》第3卷，人民出版社1995年版，第371页。

盾着的几个方面进行比较、分析、研究,从中找出这一事物区别于他事物发展的客观规律。他以毛泽东的《论持久战》为例说:"抗日战争时期,毛主席《论持久战》就是采用这种方法。他把敌我之间互相矛盾着的强弱、大小、进步退步、多助寡助等几个基本特点,作了比较研究,批驳了'抗战必亡'的亡国论和台儿庄一战胜利后滋长起来的速胜论。毛主席说,亡国论和速胜论看问题的方法都是主观的和片面的,抗日战争只能是持久战。历史的发展证明了这个结论是完全正确的。由此可见,所有正确的结论,都是经过比较的。"①

"反复,就是决定问题不要太匆忙,要留一个反复考虑的时间"。② 这就是说,决定问题时要慎重,要经过多次认识和实践,力求全面、准确地反映客观实际。他还以毛泽东为例说:毛泽东"决定问题时,往往先放一放,比如放一个礼拜、两个礼拜,再反复考虑一下,听一听不同的意见。如果没有不同的意见,也要假设一个对立面。吸收正确的,驳倒错误的,使自己的意见更加完整。并且在实践过程中,还要继续修正。因为人们对事物的认识,往往不是一次就能完成的。这里所说的反复,不是反复无常、朝令夕改的意思。"③ 陈云说,这六个字,讲的是辩证法。这六个字,实际上就是对立统一规律以及全面的发展的观点等马克思主义辩证唯物主义基本原理的集中体现。

陈云认为,做到了这"十五字诀"的要求,也就坚持了实事求是的思想路线,也就一定能够把我们党建设好。联系陈云多次讲到的这"十五字诀"和中国的实际,我们可以看出,"不唯上、不

---

① 《陈云文选》第3卷,人民出版社1995年版,第372页。
② 《陈云文选》第3卷,人民出版社1995年版,第372页。
③ 《陈云文选》第3卷,人民出版社1995年版,第371—372页。

唯书、只唯实”，这九个字，是陈云对毛泽东思想精髓的高度概括，是对中国共产党的实事求是路线的具体运用，是在实际工作中如何贯彻这条思想路线的创造性发展，也是始终贯穿于陈云理论和实践的科学方法论。“交换、比较、反复”这六个字，是陈云对马克思主义辩证思维方法的创造性发展，它概括了现代决策科学中的一般决策程序和决策原则，对科学决策的成功性具有很强的指导作用。陈云在长达70年的革命工作中，所作的各项决策包括党的建设方面的决策之所以符合实际，一生中没有犯大错误、小错误也几乎没有，与他一贯坚持和大力提倡的这个“十五字诀”、始终坚持实事求是是密不可分的。

（二）党风问题关系到党的生死存亡

党的风气好坏，直接关系到执政党的地位的巩固与否，关系到党能否保持先进性，关系到党的事业的兴衰成败。陈云长期在党和国家的重要领导岗位上，对这个问题具有丰富的感性认识和深刻的理性认识。对执政党党风建设的论述和政策主张，是陈云党建理论体系的重要组成部分。早在民主革命时期，陈云对中国共产党的党风建设就提出了许多精辟见解。在党执政以后特别是进入改革开放的新的历史时期，陈云对党风建设从理论到实践又进行了艰辛的探索，对党风问题作了系统而深刻的阐述和论证。陈云执政党党风建设和思想政治建设的内涵非常丰富，他的这些思想理论和政策主张对加强党的建设产生了深刻的影响。

众所周知，陈云长期致力于党的建设工作，一贯重视党的作风建设。他对中国共产党的地位和作用认识十分深刻。当看到十一届三中全会后党开始恢复了优良传统，出现了生动活泼的政治局面时，陈云便感到我们党大有希望。他说：“为什么说我们党大有希望？我们的国家是九亿人口的大国，我们的党是这样一个大国的执政党。我们党处于全世界举足轻重的地位，是中流砥柱，只要我们党起到了这样的作用，那末，国际共产主义运动的胜利就有了保证。”① 他还满怀信心地指出：“在党中央领导下，一定能够把我们的党建设好。”② 他对执政党的党风问题十分关注，并把它提到了有关党的生死存亡的高度。

1. 执政党的党风问题是有关党的生死存亡的问题。

执政党如何加强自身建设，早在延安时期陈云就提到了这个问题，他说：“领导着政权的党，领导着军队的党，自我批评更加重要。因为党掌握了政权以后，犯了错误会更直接更严重地损害群众利益。党员违犯了纪律，特别容易引起群众的不满。你有枪，又当权，群众看到了也不敢讲。所以，一定要严格要求我们的党员和干部。”③ 1940 年 12 月，他进一步指出：“当权的大党，领导干部很可能成为官僚。”因此他主张“要坚决防止和克服官僚主义。”④

随着中华人民共和国的成立，中国共产党成为全国范围的执政党。1954 年 2 月，针对高岗饶漱石事件，陈云提醒人们：“我们对于执政党以后党内的状况是不能盲目乐观的”。必须看到，革命胜利了的国家，“比起秘密工作和在山沟里打游击的时代，更容易出野心人物。”⑤ 他在分析产生这种问题的原因时又指出：一方面，这可能使得“有人就只想做官，不想革命了，把革

① 《陈云文选》第 3 卷，人民出版社 1995 年版，第 243 页。
② 《陈云文选》第 3 卷，人民出版社 1995 年版，第 243 页。
③ 《陈云文选》第 1 卷，人民出版社 1995 年版，第 183 页。
④ 《陈云文选》第 1 卷，人民出版社 1995 年版，第 221 页。
⑤ 《陈云文选》第 2 卷，人民出版社 1995 年版，第 231 页。

命忘光了”[1]；另一方面，“物质享受是很具备的，很可以腐化。从前在瑞金、延安时，想腐化也很难，现在腐化很容易。”[2] 所以，进入社会主义新的历史时期后，陈云在他亲自主持拟定的《关于党内政治生活的若干准则（草案）》中，明确指出：“党的中央纪律检查委员会的基本任务，就是要维护党规党纪，整顿党风”，[3] 为党内政治生活的健康发展提供了重要依据。

党的十一届三中全会以后，由于改革开放方针的提出，给我国的经济建设带来了蓬勃发展的生机与活力，与此同时，党内的种种不正之风也在不断蔓延，一部分党员尤其是领导干部存在的以权谋私问题，严重地损害了党的形象。针对党在新时期面临新情况提出的要求，陈云向全党敲响警钟，提出：“执政党的党风问题是有关党的生死存亡的问题。因此，党风问题必须抓紧搞，永远搞。”[4] 1985 年 9 月，陈云在党的全国代表大会上再一次指出：“抓党风的好转，仍是全党的一件大事。”“整顿党风这件事，不可掉以轻心。”[5] “各级领导干部，特别

是高级领导干部要重视”[6] 等一系列的论述，不仅充分说明了陈云对加强执政党党风建设的关心和重视，更重要的是他为加强党风建设做出了重要的理论贡献。

陈云指出：“党的中央纪律检查委员会的基本任务，就是要维护党规党法，整顿党风。”[7] “纪检工作应该研究新情况，适应

---

① 《陈云文选》第 2 卷，人民出版社 1995 年版，第 231 页。
② 《陈云文选》第 2 卷，人民出版社 1995 年版，第 231 页。
③ 《三中全会以来重要文献选编》上册，人民出版社 1982 版，第 44 页。
④ 《陈云文选》第 3 卷，人民出版社 1995 年版，第 273 页。
⑤ 《陈云文选》第 3 卷，人民出版社 1995 年版，第 351 页。
⑥ 《陈云文选》第 3 卷，人民出版社 1995 年版，第 352 页。
⑦ 《陈云文选》第 3 卷，人民出版社 1995 年版，第 240 页。

新情况。党性原则和党的纪律不存在‘松绑’的问题。没有好的党风,改革是搞不好的。共产党不论在地下工作时期或执政时期,任何时候都必须坚持党的纪律。”① 这些都说明,党的组织纪律是执行党的政治路线的保证,是铁的纪律与自觉的纪律的统一。

2. 搞好党的建设关键在于党的高级干部。

党的建设的经验证明,党的事业能否发展壮大,从某种意义上说,关键在于党员特别是党的干部。因为“干部对于党的事业负有重大责任”。同样,执政党党风建设的好坏,与党员和党员干部更是密切相关。1938 年 9 月,陈云在回顾党的历史时,曾说:“可惜得很,中国共产党在过去十年斗争中,干部损失了十几万,没有陕北根据地的话,连现在这一点干部也保存不了。全中国一千八百多个县,假如每个县能够保存三个党员,我们党开展工作的力量就大得多了。”② 从这里,我们看得出,陈云把党的事业的发展和革命的胜利,与党员和党的干部紧紧地联系在一切。陈云还以革命战争与和平建设年代为时段,对党员和党员干部进行比较,指出:“党在全国执政前和执政后的情况有很大的不同。党在全国执政以前,在敌人统治下的地下党,那时作一个党员就有杀头的危险,根本谈不上什么物质享受;在苏区的党和解放区的党,大家忙于打仗和支援战争,另外,也没有什么物质可以享受。党在全国执政以后,从中央到基层政权从企业事业单位到生产队的领导权,都掌握在党员手里了,党员可以利用手中掌握的各种权力为自己谋取私利。”③ 可见,党在全国执政

---

① 《陈云文选》第 3 卷,人民出版社 1995 年版,第 275 页。
② 《陈云文选》第 1 卷,人民出版社 1995 年版,第 109 页。
③ 《陈云文选》第 3 卷,人民出版社 1995 年版,第 331 页。

以后,责任在加大,危险系数也在加大。所以,党必须切实加强自身建设,搞好党风,并严格地要求党员和党的干部。

搞好党的建设,特别是加强党风建设,除了对普通党员要有严格要求,关键还在于党的高级干部。针对高饶事件的发生,陈云着重指出:“保障党的团结,防止党的分裂,其责任主要是在高级领导人员。”① 对于出野心人物和闹乱子的问题,陈云认为“关键是在几百个高级领导人,就是省(市)委书记以上的干部及军队中的负责干部。”② 对于揭露野心人物和不闹乱子的问题,陈云指出:“也决定于这几百个人。只要这几百个人头脑十分清醒,革命胜利就会有保证。”③ 陈云的这些话,抓住了问题的要害。

3. 必须端正党风。

对如何端正党风,陈云还提出了一系列措施,这主要表现在:第一,各级领导干部要以身作则,率先垂范。陈云认为,各级领导干部特别是高级领导干部,老党员、老干部要身体力行,作出榜样,带头端正党风,所有党的高级领导人员在教育好子女的问题上,给全党带好头,“决不允许他们依仗亲属关系,谋权谋利,成为特殊人物。”④ 第二,各级党组织要纪律严明,从严治党。1982年,陈云提出:“对严重的经济犯罪分子,我主张要严办几个,判刑几个,以至杀几个罪大恶极的,雷厉风行,抓住不放,并且登报。否则党风无法整顿。”⑤ 后来他又提出:“无论是谁违犯党纪、政纪,都要坚决按党纪、政纪处理。”“各级纪委必须

---

① 《陈云文选》第2卷,人民出版社1995年版,第230页。
② 《陈云文选》第2卷,人民出版社1995年版,第233页。
③ 《陈云文选》第2卷,人民出版社1995年版,第233页。
④ 《陈云文选》第3卷,人民出版社1995年版,第352页。
⑤ 《陈云文选》第3卷,人民出版社1995年版,第273—274页。

按此原则办事,否则就是失职。"[1] "对于危害社会主义建设,败坏党风、社会风气的歪风邪气,熟视无睹,听之任之,除了追究那些为非作歹的个人外,还要追究那个单位、那个地区的党委的责任,包括纪委的责任。"[2] 第三,要提倡坚持原则,分清是非。陈云认为,我们的党风和整个社会风气中,有一个很大的问题,就是是非不分。"有些同志在是非面前不敢坚持原则,和稀泥,做老好人,而坚持原则的人受孤立"。[3] 应该把这个问题提到全党思想建设和组织建设的高度。"只有我们党内首先形成是非分明的风气,党的团结才有基础,党才有战斗力,整个社会风气才会跟着好转,才会使正气上升,邪气下降。"[4] 陈云的这些论述,对于中国共产党在新的历史时期经受执政、改革开放和建设社会主义和谐社会的考验有极其重要的意义。

4. 严守党的纪律和党内制度。

陈云在抓党的建设过程中,主张将严肃党纪和加强党员的思想政治教育相结合。他强调对党员进行世界观、人生观、价值观和马列主义的教育,强调进行党的全心全意为人民服务的宗旨和实事求是的思想路线教育。早在 1940 年,他就指出:"纪律是我们的重要武器。维护党的统一,不靠刀枪,要靠纪律;同时,加强思想政治工作,端正路线和方针、政策。"[5]

但是,他又认为教育虽然是基础,但不是万能的,党的制度和党规党法的建设也很重要,主张纠正党内不正之风和反腐倡廉要靠党的纪律和党规党法。他说:"我看不能因为有马列主义

---

① 《陈云文选》第 3 卷,人民出版社 1995 年版,第 356 页。
② 《陈云文选》第 3 卷,人民出版社 1995 年版,第 356 页。
③ 《陈云文选》第 3 卷,人民出版社 1995 年版,第 274 页。
④ 《陈云文选》第 3 卷,人民出版社 1995 年版,第 274 页。
⑤ 《陈云文选》第 1 卷,人民出版社 1995 年版,第 196 页。

教育,以后就不出问题了。张国焘不是老党员吗?他比一般干部受的马列主义教育还少吗?但是他叛变了。这证明什么呢?证明只靠马列主义的教育,还不能保证我们党内不出野心人物。"①

这也就是说,在执政党党风建设中,除了要加强马列主义理论修养和思想教育,还要加强党的制度和党规党纪党法教育。所以他说:"我们要严守党的制度和党规党法,发扬党的优良作风,那党就有保证了。靠别的,我看都靠不住,要靠我们自己。"② "我们的党是一个战斗的党,我们在斗争中依靠的武器,唯一的就是纪律。"③ 这虽然是改革开放以前说的,但都是真知灼见。

陈云认为,所有的共产党员都要遵守党的纪律。他指出:"共产党不论在地下工作时期或执政时期,任何时候都必须坚持党的纪律。"这就是说,在中国共产党里面,不存在特殊的人物和组织。④ "不管你是中央委员,还是一般党员,不管你是老党员,还是新党员,都要遵守纪律。""不管是中央委员会,还是支部委员会,都要遵守纪律。一句话,党内不准有不遵守纪律的'特殊人物'、'特殊组织'。"⑤ 陈云还说:"严格地遵守党的纪律为所有党员及各级党部之最高责任。无特殊人物,无特殊组织。"⑥ 他主张从健全严格党纪和制度入手,纠正和防止党内的腐败现象,以达到纯洁队伍的目的。

---

① 《陈云文选》第2卷,人民出版社1995年版,第232页。
② 《陈云文选》第2卷,人民出版社1995年版,第233页。
③ 《陈云文选》第1卷,人民出版社1995年版,第275页。
④ 《陈云文选》第3卷,人民出版社1995年版,第275页。
⑤ 《陈云文选》第1卷,人民出版社1995年版,第126页。
⑥ 《陈云文选》第1卷,人民出版社1995年版,第196页。

1981年3月4日,中央纪律检查委员会第三次会议通过决议,指出:陈云提出的执政党的党风问题是有关党的生死存亡的问题,对中国共产党建设具有重大意义,是做好纪律检查工作的基本指导思想,应当形成舆论,使全体党员,尤其是领导干部,认识到这个问题的严重性。[①]

由此我们认为,陈云关于执政党党风建设的一系列思想理论和政策主张具有极高的理论价值和实践意义,特别是"执政党的党风问题是有关党的生死存亡的问题"这一命题更具有前瞻性、现实性和独创性,是他对执政党建设理论的突出贡献。他的这一观点成为建设有中国特色社会主义理论体系的重要组成部分,被中共中央吸纳并写进党的第十三次全国代表大会报告,极大地丰富和发展了中国共产党的党风建设理论,对在改革开放的条件下加强党的作风建设、维护党的纯洁性起了极其重要的作用。

(三)必须走群众路线和维护群众利益

群众观点是马克思主义的基本观点和基本立足点之一。中国共产党不仅在指导思想上坚持一切为了群众、一切依靠群众的群众观点,而且在实际工作中、在制定方针政策时形成了一整套从群众中来到群众中去的领导方法和工作方法。为群众谋利益、维护群众利益是一切共产党员革命的出发点和归宿,为人民服务是中国共产党的根本宗旨。陈云无论在革命战争年代,还是在社会主义和平建设时期,总是牢记党的宗旨,密切联系群众,始终把人民群众的利益放在特别重要的位置,从理论和实践两个方面极大地丰富了党的群众路线和群众观点。

---

① 《陈云年谱》下卷,中央文献出版社2000年版,第269页。

1. 党掌权以后要防止脱离群众。

延安时期,中国共产党虽然没有在全国范围执政,但已掌握抗日根据地的政权。那时,陈云就认识到,党掌权和不掌权情况很不一样,不掌权时党要找群众,掌权以后群众要来找,因此掌权以后特别要防止脱离群众,党的建设主要应当围绕这个问题。① 1939年11月,陈云在《开展群众工作是目前地方工作的中心》一文中就曾指出:"历来的经验证明,没有一个脱离群众的党组织是巩固的。一切脱离群众的党部,都是最不巩固的党部。所以,只有党与群众密切的联系着,只有党的支部真正成为群众核心的时候,那个党才是一个巩固的党,那个支部才是党在群众中的堡垒。"② 同时,"支部及其每个党员应该密切地与周围的群众联系着,了解群众的情绪,倾听群众的呼声",帮助群众解决困难。③ 党只有密切联系群众,才能得到群众的拥护。而"解决群众切身问题的办法,必须在群众中去讨论,到群众中去找寻。"④

2. 坚持为人民服务,树立党为群众"当差"的观点。

只有坚持全心全意为人民服务的宗旨,党才能保持自己的先进性,从而更加自觉地联系群众,为人民谋利益。陈云曾告诫全党:"我们要在老百姓面前,负起责任,如果不是这样做,便没有尽到责任。人们说中国共产党员是中华民族的优秀子孙。是否对人民尽了责任,可以考验谁是优秀子孙。"⑤

---

① 朱佳木:《陈云从延安时代开始一直倡导的四个主张》,《党的文献》2003年第3期。

② 《陈云文选》第1卷,人民出版社1995年版,第165页。

③ 《陈云文选》第1卷,人民出版社1995年版,第148页。

④ 《陈云文选》第1卷,人民出版社1995年版,第169页。

⑤ 《陈云文选》第1卷,人民出版社1995年版,第298页。

陈云认为,能否为人民尽职尽责,是检验共产党员是否合格的标志。东北刚刚解放的时候,陈云就及时地提出了执政党正确认识同群众关系的观点。他认为,"共产党及其领导的人民政府,是真正代表大家,为大家'当差'的,是遵循工人、农民和其他人民群众的意见办事的。"① 这样,人民才会感到政府能够给他们办事,是他们的好"公仆"。陈云把共产党执政比作给人民"当差",是用通俗的语言指出了人民群众的历史地位,说明了党的任务和宗旨,重申了马克思主义关于无产阶级政权的公职人员只能是人民公仆的原则。共产党人是为群众"当差"的,这是陈云一贯坚持的观点。

3. 与群众共苦甘,坚决防止和克服官僚主义。

陈云认为,共产党员为了党的事业的胜利和民族的复兴,必须要和群众同甘共苦,这既是革命战争胜利的需要,也是密切联系群众的必然要求。如果在生活上脱离群众,也就必然在思想上脱离群众。

1940年,陈云就指出:"当权的大党,领导干部很可能成为官僚。要坚决防止和克服官僚主义。"② 他还提出了"群众一级干部"的概念,他指出:"做群众工作的干部,不论是中央委员还是区委委员,都是群众一级的干部,大官要做小事。"③ 这就深刻地揭示了共产党员要同人民群众同甘共苦的实质。坚持与群众同甘共苦的重要内容之一就是要坚决防止和克服官僚主义。党掌握了政权以后,犯了错误会更直接更严重地损害群众利益。陈云指出:"如果它脱离群众,如果它蒙上了官僚主义的灰尘,那

---

① 《陈云文选》第1卷,人民出版社1995年版,第380页。

② 《陈云文选》第1卷,人民出版社1995年版,第221页。

③ 《陈云文选》第1卷,人民出版社1995年版,第318页。

它就会遭到灭亡。”[①] 因此,防止和克服官僚主义,对于保持党的先进性,密切党同群众的血肉联系有着重大的意义。

4. 处处依靠群众,人民群众是党的力量的源泉。

在长期革命实践中,在各个历史时期、历史阶段,陈云都反复强调:“共产党要处处依靠群众”。[②] 1956年,陈云在《做好商业工作》一文中写道:“我们党是一直坚持群众路线的,在各项工作中都应该发动群众,依靠群众的力量。”[③] 他要求商业部门处理好同人民群众的关系,并指出:“我们共产党必须天天关心人民群众的切身利益。”[④] 人民群众是党的力量的源泉。首先,人民群众的实践是党制定路线、方针、政策的依据;其次,党制定的一切路线、方针和政策,都要有广大人民群众的真心拥护和坚持不懈的努力才能实现。由此我们可以看到,在陈云的思想中,对待群众的态度问题,是一个根本立场问题,世界观问题,党性原则问题。

陈云在70余年的革命生涯中,一以贯之地坚持群众观点,并将群众路线贯彻到他所从事的各项工作中,他是贯彻和实践党的群众路线的楷模。他的群众是英雄、群众出智慧的观点,群众的利益和需求是我们一切工作的出发点和归宿的观点,群众是我们党的一切工作的主体力量的观点,解决人民生活的问题应该成为重要的国策的观点,向群众学习和接受群众批评和监督的观点,等等,不但在我们党的发展史上起过重要的作用,而且对于当前党的路线、方针和政策的制定,对于维护社会稳定和

---

① 《陈云文选》第1卷,人民出版社1995年版,第156页。
② 《陈云文选》第1卷,人民出版社1995年版,第213页。
③ 《陈云文选》第3卷,人民出版社1995年版,第31页。
④ 《陈云文选》第3卷,人民出版社1995年版,第33页。

构建社会主义和谐社会,对于深入开展的党风廉政建设,都具有重大意义。

(四)党员队伍建设和支部建设是把党建设好的基础

基层党组织建设和党员队伍建设是党的组织建设的重要基础。在长期的工作实践中,陈云高度重视基层组织的地位和作用,他所提出的"支部是党的最下层的组织,也是党的最基本的组织"、"支部是党团结群众的核心"、"是党的力量增长的主要源泉"[①] 等思想观点和政策主张,为中国共产党加强基层组织建设提供了重要指导和宝贵经验,对加强党的建设起到了重大的推动作用。

1. 支部应是基层工作的中心。

党的基层组织是党的全部工作和战斗力的基础。陈云指出:"支部是党的最下层组织,也是党的最基本的组织。党的一切口号、主张、政策,依靠支部才能具体深入到群众中去。"[②] 中国共产党是工人阶级的先锋队,是中华民族的先锋队,它应该注意不断壮大自己的队伍。"支部领导机关的健全与否,对于党的任务的完成有决定的作用。"[③] 他科学地界定了支部的属性,强调支部的核心堡垒作用。他说:"支部不但要在组织形式上具有核心的堡垒的姿式,而且要在实质上真正能起核心的堡垒的作用。"[④] 支部要实现这一目的,就必须建立起自己的基本工作,分配并责成每个党员去执行去完成。他还提出了支部四个方面

① 《陈云文选》第1卷,人民出版社1995年版,第145页。
② 《陈云文选》第1卷,人民出版社1995年版,第145页。
③ 《陈云文选》第1卷,人民出版社1995年版,第147页。
④ 《陈云文选》第1卷,人民出版社1995年版,第147页。

的基本工作，即支部是党团结群众的核心组织，支部是征收党员的机关，支部是教育党员的学校，支部（根据地内的支部）要领导党、政、军、民、学各项工作。

陈云还明确了支部的主要任务是做好群众工作，“支部进行群众工作的目的，是要争取自己周围的群众，接受党的领导。”[①]支部“是党团结群众的核心组织，支部在周围群众中间工作的好坏是测量支部工作好坏的尺度”，[②]阐明了支部建设的关键在于领导班子建设，指明了支部建设的方向是实现党员教育管理的经常化、制度化。陈云关于支部建设的这些思想和主张为加强和改进党的基层组织建设提供了有力的思想武器，在改革开放和发展社会主义市场经济的历史条件下仍具有重要的现实意义。

2. 党员队伍的质量重于数量。

这是我们党加强党员队伍建设的一条重要经验和重要原则。不论是总结、认识这条经验，还是坚持贯彻这一原则，陈云都作出了重大贡献。1938年3月上中旬，根据毛泽东在3月政治局会议上的建议，陈云主持起草中共中央《关于大量发展党员的决议》，他关于发展党员的一系列观点和主张，直接成为了党的政策和决议。这个决议要求适应抗日战争形势的发展，打破关门主义和在统一战线中忽视党的发展的倾向，大胆地向表现积极的工人、雇农，以及革命的青年学生、知识分子和坚决勇敢的下级官兵开门，大量发展党员，壮大党的组织力量。[③] 1940年10月1日，陈云又在《共产党人》第11期上发表《巩固秘密党的

---

① 《陈云文选》第1卷，人民出版社1995年版，第148页。

② 《陈云文选》第1卷，人民出版社1995年版，第148页。

③ 《陈云年谱》上卷，中央文献出版社2000年版，第219页。

几个问题》,在文章的第三部分中提出“党员的质量重于数量”的重要观点,他指出:“提高质量不仅仅是洗刷落后分子,还必须加强党内的教育。每个干部,每个党员,都要经常阅读党出版的书报或其他进步的书报,增加知识,自修深造,在政治上不断提高自己。”[①] 后在《大后方党组织的彻底改组和扩大党外的活动》一文中,还强调指出,必须让不够质量和只有退出才能保存的党员暂时退到党外,这不仅为了保护组织,也为了便于他们在党外活动。这些思想观点和政策主张对于我们今天加强党员管理,保持党员队伍的先进性仍具有指导意义。

3. 坚持共产党员的标准。

这是党员队伍建设的重大问题,延安时期陈云就对此做过比较系统的阐述。陈云关于党的性质、党的历史使命和党内生活发展的客观规律等方面,深刻阐述了坚持党员标准在党的建设中占有重要的位置,只要回顾党的历史,借助有关党的建设方面的资料,就不难看出,陈云 1939 年在《怎样做一个共产党员》一文中提出了共产党员的六条标准:终身为共产主义奋斗;革命的利益高于一切;遵守党的纪律,严守党的秘密;百折不挠地执行决议;群众模范;学习。[②] 当时陈云身为中共中央组织部部长,因此,他所提出的这六条标准,既代表了他个人对党员标准的要求,也反映了党中央的意见。以这六条标准来衡量每一个党员,是当时加强党的建设、做好发展党员工作的一项重要政策。

陈云在这篇文章中,还具体阐述了共产党员的人生观,他说:“一个愿意献身共产主义事业的共产党员,不仅应该为党在

① 《陈云文选》第 1 卷,人民出版社 1984 年版,第 207—208 页。
② 《陈云文选》第 1 卷,人民出版社 1995 年版,第 137—144 页。

各个时期的具体任务而奋斗，而且应该确定自己为共产主义的实现而奋斗到底的革命的人生观。”① 他对共产党员如何才能建立和坚定自己的人生观，也作了具体阐述。陈云所论述的共产党员这六条标准是时代的要求、时代的产物；是工人阶级先锋队性质决定的，是保持党的性质的前提和条件；是对党员行为规范的完善，是使党员发模范作用的重要保证。这六条标准是党的历史文献中关于党员标准问题的第一次比较完整的论述，对于党的建设理论作出了重要贡献。

4. 学习是共产党员的责任。

陈云十分重视党员的理论学习，在《怎样做一个共产党员》中，提出了共产党员的六个标准之一就是学习。他指出：“共产党员有了革命的理论，才能从复杂万分的事情中弄出一个头绪，从不断变化的运动中找出一个方向来，才能把革命的工作做好。不然，就会在复杂的、不断变化的革命环境中，迷失道路，找不到方向，不能独立工作，也不能正确地实现党的任务和决定。所以每个共产党员要随时随地在工作中学习理论和文化，努力提高自己的政治水平和文化水平，增进革命知识，培养政治远见。”② 他还就那时的环境提出了具体的学习内容。

在《学习是共产党员的责任》等文章中，陈云对学习作过专门论述。他强调学习是每个党员的责任，是做好工作的基本条件。他说：“学习是做好工作的一个条件，而且是一个必不可少的条件。”③ 如果不加强学习，就难以提高文化知识水平，难以掌握认识事物的科学方法，难以制定正确的方针政策，难以取得

① 《陈云文选》第1卷，人民出版社1995年版，第137页。
② 《陈云文选》第1卷，人民出版社1995年版，第142页。
③ 《陈云文选》第1卷，人民出版社1995年版，第188页。

中国革命的胜利。陈云指出,学习有两个方面,一是向书本学习,二是向实践学习。从革命实践中锻炼出来的党员干部要多向书本学习,重视理论和文化知识的学习;而缺乏经验的知识分子干部则要加强实践锻炼,从实际工作中学习,向群众学习。他还强调,加强理论学习的关键是要学会正确的思想方法。陈云指出:"学习理论一定要联系实际。""掌握了马列主义的原理和思想方法,就会自然地同自己的实践经验结合起来,把具体经验提高到一般理论,再拿这种一般理论去指导实际工作。"①

陈云阐述的共产党员为什么要学习,为什么要强调党员领导干部带头学习以及如何学习等问题,不仅在当时解决了广大党员学习马列主义存在的认识不足和方法不当的问题,而且对于指导全党今天的学习、建设学习型政党仍具有重要的指导作用。

5. 严格党员的组织管理。

陈云在延安时期关于党组织建设的重要论述中,根据当时的历史条件和党员队伍的状况,对如何加强党的组织管理提出了一系列重要的政策主张。他提出的"党要成为无产阶级的先锋队,就必须经常有系统地注意调剂自己党员的成分"的主张,② 不仅在历史上而且在今天对于增强党的阶级基础、扩大党的群众基础、不断提高党的社会影响力都具有重要的指导意义。

此外,陈云对于严格入党手续,做好候补党员的管理、教育和转正工作,慎重处理恢复党籍等方面的问题都提出了很重要的意见。如他对恢复党籍或重新入党的问题,除了要遵照中央

① 《陈云文选》第1卷,人民出版社1995年版,第189页。

② 《陈云文选》第1卷,人民出版社1995年版,第132页。

决定，还必须按具体情况作决定，为此，提出了四条原则："1、长期脱离党，但仍在继续为党工作，党内有人证明者，恢复党籍。2、长期脱离党，自称仍在继续为党工作，但党内无人证明，而今日已具备入党条件者，重新入党，候有证明时，恢复党籍。3、曾经长期参加党的工作，中有相当时间（一两年）脱离党的工作，未做违反革命利益的事，而现在已经恢复党籍者，则脱离党的工作的这一时期，不算在党龄之内。4、长期脱离党，未做违反革命利益的事，经过相当长期的考察而今日已具备入党条件者，重新入党。"① 陈云所提出的这些意见，有着很强的政策性，对于加强党员的组织管理也具有很强的指导作用。

陈云关于共产党员的论述，集中于20世纪30年代中后期和40年代初他担任中共中央组织部部长期间。他在这一时期的许多讲话、报告、演说、著作等，都大量地谈到了党的建设问题，深刻地揭示了我们党关于加强自身建设的一系列重要方针政策。正是这些方针政策的贯彻执行，使得这个时期中国共产党的党员队伍人数从3万发展到121万，从而为中国革命的胜利提供了坚实的组织保障和人才储备。所以我们说，陈云在这个时期对我们党的建设从理论到实践都作出了巨大的贡献。

二、成千上万地培养和选拔干部

正确的政治路线确定以后，干部就是决定的因素。陈云长期在党和国家的重要领导岗位上工作，对干部这个问题具有丰富的感性认识和深刻的理性思考。他曾说："党的干部不同于一般党员，是党的骨干。干部在党的组织中占重要地位。党看重

① 《陈云文选》第1卷，人民出版社1995年版，第135页。

干部的作用，认为没有坚强的干部队伍，我们党的事业就不能发展，就不能取得革命胜利”。[①] 我们只要考察回顾延安时期陈云有关党的干部政策的讲话、指示，就可以看出陈云关于干部工作的一系列思想，指导建设了一支革命的干部队伍，确保了党的历史任务的顺利完成。我们再回溯十一届三中全会以后陈云对党的干部队伍建设提出的一系列思想及其政策主张，就可以看出陈云关于设立中央书记处的意见，关于培养选拔中青年干部的建议，对于加强党的干部队伍建设，确保党的事业继往开来、兴旺发达具有重要的战略意义。

1. 要坚持“德才并重，以德为主”的方针。

陈云历来强调，干部既要有才又要有德，选拔干部一定要坚持“德才兼备，以德为主”的方针，[②] 既要反对只顾才不顾德，也要反对只顾德而不顾才，必须把德和才统一起来。他还说，才当然不是空才，德当然也不是空德，尤其不能忽视政治标准。陈云指出：“总之，用干部的标准，概括起来有二：政治，能力。两者不能缺一，以政治为主。”[③] “德才兼备，以德为主”的方针，深刻地揭示了世界社会主义运动和无产阶级政党建设中的一个核心问题，即领导权问题，其重大而深远的实践意义就在于确保党的各级领导班子由忠诚于马克思主义的人组成。

进入新时期，陈云对干部的德才更为重视，并提出了干部的“德才兼备”的问题，他指出：“五湖四海，再加一个德才兼备，这是我们提拔干部的方针。现在有同志常说，要开拓型干部。开拓型也要，但首先要强调有德，有党性。德才兼备，才干固然要

① 《陈云文选》第1卷，人民出版社1995年版，第211页。
② 《陈云文选》第1卷，人民出版社1995年版，第214页。
③ 《陈云文选》第1卷，人民出版社1995年版，第213页。

有,但德还是第一。”[①] 他指出,实现四个现代化,必须靠党的领导,搞四化建设没有“万金油”式的干部是不行的。他还指出:“干部队伍的革命化、年轻化、知识化、专业化、制度化,仍然是我们在干部政策上的大政方针。我们老干部必须担负起挑选德才兼备的青年干部的责任。”[②] 对于“文化大革命”中提拔过一些“头上长角、身上长刺”的青年人,陈云觉得那是一个非常痛苦的教训,为此,他指出:“必须说清楚,现在我们要提拔的中青年干部,绝对不是提拔那种‘头上长角、身上长刺’的青年干部,我们要提拔的是德才兼备的中青年干部。”[③] 同时,陈云非常注重中青年干部的政治标准,他说:“总之,一方面要大胆提拔,加快提拔中青年干部,一方面又要严格把好政治标准这一关。德才相比,我们要更注重于德,就是说,要确实提拔那些党性强,作风正派,敢于坚持原则的人。”[④] 陈云关于新时期干部革命化即“德”方面的基本要求的论述,我们可以概括为四个方面,即:要有坚定正确的政治方向;要有较高的马克思主义理论修养;要严格执行党的民主集中制原则;要廉洁自律,树立正气。当然,陈云强调选拔干部以德为主,是以德才兼备为基础的,并不是不要“才”,或不看重“才”。

2. 要坚持科学的用人之道。

1938年9月,陈云在抗日军政大学向即将奔赴前线的毕业学员发表题为《论干部政策》的讲话,指出:“干部政策,拿俗话来说,就是用人之道。”“我现在来讲干部政策,只想用12个字,分

---

① 《陈云文选》第3卷,人民出版社1995版,第359页。
② 《陈云文选》第3卷,人民出版社1995版,第281页。
③ 《陈云文选》第3卷,人民出版社1995版,第293—294页。
④ 《陈云文选》第3卷,人民出版社1995版,第317页。

成四个问题来解释：第一，了解人；第二，气量大；第三，用得好；第四，爱护人。”[①] 陈云认为，要把一个人了解得很彻底是不容易的。“最近发现两种毛病：第一种毛病是用一只眼睛看人，只看人家一面，不看全面，不能面面都看到；第二种毛病是只看到这个人今天干了什么，没有看到他以前干什么，只看到他本领的高低，没有看到他本质的好坏。”[②] 他认为，“一个人的长处里同时也包括某些缺点，短处里同时也含有某些优点。用人就是用他的长处，使他的长处得到发展，短处得到克服。”[③] 对此，陈云认为，世界上是没有一个人是毫无长处和优点的，也没有一个人是毫无短处和缺点的，所以说，在革命队伍里，没有一个人不可以用。

陈云在近 70 年的革命生涯中，十分重视对用人问题的研究和探索，尤其是在 1937 年至 1944 年任中共中央组织部长和党的十一届三中全会以来的几十年中，形成了独具特色的用人之道。陈云的用人思想包含着深刻的哲理和丰富的内容，表现在六个方面：全面考察干部的德与才，坚持德才兼备，以德为主；正确对待干部的长处和短处，量才使用，人尽其才“发展其长，克服其短”；[④] 陈云的用人之道，充满了马克思主义的唯物辩证法，学习、研究他的用人思想，对于我们今天探索深化干部制度改革仍具有十分重要的指导意义。

3. 要不断地培养选拔中青年干部。

中青年干部是党的事业长盛不衰的重要保证。“文化大革

① 《陈云文选》第 1 卷，人民出版社 1995 版，第 109 页。

② 《陈云文选》第 1 卷，人民出版社 1995 版，第 110 页。

③ 《陈云文选》第 1 卷，人民出版社 1995 版，第 111 页。

④ 《陈云文选》第 1 卷，人民出版社 1995 年版，第 217 页。

命”十年动乱刚刚结束，干部队伍青黄不接，陈云较早认识到培养、选拔中青年干部的迫切性、重要性，反复论述了必须成千上万地选拔中青年干部，“使大量的中青年干部成为我们各级党政工作强大的后备力量，随时可以从中挑选领导干部。”“要提拔中青年干部，使我们党的事业后继有人。”① 并从世界社会主义运动的战略高度指出，这个问题如果解决不好，社会主义事业在中国就有可能出现曲折。所以要把优秀的中青年干部放到负责岗位上去锻炼，让他们挑担子；要按级提拔，“台阶论还是对的。这是小平同志讲的，台阶，一级一级上来，这是必要的。一定要按级提拔。我写的一些办法也是按级提拔。但是，也可以越级提拔。越级提拔的，只能是少数。我看按台阶的办法上台的人，他的基础巩固扎实，本领全面。”② 要使干部队伍保持梯队的结构，这样既有利于干部队伍形成新老交替、源源不断、合作有序的态势，又有利于老干部对中青年干部的传、帮、带；要汲取我们党在选拔年轻干部上的历史教训，严格把好政治标准这一关。

关于这个问题，陈云早在1940年3月25日在延安新兵营作《关于干部问题》的讲话时就提出来了。他指出，任用干部既要看政治也要看能力，二者缺一不可，以政治为主。要认识吸收知识分子干部的重要性，革命无知识分子不行，工农也须知识化。“五四”、“一二九”和“五卅”运动的历史证明，知识分子是靠得住的。③

4. 要加强对干部的教育。

干部教育是提高干部队伍素质的重要途径和手段，是干部

① 《陈云文选》第3卷，人民出版社1995年版，第293页。
② 《陈云文选》第3卷，人民出版社1995年版，第301页。
③ 《陈云文选》第1卷，人民出版社1995年版，第180页。

工作的重要内容。干部教育思想不仅对于提高干部队伍素质起到了积极的指导作用，而且为以后的干部教育工作积累了宝贵经验。为此，陈云提出："要提高干部的政治水平，克服经验主义，既要在思想方法上，在政治上和理论上，在党的路线上和政策上加强教育，又要扩充他们各方面的革命斗争经验，并使理论知识和实践经验两者结合起来。"① 陈云强调干部教育的经常化，提出在抓好干部学校教育的同时，更要重视干部的在职学习和教育；强调干部教育要坚持理论与实践相统一，提出把"从实际经验归结到基本理论上"② 作为教员教育干部的方法，他指出："真正政治上高明的革命家，只能在革命战争中培养，不能专从学校里训练。""没有革命斗争经验的人，如果不到工作中取得实际经验，单靠听讲看书，甚至饱读马克思列宁主义的原理原则，想在政治上真正开展是不可能的。"③

上述论述表明，陈云关于干部队伍建设的思想是十分丰富的，他的许多论述引起了党中央的高度重视，他的许多意见、建议和主张，成为党制定干部政策的重要依据和实施条件。这对于加强领导班子和干部队伍建设有着重要的理论贡献和实际价值。

三、发展社会主义民主政治

发展社会主义民主政治，陈云讲得最多的是如何坚持党的民主集中制，搞好党内民主。在陈云看来，党内政治生活能否保持正常，关键要看民主集中制是否健全。陈云高度重视党内民

① 《陈云文选》第1卷，人民出版社1995年版，第251页。

② 《陈云文选》第1卷，人民出版社1995年版，第216页。

③ 《陈云文选》第1卷，人民出版社1995年版，第250—251页。

主,鼓励开展批评与自我批评,以实现生动活泼的政治局面。他指出:“核心领导只有经过严格执行民主集中制,并再实践中经过考验,才能建立起来。”[①] 陈云一方面和其他领导人一样反复讲解遵守纪律、维护统一的必要性,另一方面也经常强调党内民主的意义。发扬民主,陈云说得最多的是要让人讲话,尤其是讲不同意见和批评的话。他指出,在党内“不怕人家讲错话,就怕人家不说话。讲错话不要紧,要是开起会来,大家都不说话,那就天下不妙。”[②] 到了晚年,陈云通过党内生活正反两方面的经验,深切感到要发扬民主,仅仅强调让大家讲话还不够,必须要有一定的制度保证。

(一)党的民主集中制是党的根本组织制度和组织原则

民主集中制建设在党的组织建设中占有至关重要的地位。民主集中制就是在民主基础上的集中与集中指导下的民主相统一。“民主集中制,是既要有民主,又要有集中。”[③] 民主与集中,发扬党内民主与严肃党的纪律,着两者不是截然对立的。1940年3月,陈云在《严格遵守党的纪律》一文中就指出:“纪律与自由,是矛盾的统一。无产阶级政党应该是一个最有纪律的党,也是一个最讲民主的、最讲自由的党。”[④] 陈云对发扬民主这个问题是非常重视的,他说:“光靠少数领导干部发现我们工作的问题、缺点和错误,那是很不够的。必须充分发扬民主,发动广大群众和干部对我们的工作提意见。只有根据大家的意

---

① 《陈云文选》第1卷,人民出版社1995年版,第348页。
② 《陈云文选》第3卷,人民出版社1995年版,第275页。
③ 《陈云文选》第3卷,人民出版社1995年版,第270页。
④ 《陈云文选》第1卷,人民出版社1995年版,第198页。

见,切实改正我们工作中的缺点、错误,才能把人们的积极性调动起来,真正把工作做好。”①

陈云运用唯物辩证法的基本原理论述民主与集中的辩正统一关系。民主是集中的基础,没有民主就不可能有正确的集中,也不可能有自觉的纪律。他说:“不经大家交换意见,是不可能集中的,形式上集中也难免出错误。”“不民主,只集中,必然愈不能集中,多交换意见,反而容易集中。”② 如果割裂民主与集中的关系,极易导致个人专制主义或极端民主化。他说:“关于民主制度、民主生活很不够是‘文化大革命’得以发生的重要原因之一,这个问题实际上应该说,党内民主集中制没有了,集体领导就没有了,这是‘文化大革命’发生的一个根本原因。”③ “十一届三中全会以后,党内有了民主集中制的气氛,才会有同志敢于提出不同意见。”④“希望新进各级领导班子的中青年干部,要注意学会按照民主集中制的原则办事。在各级领导班子中,要充分发扬民主,倾听各种意见,特别要注意倾听不同意见。要照党章办事,不要一个人说了算。重大问题的决定,必须经过集体的充分讨论,以便减少失误,少走弯路,把事情办得更好。”⑤对党内民主生活制度,陈云也十分重视。他说:“我们党内要强调一下,要有民主生活制度。常委多少时间开一次会,政治局多少时间开一次会,要立个规矩。常委会议,政治局会议,政治局扩大会议,应该分开来开。这是党内民主生活。民主集中制要

---

① 《陈云文选》第3卷,人民出版社1995年版,第187—188页。
② 《陈云文选》第1卷,人民出版社1995年版,第347页。
③ 《陈云文选》第3卷,人民出版社1995年版,第274页。
④ 《陈云文选》第3卷,人民出版社1995年版,第275页。
⑤ 《陈云文选》第3卷,人民出版社1995年版,第353页。

坚持。经常开会讨论，经常交换意见，就不至于出大的问题。”[①]强调“只有民主才能集中”，“民主必须集中”，深刻揭示了民主集中制的科学内涵。

（二）必须坚持民主集中制的原则

“历史经验证明，实行民主集中制，做起来很不容易。”[②]共产党员必须贯彻以党内关于个人服从党的组织、少数服从多数、下级服从上级组织、全党各个组织和全体党员服从党的全国代表大会和中央委员会为主要内容的民主集中制的组织原则。陈云关于“四个服从”是一个也不能少的，是我们党的铁的纪律，也是健全党内生活、增强党的战斗力的有力武器。[③]并要求领导干部要以身作则，“领导干部、领导机关必须成为严守党纪的模范。”[④]总之，陈云特别强调党的组织原则中最重要的一条是贯彻执行党中央的决议，服从党中央的绝对领导。

陈云对一言堂是非常痛恨的，他要求全党牢记一言堂所带来的教训。他说：“十一届三中全会以后，党内有了民主集中制的气氛，才会有同志敢于提出不同的意见。在这个事情上，我们原来是吃过苦的。”[⑤]

陈云认为，坚持民主集中制原则的根本目的在于把党的高度的组织性、统一性与党员、各级党组织的积极性、创造性结合起来，在党内形成既有集中，又有民主；既有纪律，又有自由；既有统一意志，又有个人心情舒畅、生动活泼的政治局面。

---

① 《陈云文选》第3卷，人民出版社1995年版，第359页。
② 《陈云文选》第3卷，人民出版社1995年版，第353页。
③ 《陈云文选》第1卷，人民出版社1995年版，第348页。
④ 《陈云文选》第1卷，人民出版社1995年版，第196页。
⑤ 《陈云文选》第3卷，人民出版社1995年版，第275页。

陈云还就中央书记处的工作方法，对民主集中制问题作了阐述，他认为书记处应该采取办公会议的方式，也就是集体办公集体领导的方式。他说："要认真实行集体领导制度。民主集中制，是既要有民主，又要有集中。党的任何一级组织，允许不同意见存在，我看这不是坏事。有不同意见，大家可以谨慎一些，把事情办得更合理一些。允许有不同意见的辩论，这样可以少犯错误。一个人讲了算，一言堂，一边倒，我认为不好。这是讲民主方面。但是，又必须要有集中，少数服从多数，全党服从中央，否则什么事情也做不了，一事无成。没有民主不好，没有集中也办不了事。"①

（三）开展批评和自我批评

开展批评和自我批评，与党的民主集中制紧密相关。陈云从执政党所处的地位出发，特别强调批评与自我批评对无产阶级执政党的特殊重要性；针对党的历史上有过过火斗争和是非不分、当老好人两种错误倾向，主张批评的目的在于真正帮助人家纠正错误。他说："开展批评与自我批评要采取客观的态度。看问题要全面，要看本质，不要只看局部，看现象。"② 主张对待批评与自我批评的态度是"要讲真理，不要讲面子"；③ 要求开展批评与自我批评得首先从领导做起。"检查自己有什么缺点，有什么错误。先检查自己，批评自己，不能只说下面不好。"④ 开展批评与自我批评，要从维护党的利益出发，要坚持原则，要

---

① 《陈云文选》第3卷，人民出版社1995年版，第270页。
② 《陈云文选》第1卷，人民出版社1995年版，第183页。
③ 《陈云文选》第1卷，人民出版社1995年版，第296页。
④ 《陈云文选》第1卷，人民出版社1995年版，第183页。

实事求是。陈云指出:"只有勇于开展批评和自我批评这一条,坚持真理,改正错误,我们共产党就将无敌于天下。"①

在1962年扩大的中央工作会议上,他就民主与集中、批评与自我批评等问题发表了意见,他说:"批评和自我批评是上下通气的必要条件。只有通气,才能团结;只有民主,才能集中。"② 他认为,从这次工作会议开始,今后批评之门是敞开的,而且应该越开越大。他说:"少奇同志报告中所讲的要认真实行民主集中制,开展批评与自我批评,并不是什么新问题。发扬民主,经常开展批评与自我批评,都是我们党的老传统。只是这几年把这个传统丢了,现在要把它恢复起来。"③

总之,陈云在民主与集中、组织纪律、正确处理党内民主生活、批评与自我批评等方面提出了许多精辟的思想,对搞好党内民主、发展民主政治提出了一系列正确建议和政策主张,所有这些对于我们坚持和完善新时期的民主集中制、发展社会主义民主政治有着十分重要的现实指导意义。

四、加强社会主义精神文明建设

党的十一届三中全会以来,陈云对加强党的思想政治工作和社会主义精神文明的问题,提出了许多具有深远影响的意见,精辟阐明了加强思想政治工作和社会主义精神文明建设的重大意义。例如他强调的在社会主义现代化建设中,必须纠正忽视精神文明建设的现象,"在建设物质文明建设的同时,认真抓精

① 《陈云文选》第3卷,人民出版社1995年版,第187页。
② 《陈云文选》第3卷,人民出版社1995年版,第187页。
③ 《陈云文选》第2卷,人民出版社1995年版,第190页。

神文明建设，两个文明一起抓”[①]等正确主张，对党中央制定和落实关于加强社会主义精神文明建设的一系列方针政策，搞好新时期的社会主义精神文明建设产生了重大的影响。

(一)社会主义精神文明建设是巩固社会主义建设成果的保障

什么是精神文明？邓小平说：“所谓精神文明，不但是指教育、科学、文化(这是完全必要的)，而且是指共产主义的思想、理想、信念、道德、纪律，革命的立场和原则，人与人的同志式的关系，等等。”[②] 精神文明是人类改造世界时所体现出来的精神成果，他既贯穿于人类的思维、意识和观念中，也贯穿于人类所创造的物质文明中。精神文明的建设包括思想道德建设和教育科学文化道德建设两个方面。

陈云在关注社会主义物质文明的同时，总是以极大的努力关注社会主义精神文明建设。他说：“社会主义建设，包含物质文明建设和精神文明建设，两者是不能分离的。”[③] 他认为，在致力于物质文明建设的时候，不能忽视精神文明的建设。因为“社会主义事业不可能是单纯的物质文明建设，又不可能是单纯的精神文明建设。社会主义事业也不可能先进行物质文明建设，然后再来进行精神文明建设。”[④] 这也就是说，既重视物质文明建设，又重视精神文明建设。

针对20世纪80年代西方资本主义国家“和平演变”的攻势和党内不正之风、消极腐败现象蔓延，社会主义精神文明出现滑

---

① 《陈云文选》第3卷，人民出版社1995年版，第348页

② 《邓小平文选》第2卷，人民出版社1994年版，第367页。

③ 《陈云文选》第3卷，人民出版社1995年版，第354页。

④ 《陈云文选》第3卷，人民出版社1995年版，第354页。

坡的现象，以及党中央个别领导人和基层一些领导干部存在忽视精神文明建设，"一手硬，一手软"的问题，陈云在一次中纪委的全会上说："在党内，忽视精神文明建设，忽视思想政治工作，就不可能有好的党风；在社会上，忽视精神文明建设，忽视共产主义思想教育，就不可能有好的社会风气。"① "我们在抓物质文明建设的同时，必须抓精神文明建设，两个文明一起抓。""我们是社会主义国家，我们既要有高度的物质文明，也要有高度的社会主义精神文明，这是我们永远要坚持的奋斗方向。"②针对我国一度相当普遍地忽视精神文明建设的现象，陈云严肃地指出，这"绝不是一个小问题，全党同志务必高度重视。"③ "忽视社会主义建设文明建设，我们的整个事业就可能偏离马克思主义，偏离社会主义道路。"④

(二)社会主义物质文明建设和社会主义精神文明建设要相互促进

陈云总是提醒全党，说我们干的是社会主义的事情，最终目的是实现共产主义，"任何一个共产党员，每时每刻都必须牢记，我们是搞社会主义的四个现代化，不是搞别的现代化；我们进行的事业，是社会主义的事业，"⑤ 在处理社会主义经济建设关系上，陈云始终坚持社会主义方向，强调既要有高度的物质文明，也要有高度的社会主义精神文明。"在建设物质文明的同时，认

---

① 《陈云文选》第3卷，人民出版社1995年版，第355页。
② 《陈云文选》第3卷，人民出版社1995年版，第338—339页
③ 《陈云文选》第3卷，人民出版社1995年版，第355页。
④ 《陈云文选》第3卷，人民出版社1995年版，第355页。
⑤ 《陈云文选》第3卷，人民出版社1995年版，第347页。

真抓精神文明建设,两个文明一起抓。”①

我国实行对外开放,吸收外资、引进国外的技术设备和管理经验,都是为了建设社会主义物质文明和精神文明。搞好两个文明犹如车之双轮,鸟之两翼,缺一不可。他说;“在进行社会主义物质文明建设的时候,如果不同时进行社会主义精神文明建设,物质文明就可能偏离正确的方向。任何单位,任何领导干部,如果忘记或放松抓社会主义精神文明建设,物质文明建设也不可能搞好。严重的,甚至会脱离社会主义和共产主义的理想,这是很危险的。”② 建设社会主义的精神文明,是全党的重要任务,而党的纪律检查部门则负有重大责任,为此,陈云强调提出,我们一定要坚决地刹住歪风、端正党风,增强全体党员的党性,以社会主义的精神文明建设来促进社会主义物质文明的建设。

(三)抓好党风建设是精神文明建设的关键

他说:“要充分认识到,社会主义精神文明的建设,关键是执政党要有好的党风。要加强共产党员的党性教育,提高共产党员的素质。”③ 一直强调党的纪检机关和纪检部门的同志要重视社会主义精神文明建设。陈云希望纪检部门的同志和全党同志要时时刻刻注意:“在建设物质文明的同时,认真抓精神文明建设,两个文明一起抓。”“抓社会主义精神文明建设,关键是搞好执政党的党风,提高共产党员的党性觉悟,坚定地保持共产主义的纯洁性。要同一切违反共产主义理想的错误言行,进行坚

---

① 《陈云文选》第3卷,人民出版社1995年版,第348页。
② 《陈云文选》第3卷,人民出版社1995年版,第347页。
③ 《陈云文选》第3卷,人民出版社1995年版,第348页。

决斗争。”[①] 因此要加强思想政治工作,“不加强思想政治工作,不严格执行党纪、政纪,党风、社会风气无法根本好转。”[②]

他要求各级党委和纪检机关要抓好社会主义精神文明建设。纪检的工作,就是要“从精神文明建设上,保证和促进社会主义物质文明建设。使社会主义的经济建设,社会主义的经济体制改革,沿着正确的轨道不断前进”。[③] 他总是强调,在纠正忽视精神文明建设的现象中,各级党委和纪委负有重大责任。“各级党委只有在抓物质文明建设的同时,抓精神文明建设;在抓思想政治工作的同时,严肃党纪、政纪,党风才能根本好转。各级纪委应在同级党委统一领导之下,始终围绕搞好党风这一中心任务,作艰苦的努力。”[④] 1986 年 10 月 4 日,陈云在会见出席中纪委第八次全体会议的中纪委常委并讲话时指出:“这次中纪委全会,要认真贯彻执行《中共中央关于社会主义精神文明建设指导方针的决议》。社会主义精神文明建设是有关整个社会主义建设成败的大问题。中纪委常委会要从全党纪检工作方面考虑,提出一个提纲挈领的规划。”[⑤]

(四)加强思想政治工作是社会主义精神文明建设的重要环节

陈云在长期的革命工作和实践中,十分重视党的思想政治工作。他对思想政治工作的论述主要是集中在 1985 年他在中国共产党全国代表会议和中共中央纪律检查委员会第六次全体

---

① 《陈云文选》第 3 卷,人民出版社 1995 年版,第 348 页。
② 《陈云文选》第 3 卷,人民出版社 1995 年版,第 356 页
③ 《陈云文选》第 3 卷,人民出版社 1995 年版,第 348 页。
④ 《陈云文选》第 3 卷,人民出版社 1995 年版,第 357 页。
⑤ 《陈云年谱》下卷,中央文献出版社 2000 年版,第 397 页。

会议上的一系列讲话中。

要认真抓好思想政治工作，积极维护思想政治工作部门的权威性。20世纪80年代初，党内存在忽视思想政治工作的倾向，结果使一些人变质，走向了人民的对立面。为此，陈云指出："有些人，包括一些共产党员，忘记了社会主义和共产主义的理想，丢掉了为人民服务的宗旨。他们为了私利，'一切向钱看'，不顾国家和群众的利益，甚至违法乱纪。如报上多次公布的，那些投机诈骗，贪污受贿，非法致富，以及在同外国人交往中，不顾国格人格的现象等等。"那么，究竟是什么原因导致这些问题的发生呢？陈云分析道："这些问题的发生，同我们放松思想政治工作、削弱思想政治工作部门的作用和权威有关，应引为教训。"① 在当时，由于忽视精神文明建设的现象还相当普遍，所以，他强调："在党内忽视精神文明建设，忽视思想政治工作，就不可能有好的党风；在社会上，忽视精神文明建设，忽视共产主义思想教育，就不能有好的社会风气。"② 这也就是说，精神文明建设对整个党风和社会风气都有直接的影响。陈云还要求，"各级党组织都应把思想政治工作认真抓好，都要积极维护思想政治工作部门的权威。"③

要把共产主义思想教育和四项基本原则教育，作为思想政治工作的中心内容。陈云在强调加强思想政治工作的同时，明确指出："应当把共产主义思想的教育、四项基本原则的宣传，作为思想政治工作的中心内容。这种宣传教育不能有丝毫减弱，

① 《陈云文选》第3卷，人民出版社1995年版，第352页。
② 《陈云文选》第3卷，人民出版社1995年版，第355页。
③ 《陈云文选》第3卷，人民出版社1995年版，第352页。

还要大大加强。”[1]

他结合中国革命的历史与中国社会主义革命和建设的现实，说：“民主革命时期，我们用共产主义思想教育党员和群众中的先进分子，才使党始终有战斗力，使革命取得了胜利。社会主义经济建设和经济体制改革，更加要有为共产主义事业献身的精神。”[2] 对爱国主义和革命传统教育，陈云也是非常重视的，他指出：“在加强共产主义思想教育的同时，还要加强爱国主义教育和革命传统教育。”[3]

要重视党员的政治思想教育和党性教育，抵制资本主义思想的入侵。早在1940年，陈云在谈到统一战线问题时就指出：“资产阶级会从思想上政治上文化上向无产阶级进攻，这就要求每个党组织和每一党员严守党纪，防止被资产阶级所腐化。”[4] 针对改革开放过程中出现的忽视社会主义精神文明建设，怀疑社会主义的情况，陈云号召全党努力纠正忽视精神文明建设的现象，并指出：“对外开放，不可避免地会有资本主义腐朽思想和作风的侵入。这对我们社会主义事业，是直接的危害。如果我们各级党委，我们的党员特别是老干部，对此有清醒的认识，高度的警惕，有针对性地进行以共产主义思想为核心的教育，那么资本主义思想的侵入并不可怕。”[5] 1986年10月4日，陈云在会见出席中纪委第八次全体会议的中纪委常委并讲话时指出：“我们党处于全国执政的地位，再加上目前对外开放、对内搞活经济，客观环境发生了很大变化。因此，纪检工作部门和全党各

---

① 《陈云文选》第3卷，人民出版社1995年版，第352页。
② 《陈云文选》第3卷，人民出版社1995年版，第352—353页。
③ 《陈云文选》第3卷，人民出版社1995年版，第353页。
④ 《陈云文选》第1卷，人民出版社1995年版，第196页。
⑤ 《陈云文选》第3卷，人民出版社1995年版，第355页。

级党的组织,必须重视执政党条件下党员的政治思想教育和党性教育。"① 陈云还指出:"我们搞社会主义,一定要抵制和清消除这些丑恶的思想和行为,要动员和组织全党和社会的力量,以除恶务尽的精神,同这种现象进行坚决的斗争。"② 陈云的要加强思想政治工作,要维护思想政治工作部门的权威,要重视教育科学文化卫生等方面的主张,是他的社会主义精神文明建设思想的重要组成部分。

可见,陈云在高度重视社会主义物质文明建设的同时,也十分关注社会主义精神文明建设。实践证明,他关于加强社会主义精神文明建设的一系列论述和政策主张是正确的,对党和国家加强社会主义精神文明建设一系列方针政策的制定及其贯彻执行的影响也是巨大的,尤其是他提出的以搞好党风带动社会风气的好转,进而搞好社会主义精神文明的建设思路,更富有创新性,迄今仍是我们在新世纪新阶段加强社会主义精神文明建设必须坚持的成功经验和基本原则。

---

① 《陈云年谱》下卷,中央文献出版社 2000 年版,第 397 页。
② 《陈云文选》第 3 卷,人民出版社 1995 年版,第 356 页。

第七章　文化政策论

文化一词在不同场合有不同含义。通常，“人们一般所说的文化，主要是指精神领域的产品和活动，即精神文化，它往往与政治、经济、社会生活并称，其外延包括：科技、教育、学术、文艺、广播、影视、新闻、出版和娱乐等。……因此，文化政策的主要内容有：科技政策、教育政策和狭义的文化政策。”① 无论在革命战争年代，还是在和平建设时期，陈云对党和国家的文化事业，对广大人民群众的文化活动始终给予了极大的关注，发表过一系列重要的讲话、指示，提出了许多正确的意见、建议和政策主张。所有这些，为党和国家制定正确的文化政策，发展和繁荣文化事业，规范人们的文化活动起了重要的作用，而且对我们今天建设有中国特色社会主义文化仍具有现实的指导意义。

一、知识分子是我们的国宝

陈云十分重视知识分子的作用。抗日战争时期，他就提出了“知识分子是革命的力量，并且是重要的力量”；② 建国初期，他又提出了知识分子是我们的“国宝”，是实现国家工业化不可

① 胡平仁著：《公共政策学新论》，湖南人民出版社 2002 年版，第 111—112 页。
② 《陈云文选》第 1 卷，人民出版社 1995 年版，第 180 页。

缺少的力量。20世纪50年代,毛泽东也向全党提出:要造就工人阶级知识分子的宏大队伍,是历史向我们提出的伟大任务。"无产阶级没有自己的庞大的技术队伍和理论队伍,社会主义是不能建成的。"① 所以,在看待知识分子这个问题上,陈云和毛泽东的观点是一致的,他的许多关于知识分子问题的论述,是中国共产党正确的知识分子政策的重要组成部分。

(一)正确认识知识分子的性质

知识分子是传承文化、推动社会前进的重要力量。陈云是中国共产党在知识分子问题上的正确代表人物之一。在不同的历史时期,他始终坚持马克思主义关于知识分子的原则立场,提出了一系列正确的主张,为制定和完善党的知识分子政策作出了重大贡献。

1948年8月,陈云在《正确处理新接收企业中的职员问题》一文中就明确指出:"企业内有大量体力劳动的工人,也有很多脑力劳动的职员。工人和职员,同是日寇、国民党政府企业的雇佣劳动者。"② 他1949年11月,又进一步指出:"在资本主义条件下,大多数技术人员为了吃饭,不得不把自己的劳动力出卖给资本家,受资本家的支配和剥削,个人的发展不能不受到很大的限制。"③

陈云在这里讲的虽然是受雇于企业的职员,但其中所提到的脑力劳动职员如技术人员,可以说就是知识分子。事实也是这样,在旧社会,职员是知识分子的基本构成部分,其他受雇于

① 《毛泽东选集》第5卷,人民出版社1977年版,第472页。
② 《陈云文选》第1卷,人民出版社1995年版,第352页。
③ 《陈云文选》第2卷,人民出版社1995年版,第27页。

机关、学校、医院、科研机构、新闻出版单位的办事人员、教员、教授、医生、专家、记者、编辑等也都是职员或高级职员。[①] 陈云的这些论述，阐明了知识分子的一个理论问题，这就是，在旧社会这种属于职员的绝大多数知识分子同工人一样，同属于出卖劳动力的雇佣劳动者，受资本家的支配和剥削。同时，他的这些论述，也正确地认识了知识分子的阶级属性，符合马克思主义关于知识分子的基本理论和基本原则。在革命战争年代，我们曾经把知识分子和青年学生归入小资产阶级范畴，那主要“是从他们的‘家庭出身’看、从他们的‘生活条件’看，从他们的‘政治立场’看”的。[②]

基于对知识分子阶级属性的正确认识，陈云在政治上一贯信任知识分子，对知识分子的种种偏见提出了批评。例如针对有的地方不敢放手使用知识分子，甚至把他们排挤出去的情况，陈云指出：“在某些老干部里面就有排挤知识分子的现象，因为他们没有懂得知识分子的重要，不了解半殖民地半封建国家的知识分子与资本主义国家的知识分子有很大不同。我们国家里，大多数的知识分子是愿意为工农阶级服务的，他们有较多的革命积极性。”[③]

在干部提拔方面，陈云认为其中的一个缺点就是不敢或不让新的知识分子干部做更负责的工作；反对知识分子，不放心知识分子。陈云还针对大批知识分子被选派往各地开展工作，不可避免地同老干部发生不团结的问题，指出：“现在我们新老干

① 《中央人民政府政务院关于划分农村阶级成分的决定》（1950 年 8 月 20 日）。

② 《毛泽东选集》第 2 卷，人民出版社 1991 年版，第 641 页。

③ 《陈云文选》第 1 卷，人民出版社 1995 年版，第 180 页。

部、工农干部和知识分子干部应该团结起来,取长补短,互相学习,共同提高。这是革命的需要。我们许多老干部,他们有一肚子的实际经验,但是讲不出来,写不出来。知识分子新干部读书多,会说会写,但是没有实践经验,写出来的东西往往很空洞。”① 这就需要他们彼此帮助,互相学习,共同提高。

在吸收知识分子入党方面,陈云主张也是一贯积极的。他在讲到党员的成分时指出:首先是党应该加强优秀的工人成分;其次是党应该注意到贫苦的农民和知识分子成分;再次是党应该特别注意到女工和贫苦的革命的小资产阶级妇女——农妇和知识分子妇女的成分。所以,大量吸收贫苦的农民中的积极分子到党内来,“使自己在农村中的社会基础放在农村无产者和贫苦农民分子的上面,是完全必需的。”② 同时,陈云还指出,中国的小资产阶级知识分子,在革命运动中也有着重要的作用。“由于他们的文化水平和政治觉悟,使他们成为党与群众之间的必要的桥梁。我们党应该吸收许多能够献身于共产主义和无产阶级事业的革命知识分子入党”,还“应该特别注意吸收知识分子中间的革命的贫苦的成分入党”。③

1941年12月,陈云在为中共中央写的决定草案《大后方党组织的彻底改组和扩大党外的活动》中指出:“必须打破过去那种'中上层分子都不好'的传统观点”,“在巩固党的现有基础的同时,必须加强中上层分子中的工作,适当地吸收革命的中上层分子入党,以增强党在中上层社会中的力量”。④ 陈云在这里所

① 《陈云文选》第1卷,人民出版社1995年版,第181页。
② 《陈云文选》第1卷,人民出版社1995年版,第132—133页。
③ 《陈云文选》第1卷,人民出版社1995年版,第133页。
④ 《陈云文选》第1卷,人民出版社1995年版,第229—230页。

讲的"中上层分子"主要是指进步的中高级知识分子。他所提出的这些带有原则性的组织措施,为中国共产党正确制定和执行知识分子政策创造了有利条件。

(二)重视知识分子在革命和建设中的作用

对于知识分子在革命中的作用,陈云一贯重视。1939 年 12 月,中共中央作出了《关于吸收知识分子的决定》,这是一个在知识分子问题上具有划时代意义的历史文献,它第一次提出了"没有知识分子参加,革命的胜利是不可能的"[①] 论断,在马克思主义知识分子理论的发展史上有着重要的意义。陈云参与了这一《决定》的起草工作,他的许多关于知识分子的正确见解也被吸收到《决定》里面,成为了党的重要政策。他在谈到这个决定时说:"党中央最近作出了一个关于大量吸收知识分子的决定,为什么要专门作出这样的决定呢?这是因为,知识分子是革命的力量,并且是重要的力量。我们要把这个力量吸收进来,在抗战工作中,在革命事业中,充分发挥他们的作用。""没有知识分子,革命就不能胜利"。[②] 抗战以后,中国共产党接受了大批知识分子到党内来,参加军队工作和政府工作,进行文化运动和群众运动,取得了很大的成绩。

陈云还结合中国革命历史,阐明了知识分子在革命中的重要作用,他说:"在历史上,五四运动就是由先进的知识分子发动和领导的。五卅运动、一二九运动都有大量的进步学生参加。至于参加抗日战争的学生,那就更多了。这些运动,对于我们党的建设和发展,对于中国革命的推动,对于抗日救亡运动局面的

---

① 《毛泽东选集》第 2 卷,人民出版社 1991 年版,第 618 页。

② 《陈云文选》第 1 卷,人民出版社 1995 年版,第 179—180 页。

打开，都起了很大的作用。我们再看农村里的革命，不少领导人也是知识分子。彭湃同志在广东省领导过42个县的农民运动，他就是一个知识分子。领导陕北革命的刘志丹同志也是知识分子。再推远一些，辛亥革命是孙中山先生领导的，他也是学生出身。这些事实都证明了，半殖民地半封建国家的知识分子绝大多数是要革命的，许多革命是靠知识分子来领导的。”①

对于知识分子在建设中的作用，陈云同样非常重视。他自1945年9月到东北工作之后，一直是主管经济工作，所以他对知识分子重要性的论述，涉及的主要是科技人员和企业管理人员。建国初期，陈云指出：“据我知道，中国的产业工人不过三百万，技术人员和管理人员大约三十万。这些技术人员和管理人员都是想在自己的岗位上工作的，只要领导正确，他们是可以做些事业的。这些人是我们的‘国宝’，是实现国家工业化不可缺少的力量，要很好地使用他们。”② 这些技术人员和管理人员是知识分子的重要组成部分，陈云把他们当作“国宝”，既表明他对知识分子价值的深刻认识，也表明他对知识分子在经济建设中所起作用的深刻认识。

为了发挥企业内知识分子的作用，陈云提出在国有和公有企业要建立“由厂长（经理）、工程师和其他的负责人加上从工人和职员中选出的代表组成”的工厂（或企业）管理委员会，作为统一领导的机关。③ 针对东北解放初期一度发生的只重视工人，轻视甚至打击职员的“左”的错误，陈云指出：这样必然会形成工人与职员对立，破坏员工的团结，其最后结果也必然是妨碍生

① 《陈云文选》第1卷，人民出版社1995年版，第180页。
② 《陈云文选》第2卷，人民出版社1995年版，第45—46页。
③ 《陈云文选》第1卷，人民出版社1995年版，第367页。

产，危害企业。陈云还指出："技术员、技师、工程师、专门家，是管理庞大复杂的近代企业中必不可少的重要人员"，而生产及业务的管理人员则"有专门知识或业务技能，有组织生产、组织业务的经验，在生产中有重要作用。"①

1955年11月16日，陈云在中共中央召开的关于资本主义工商业社会主义改造问题会议上作报告时指出："我们改造私营企业靠什么人？派进去的干部是有限的，主要的是靠私营企业的工人和职员，要改造企业，必须依靠他们。"② 在这里，陈云把知识分子和产业工人一样看待，认为他们都是社会主义革命和建设的依靠力量。他后来还说到，"没有大批知识分子参加到我们党的干部队伍中来，也决不能建成现代化的新中国。"③ 他还提出了党应该重新作出大量吸收德才兼备的知识分子入党的决定的建议。1982年，他又提出："生产、科研、教育、管理部门的知识分子，是任何一个工业化国家最宝贵的财富。"④ 并以日本、西德在"二战"之后恢复很快为例，说明知识分子在这两个国家所发挥的重要作用。

陈云在重视知识分子在革命和建设中的作用的同时，还非常重视对知识分子进行思想政治教育工作。他在这个方面的论述比较集中地反映在他的《干部要严格要求自己》、《关于党的文艺工作者的两个倾向问题》和《新老干部要团结》等讲话中。

（三）不断完善知识分子政策

陈云较早地提出了改革干部制度的问题，认为干部队伍要

① 《陈云文选》第1卷，人民出版社1995年版，第355—356页。
② 《陈云文选》第2卷，人民出版社1995年版，第293页。
③ 《陈云文选》第3卷，人民出版社1995年版，第296页。
④ 《陈云文选》第3卷，人民出版社1995年版，第312页。

“革命化、年轻化、知识化、专业化、制度化”。[①] 邓小平在谈到这个问题时说：“陈云同志提出，我们选干部，要注意德才兼备。所谓德，最主要的，就是坚持社会主义道路和党的领导。在这个前提下，干部队伍要年轻化、知识化、专业化，并且要把对于这种干部的提拔使用制度化。这些意见讲得好。许多同志除了不注意干部队伍的年轻化外，对于干部的知识化、专业化也很不重视。这也是过去在知识分子问题上长期存在的'左'倾思想的一种恶果。”[②]

邓小平还说：“陈云同志这个建议我是双手拥护。……我们最大的事情是什么？国家的政策，党的方针，我们当然要过问一下，但是最大的事情是选拔中青年干部。我们两个人的主要任务是要解决这个问题。”[③] 邓小平在讲话中把干部的知识化和专业化同党的知识分子政策联系起来，这就表明：陈云的干部选拔意见，不但关系到干部政策的改革问题，而且关系到党的知识分子政策。

陈云提出的干部队伍要知识化和专业化，实际上就是要在知识分子中选拔各级领导干部，培养无产阶级革命事业的可靠接班人。他指出：“提拔培养中青年干部，必然涉及对知识分子的态度。十年内乱时期把知识分子说成是'臭老九'，这种观点虽然已经受到批判，但是，党在知识分子中发展党员、提拔干部的政策远远没有实现。我们应该看到，没有老干部不能实现四化，没有大批知识分子参加到我们党的干部队伍中来，也决不能建成现代化的新中国。现在的情况是，知识分子要求入党，时常

① 《陈云文选》第3卷，人民出版社1995年版，第281页。

② 《邓小平文选》第2卷，人民出版社1994年版，第326页。

③ 《邓小平文选》第2卷，人民出版社1994年版，第388页。

被拒之于门外。有些长期要求入党的知识分子，在生前往往不能实现，直到他们做出贡献而死后，才被追认为党员。这种情况必须坚决加以改变。”他还提出：“党应该重新作出大量吸收德才兼备的知识分子入党的决定。中央组织部要成立技术干部局。”①

根据陈云这个意见，1982 年 9 月 26 日，中共中央组织部给中共中央书记处写了《关于加强在中年知识分子中发展党员工作的报告》，经中央书记处同意，于 10 月 12 日转发全党贯彻执行。陈云认为，在提拔中青年干部时“要成千上万，几千，一万，两万”。“为什么要成千上万？一条理由，二十几个省区市，加上中央各部委，提一两百个人够用吗？不够用。成千上万，这是工作的需要。再一条理由，只有成千上万地提拔经过选择的好的中青年干部，才能使我们的干部交接班稳定地进行。还有一条理由，只有成千上万，才能使兴风作浪的分子搞不起大乱子。成千上万的好干部坐镇在那里，只有几个人在那里捣乱，搞不了大乱子。”②

陈云还指出，在提拔中青年知识分子的时候，邓小平讲的“台阶论”还是必要的，越级提拔的只能是少数。他赞同这样一种办法：“把大学毕业生放到公社里头去做一个时期工作，慢慢地再抽回来，以后到县委，以后再到地委，以后再到省委，一级一级来。”③

中国共产党成为全国范围执政党之后，选拔干部究竟应该坚持怎样的标准，是一个长期都没有很好解决的问题。邓小平

---

① 《陈云文选》第 3 卷，人民出版社 1995 年版，第 295—296 页。
② 《陈云文选》第 3 卷，人民出版社 1995 年版，第 302—303 页。
③ 《陈云文选》第 3 卷，人民出版社 1995 年版，第 301 页。

关于干部标准和陈云关于干部“五化”标准的提出，不但在党的干部政策上是一个重大的发展，而且为建立和完善党在新时期“尊重知识，尊重人才”的知识分子政策奠定了理论基础。可以说，陈云在党的知识分子政策发展的历史上又留下了浓墨重彩的一笔。

（四）关心知识分子的生活工作条件

陈云对广大知识分子的生活待遇和工作条件也十分关心。早在 1948 年 8 月，陈云为中共中央东北局起草的《关于公营企业中职员问题的决定》中就指出：对一切技术人员，包括思想上还不同意共产主义的在内，只要忠于职务，都要给以工作，并在生活上给以必要的可能的照顾。他们的专门技能或业务管理知识，无论目前或将来，对经济建设和人民企业都是需要的，共产党员必须用心向他们学习这些知识和技能。[①]

1982 年 7 月 1 日，他专门就改善中年知识分子的工作条件和生活条件问题致信中央政治局常委胡耀邦、叶剑英、邓小平、赵紫阳、李先念，指出中年知识分子生活、工作负担重，但工资收入低，很多人健康水平下降。他认为，这是国家的一个大问题，确实要下大决心，在今明两年内着手解决，不能再按部就班地搞。[②] 据中组部了解，35 岁至 50 岁的中专以上毕业生有 480 万人，如果分两年解决，今年大约要拿出七八亿元，今后每年也就是十二三亿元。他认为，我们基本建设每年要用 500 多亿元，为什么不可以用十几亿元来解决这些知识分子的问题呢？陈云还指出：改善中年知识分子的工作条件和生活条件，应该看成是基

---

① 《陈云年谱》上卷，中央文献出版社 2000 年，第 518—519 页。

② 《陈云年谱》下卷，中央文献出版社 2000 年，第 300 页。

本建设的一个“项目”，而且是“基本的基本建设”，“是好钢用在刀刃上”。①

陈云还就体力劳动与脑力劳动进行比较，认为脑力劳动与体力劳动者不一样，应该向人民讲清楚，“脑力劳动者比体力劳动者、受教育程度高的人比受教育程度低的人在工资收入上高一些，这是合乎社会主义经济规律的，也是合乎人民长远利益的。不这样做，我们的科学技术不可能上去，生产力也不能上去。”② 他建议，改善中年知识分子的工作条件和生活条件这件事要责成中央书记处去抓。陈云的这封信被印成中共中央政治局会议参阅文件，并于1983年4月在中共中央文献研究室内部刊物《文献和研究》上发表。

1982年9月19日，陈云又同时任国务委员兼国家经委主任的张劲夫谈及解决中年知识分子生活困难问题。7月22日，陈云还通过秘书向有关部门转达对劳动人事部关于1982年国家机关、事业单位调整工资的报告和中共中央组织部相应方案的意见：(1)赞成今年给非企业单位的工作人员普遍升一级工资，并使工资偏低的中年知识分子在升一级工资的基础上再升一级。(2)方案中把1965年参加工作作为中年知识分子的一条杠杠，这样就排除了从1961到1965年进入大学的人。而这部分人现在大致在36岁到40岁之间，正是上有老、下有小的时期，应该算在中年里。另外，是不是知识分子，不能只看有没有学术职称。现在有职称的人在搞业务的人中只占一小部分，要使多数人评上职称，短时间来不及。还有很多大学毕业生从事行政和政治工作，把这些人划在知识分子之外也是不合理的。(3)在

① 《陈云文选》第3卷，人民出版社1995年版，第312—313页。

② 《陈云文选》第3卷，人民出版社1995年版，第313页。

解决中年知识分子待遇问题时,要有轻重缓急之分,每一年解决的重点应有所不同。今年解决的重点应当是1966年以前进入大专院校,现在年龄在36岁至55岁之间,工作在非企业部门,工资在五六十元左右的人。[①] 1983年6月30日,陈云在中央工作会议上的讲话中又一次将"知识分子生活待遇的提高"当作国家建设中的三大重点之一,[②] 并提出要动员全党全民集中财力物力确保重点。

陈云关于知识分子的一系列论述,自始至终贯穿了马克思主义的基本原理和党的实事求是的精神。他不仅为中国共产党进一步认识知识分子的性质、作用,而且对全党进一步做好知识分子的思想政治工作,特别是制定一系列正确的知识分子政策,提供了现实基础,丰富了马克思主义文化思想的理论宝库,也丰富了党的文化政策。

二、百年大计,教育为本

1945年10月15日,毛泽东在《致周世钊》信中说:目前"大难甫平,民生憔悴,没有数年时间,方能恢复人民经济,完成土地制度的改革及提高人民政治觉悟水平,这些任务均有待于文教工作的协助。"[③] 从中,我们可以看出,经济、政治的发展与文化教育工作是密切相关的。陈云在革命、建设和改革时期,也非常重视教育工作,他在干部教育、党校教育和大中小学教育方面提

---

① 《陈云年谱》下卷,中央文献出版社2000年版,第301—302页。

② 《陈云文选》第3卷,人民出版社1995年版,第323页。

③ 中共中央文献研究室编:《毛泽东书信选集》,人民出版社1983年版,第345页。

出了许多正确的意见和建议,这些意见和建议,是他百年大计、教育为本思想的最好诠释,并成为党的教育政策、文化政策的一个重要组成部分。

(一)重视干部教育和党校教育工作

陈云重视干部教育工作,最早可以追溯到他在共产国际学习工作期间。1935 年 9 月下旬,他同陈潭秋、曾山、杨之华等一行七八人到达莫斯科,随即出席青年共产国际第六次代表大会,受到斯大林等苏共领导人的接见。10 月 9 日,同出席共产国际七大和青年共产国际六大的 11 名中共代表一起,进入莫斯科列宁学校学习,并组成特别班。特别班主要学习政治经济学,由经济学家西嘎尔担任他们的专职教员。特别班还开设了列宁主义问题、西方革命史、中国革命问题和中共党史等课程。陈云在这里,除了学习专业课程,还学习了英语。他后来在谈到苏联的学习生活时说:"1935 年我到苏联,看不懂英文报纸,要人家翻译成中文。后来我旁边住了一位大学生,我就跟他学英文,用了几个月工夫,马马虎虎能看懂报上一点消息了。"①

在苏联,除了自己学习有关干部教育课程之外,还做一些教务教学工作。这些工作,为后来陈云从事干部组织、干部教育和党校教育工作打下了基础。1936 年 2 月 11 日,陈云被共产国际执委会书记处指定为负责审查关于培养中国共产党干部的教学计划和教育大纲的九人委员会成员,该委员会同时考虑各校不同的教学计划和教学大纲。3 月 1 日,陈云在莫斯科东方大学八分校兼任党的建设和工会建设的代理副教授。陈云的讲课,赢得了在该校学习的中国干部的好评。曾在东方大学学习过的

---

① 《陈云年谱》上卷,中央文献出版社 2000 年版,第 191 页。

韩光后来在回忆文章中写道:“学习期间,经常听中共驻共产国际代表团王明、史平(指陈云——作者注)等领导人的报告。王明作报告,总要捧着马列书本,讲讲翻翻,翻翻讲讲,使听者不明白,最终也不知讲的是什么。而史平作报告,从来不拿稿子,讲的都是我们想知道又不知道的国内政治形势。……讲这些党内的大事,对我们这些在异国他乡的年轻共产党人是极大的鼓舞和教育。”①

陈云重视干部教育工作和党校教育工作,主要集中在延安工作时期。作为中央书记处书记和中央组织部部长的陈云,与干部工作党校工作是分不开的。可以说,干部教育和党校教育的构成了陈云工作的一个极其重要的特色。

1938 年 1 月 4 日,陈云出席中共中央政治局常委会议。会议讨论了中央党校工作,决定党校教员训练班与抗大、陕公教员班合并,中央一级干部也参加,办成一个高级研究班;并决定了各门课程研究室的指导人,陈云和康生被指定为党建与群众工作课程研究室的指导人。12 月 7 日,陈云出席中共中央书记处会议。当会议讨论干部学校的教育方针问题时,他汇报了中组部干部训练班的情况。会议决定组织一个委员会,负责抗大、陕公、中组部干部训练班、中央党校全部学员的编组计划,由王稼祥任主任,陈云、李富春等人参加。会议还决定陈云任中央党校校长。

陈云在延安时期,对干部教育和党校教育工作抓得紧,并身体力行,多次在中央党校讲课,如讲《支部工作》、《党员》、《党的组织原则》、《支部》等,同时还撰写有关党的历史和党的建设的文章,找中央党校学员谈话,为中共中央起草决定等,这些活动,

① 《陈云年谱》上卷,中央文献出版社 2000 年版,第 195 页。

都说明陈云在干部教育和党校教育工作方面卓有成效。他的不少意见、建议都被中央采纳,成为干部教育和党校教育的政策性文件。如《关于延安几种干部培养与使用的决定》就是由陈云为中共中央组织部起草,并被中共中央书记处会议通过,作为决定而向全党发出的。这个《决定》有不少涉及到干部教育和学习的内容。如《决定》的第一条就指出:“有工作经验,但文化水平很低的在职老干部,尤其是其中的中、高级干部,必须根据中央关于在职干部教育的决定进行学习,提高文化水平。”①

陈云还在 1942 年 5 月 29 日的中共中央党校作题为《关于干部政策与干部教育政策问题的答复》的讲话,这篇讲话在提出了挑选干部的标准后,对干部教育政策进行了阐述。他说:“关于干部教育政策,应重视在工作中教育的方法,采取工作教育、学校教育、在职学习等多种教育形式,使缺乏实际经验者在实际工作中学习,做局部工作者在全面工作中学习,并且部分地进行地方干部与军队干部的交换。在整个抗战阶段,干部工作可以以教育干部为中心。”② 建国后,特别是进入改革开放新的历史时期,陈云对干部教育工作和党校教育工作的关心一如既往。

1983 年 2 月 22 日至 3 月 2 日,第二次全国党校工作会议在北京召开,会议主要研究了全国党校改革问题,使党校由轮训干部为主转向以培训干部为主,逐步实现党校教育正规化。这期间,陈云致信王震、蒋南翔,表示同意他们在第二次全国党校工作会议讲话的基本精神,并指出:“很好地培训适应四化建设需要的革命化、年轻化、知识化、专业化的党政领导骨干,是党校的迫切任务。希望这次会议着重讨论解决这个问题。党校学员既

① 《陈云年谱》上卷,中央文献出版社 2000 年版,第 351 页。

② 《陈云年谱》上卷,中央文献出版社 2000 年版,第 355 页。

要学习马列主义、毛泽东思想的基本原理和党的方针、政策，以此作为主课，又要学习一些现代科技文化知识和必要的专业知识，以提高领导水平和实际工作能力。”[①] 2月26日，会议传达了陈云的这封信。

陈云的意见，很快被中共中央所采纳，1983年5月3日，中共中央印发《关于实现党校教育正规化的决定》。《决定》指出，各级党校的基本任务，是用马列主义、毛泽东思想的基本理论，用党的方针政策和必要的现代科学知识、业务知识武装党的干部，为党培训具有共产主义思想觉悟、党性强、作风好，又有现代化建设知识的领导骨干。

（二）重视学校教育工作

陈云对学校教育工作的论述，主要集中在“文化大革命”在江西“蹲点”时期，以及党的十一届三中全会以后的改革开放时期。

1971年6月21日，陈云到南昌市第19中学调查教学改革情况。在同教职工座谈时说：要提高教学质量，必须首先提高教师的业务和政治水平。教学改革要朝着有利于学生在德、智、体三个方面全面发展的方向去改。当有人反映现在学校实行部队的连、排、班建制不适合学校特点时说：今后会以班的建制上课的。当谈到改革教材时说：“本本”是个大问题。现在用的教材，内容浅了点，教师在讲课时可以发挥，补一些知识。[②] 当谈到青少年成长的条件时，陈云说，要培养合格的社会主义事业接班人，除了要有好的教师和教材外，关键在于党的领导。

---

① 《陈云文选》第3卷，人民出版社1995年版，第322页。

② 《陈云年谱》下卷，中央文献出版社2000年版，第162页。

1971年6月29日，陈云到化工厂职工子弟学校调查教学改革情况。他在座谈中说：最近用了几个白天和晚上的时间，把收集到的一套九年制中小学课本从头到尾翻看了一遍，大致熟悉了里面的主要内容。看来，教育改革有三个重点：一是教材，二是教师质量，三是教学方法。当有人反映现在教学中时常要插年对报纸社论的学习时说，学知识要有系统性，要循序渐进。像扭秧歌一样，一步一步走，还要走两步退一步，以便复习学过的内容，这样才能使学生巩固学到的知识。不能像开汽车，一溜烟往前跑，两边景色一晃而过，那样印象不会深。当听到有人反映近些年批判"臭老九"、教师不安心工作时说："我多次通读《毛泽东选集》一至四卷，没看到里面有这个提法。"[①] 临别和大家握手时，陈云有意把教师的手抬到鼻子边闻一闻，风趣地说："不臭啊！我看不臭。"[②]

1981年1月27日，陈云就26日《人民日报》第八版刊登的茅盾、夏衍、阳翰笙、曹禺、赵寻《想想孩子们吧》一文提出的缺乏儿童剧演出场地问题致信胡耀邦，指出：解决儿童剧演出场地问题很重要，也可能办到。可否由中央书记处指定有关部门专门人员议一下？开放单位内部礼堂可先在中央和北京市党政军民学机关试行，然后推广到全国。这样就解决了教育儿童的一件大事。[③] 中共中央书记处在3月召开的儿童和少年工作座谈会上，传达了陈云这一意见。4月13日，中央办公厅率先将怀仁堂向儿童开放，在那里演出了中国儿童艺术剧院的话剧《岳云》。

1982年5月25日，陈云致信胡耀邦、赵紫阳、万里：昨日《人

① 《陈云年谱》下卷，中央文献出版社2000年版，第163页。
② 《陈云年谱》下卷，中央文献出版社2000年版，第163页。
③ 《陈云年谱》下卷，中央文献出版社2000年版，第268页。

民日报》一则小文反映，目前首都儿童看戏难的问题仍没解决，建议在新儿童剧场落成之前，暂时拨借一个剧场专供孩子们看演出；如果固定一个剧场有困难，可以由几个剧场轮流定期为孩子们开放。我认为，他们的意见是好的，应当支持，在今年的六一儿童节，全国城镇的所有影剧院和机关、企业的所有礼堂，均应免费向孩子们开放一天。如同意，请考虑可否由中央和国务院联名就此事作出紧急决定。① 28日，中共中央办公厅、国务院办公厅联合发出《关于全国的影剧院和礼堂、俱乐部"六一"向少年儿童开放的紧急通知》。

陈云对教师的工作和辛苦非常关心。1981年2月5日，陈云同胡耀邦等出席中共中央书记处在怀仁堂召开的首都中小学、幼儿园教师春节座谈会。在座谈时指出：教育界同志们的工作很重要，也很辛苦。要使大家认识到，关心下一代，就是关心祖国和全世界的伟大前程。②

1983年1月24日，陈云将一位政协委员建议将全部民办小学改为公办小学、民办教师改为公办教师，以便保证1990年前基本实现普及初等教育的来信批转胡耀邦、赵紫阳，并在给他们的便函中指出：来信"提出的这个问题是十分重要的，是很有远见的。希望指令计委、教育部等有关部门加以研究，提出方案，然后在书记处会议上专门讨论一次。"③ 这封来信中说：将全国民办小学教师因改为公办需增加的工资和实施义务教育后因修建校舍、添置设备需增加的经费，加上原有教育经费，仍不到国家财政支出的百分之十五，与世界各国相比并不算高。许多国

① 《陈云年谱》下卷，中央文献出版社2000年版，第298页。

② 《陈云年谱》下卷，中央文献出版社2000年版，第268页。

③ 《陈云年谱》下卷，中央文献出版社2000年版，第319页。

家的实践证明，教育是一种智力投资，收效虽缓慢，但一旦发生作用，其经济效果比任何其他投资都高[①]。陈云还指出，如不迅速采取措施实现义务教育，将来会像50年代处理人口问题一样，追悔莫及。1983年6月30日，陈云在中共中央工作会议上提出了“科技教育事业的发展”[②] 是国家建设的重点。

1986年2月9日，陈云邀请北京市中小学和幼儿园教师代表举行春节座谈会。在谈话中指出：办好中小学教育是关系到提高中华民族素质的一项根本大计，是与祖国繁荣富强联系在一起的。现在中小学教育办得怎样，将决定21世纪中国的面貌。学校是传授文化、科学、技术知识，培养社会主义建设人才的重要场所，也是社会主义精神文明建设的重要阵地。中小学生将来具有什么样的世界观，能否担负起实现社会主义现代化的历史重任，同中小学教师有密切联系。中小学教育要进一步发扬不为名、不为利的艰苦奋斗精神，献身于社会主义教育事业。党和政府各级组织，都要关心教师，为教师的工作和生活创造更为有利的条件。[③]

从上面我们可以看出，陈云不但重视干部教育和党校教育，还重视大学教育、中小学教育和幼儿园教育。他认为，技术力量的来源要靠改进各级学校教育，社会的发展主要靠教育。1988年2月，他还为北京化工学院建校30周年题词：“百年大计，教育为本。”[④] 他的教育思想和教育主张为党和国家制定正确的教育政策，为发展党的干部教育和国家的基础教育事业做出了

① 《陈云年谱》下卷，中央文献出版社2000年版，第319页。
② 《陈云文选》第3卷，人民出版社1995年版，第323页。
③ 《陈云年谱》下卷，中央文献出版社2000年版，第392页。
④ 《陈云年谱》下卷，中央文献出版社2000年版，第410页。

重要贡献。

三、古籍整理是国家长远的事情

陈云长期主管和分管经济工作，其经济主张和经济活动为国内外所熟知。但作为党的第一、二代中央领导集体的重要成员，在经济工作、政治工作十分繁重的情况下，他对文化工作也倾注了大量的心血。可以说，重视并关注古籍整理工作是陈云文化工作的一个重要组成部分。他指出："整理古籍，把祖国宝贵的文化遗产继承下来，是一项关系到子孙后代的重要工作。"① 是"国家长远的事情"，必须给予高度重视。在他的领导推动下，我国古籍整理出版工作再度出现了繁荣的景象，陈云对此作出了重要的贡献。

（一）一定要把古籍整理工作抓好

陈云对古籍情有独钟，20 世纪 20 年代在上海商务印书馆当学徒、店员的时候，他利用业余时间和工作便利，阅读了大量的中国古代典籍。他不但从中汲取了知识营养，而且关注古籍。

1977 年 6 月 2 日，在杭州的一次内部谈话中，陈云曾回忆说："1953 年。我主张集中一些老人，一些文学基础好的老人，对一些古典书籍做些圈圈、点点的工作。你们知道吗？古书是没有标点的，真难读哩！让这些老人做些圈圈、点点的工作，做些翻译工作，翻成白话，我觉得这项工作做好了，就是对古书的

---

① 《陈云文选》第 3 卷，人民出版社 1995 年版，第 289 页。

研究工作做好了一半，这样就能传下来。"[1]

1977年5月中旬，他到浙江图书馆参观该馆保存的文澜阁《四库全书》，指出："中国古籍很多，但都是文言文，多数人特别是许多年轻人看不懂，这会影响对祖国文化遗产的继承。因此，对古籍应当进行整理，有的要断句，有的要翻译成白话文。"[2] 6月15日，在杭州主持召开评弹座谈会，陈云又一次提及这件事："《四库全书》你们看见过没有？可以去看一看，浙江就有一部。""过去我曾经提出，要找一些老人对那些古书进行圈点。中国的古书是没有标点符号的，好难看懂。如果圈点，就容易看懂了。所以我提出要赶快做，如果那些老人都死了，就难办了。"[3] 当他得知已有中华书局校点的《二十四史》出版时，他非常高兴，并要求向有关方面了解一下古籍校点工作的进展情况。

1980、1981年，陈云又多次向有关方面打听：古籍标点搞得怎样了？他感慨地说，古籍如果不加标点、断句整理，即使古文基础很好的人也难读。如果老一代不在了，后代根本看不懂，文化就要中断，损失很大，一定要把这一工作抓紧搞好。

（二）促成古籍整理出版规划小组的恢复

陈云历来认为，祖国的悠久历史和丰厚的文化遗产，需要一代一代地传承。而我国浩如烟海的古籍文献，正是中华民族卓越智慧的载体。要继承和发扬这笔文化遗产，必须对古籍加以整理，以服务于当代和后代。1948年11月，陈云主持接收沈阳

---

① 孙东升：《论陈云对我国古籍整理工作的贡献》，《南昌大学学报》（人文社会科学版）2003年第5期。

② 《陈云年谱》下卷，中央文献出版社2000年版，第207页。

③ 《陈云同志关于评弹的谈话和通信（增订本）》，中央文献出版社1997年版，第80页。

期间，曾专门颁布命令，要求对保存在沈阳的古籍进行保护。1958年，在原科学规划委员会之下，国务院成立了以齐燕铭为组长的古籍整理出版规划小组，协调全国专家学者进行古籍整理研究工作。当年，北京大学中文系创建了全国唯一的培养古籍整理研究人才的古典文献专业，并于次年开始招生，几年间为中华书局、上海古籍出版社等一些专业古籍出版单位和研究机构输送了一批人才。到“文化大革命”前，全国先后整理出版了古籍2000多种，取得了丰硕成果。[①]

陈云在日里万机中一直记住这个关系到千秋万代、关系到中华民族悠久历史文化的继承和发展的古籍整理问题。1981年4月，陈云在杭州休养期间，同秘书谈到要认真抓整理古籍整理工作的问题。从这次谈话要点中，可以看出陈云关于古籍整理的基本设想和做好古籍整理工作的政策主张。

在这次谈话中，陈云首先指出：“整理古籍，把祖国宝贵的文化遗产传承下来，是一项关系到子孙后代的重要工作。”[②] 他在说明理工科是发展国民经济需要问题之后，指出理工科学生也要学点文科知识，他说：“学理工的人也要有一定的中国文化传统的知识才行。今后，在继续办好理工科的同时，应该加强大学的文科教育。从小学开始，就要让学生读点古文。”[③] 陈云还指出：“我国的古籍，中华书局说有8万多种，北京大学图书馆反映约有12万种。现已整理和出版的约2000多种，还差得很远。”[④]

所以，当他得知当时时任中纪委副书记、中央对外联络部副

---

① 孙东升：《论陈云对我国古籍整理工作的贡献》，《南昌大学学报》（人文社会科学版）2003年第5期。

② 《陈云文选》第3卷，人民出版社1995年版，第289页。

③ 《陈云文选》第3卷，人民出版社1995年版，第289页。

④ 《陈云文选》第3卷，人民出版社1995年版，第289页。

部长的李一氓表示愿意做这件事时,就提出可以考虑由李一氓来主持这件事,并组建古籍整理出版规划小组,直属国务院。

那么,古籍整理出版规划小组成立后怎样开展工作呢?陈云指出:"要由规划小组提出一个为期30年的古籍整理出版规划。第一个10年,先把基础打好,把愿意搞古籍整理的人组织起来,以后再逐步壮大队伍。古籍整理出版规划,可以像国民经济计划那样,搞滚动计划,前10年分为两个5年规划,在第一个5年规划的基础上,经过充实,搞出第二个5年规划。"①

对班子队伍问题,陈云非常关心,他指出:"整理古籍,需要有一个几十年连续不断的领导班子,保持稳定的核心力量。目前真正能够独立整理古籍的,一般来说得60岁左右的人才行。现在这个班子中,60岁的人,再干10年是70岁,不能坚持工作了;50岁的人到那时可以接上去;40岁的人,再干20年,也可以成为骨干力量和领导力量了。"② 陈云还认为,从事整理古籍的人,不但要知识基础好,而且要有兴趣。"古籍整理工作,可以依托于高等院校。有基础、有条件的某些大学,可以成立古籍研究所。有的大学文科中的古籍专业,如北京大学中文系的古典文献专业,要适当扩大规模。"③

对古籍专业人才,陈云也非常重视。他说:"目前,整理古籍的专业人才,有许多分配不对口,要尽可能收回来,安排到古籍整理的各专门机构。一些分散在各地的整理古籍的人才,有的可以调到中华书局或其他专业出版社,有的可以分配他们担任

① 《陈云文选》第3卷,人民出版社1995年版,第290页。
② 《陈云文选》第3卷,人民出版社1995年版,第290页。
③ 《陈云文选》第3卷,人民出版社1995年版,第290页。

整理古籍的某些任务。”①

机构有了，规划有了，余下的还有经费、队伍等问题。经费问题，陈云指出：“为办好整理古籍这件事，尽管国家现在有困难，也要花点钱，并编制一个经费概算，以支持这项事业。这笔钱，用于整理古籍所需要的各种费用，主要是整理费用和印刷费用，也包括解决办公室、宿舍等费用。要为整理古籍的专门人才创造较好的工作条件和生活条件。”②

陈云的这些建议后来被中共中央和国务院采纳，并立即上升到政策层面而加以实施。1981 年 12 月 10 日，国务院决定恢复古籍整理出版规划小组，小组直属国务院，李一氓任组长。1982 年 3 月 17 日至 24 日，古籍整理出版规划小组在北京召开了全国古籍整理出版规划会议，制订了 1982 - 1990 年古籍整理出版的规划。8 月 23 日，国务院批复同意这个规划，并同意从 1983 年开始，每年拨给教育部 250 万元、中华书局 50 万元、古籍整理出版规划小组 120 万元，用于古籍人才培养和有关古籍出版的经费补贴。③ 国务院还批复同意由国家投资建设一个专门为古籍出版服务的印刷厂。这些措施为古籍整理出版工作创造了条件，稳定了队伍，促进了这项“关系到子孙后代”的事业的健康发展。

（三）古籍整理有助于传承中国历史文化

由于“文化大革命”的影响和破坏，到了 1981 年，北京大学

① 《陈云文选》第 3 卷，人民出版社 1995 年版，第 290—291 页。

② 《陈云文选》第 3 卷，人民出版社 1995 年版，第 291 页。

③ 孙东升：《论陈云对我国古籍整理工作的贡献》，《南昌大学学报》（人文社会科学版）2003 年第 5 期。

古典文献专业已经几年没有招生。四五月份,该专业的教师很着急,多方奔走,大声疾呼。当得知中央领导人陈云比较关注这件事时,他们决定驰书陈云,反映当时古籍整理的严重状况,要求恢复古典文献专业,并扩大招生。陈云很快就接到了这封来自北京大学中文系古典文献专业全体教师的信。这与他的想法不谋而合,立即引起他的重视。于是决定派秘书抽空专程到北京大学了解情况,与有关专业和部门的教师、干部座谈,认真听取他们的意见。[①]

1981年5月21日,陈云通过当时的中宣部部长邓力群、文化部部长朱穆之,向国家出版局询问古籍标点的进展情况,要他们查一下中国古籍标点了多少,多少还没有标点,哪些急需标点?并说趁许多老专家还健在的时候多标点一些,请国家出版局规划一下。次日,陈云又请秘书打电话给中华书局,了解古籍标点整理的情况,希望他们搞一份详细的材料。

1981年7月7日,陈云再次和秘书谈起古籍整理问题。这时,他通过调查研究,对古籍整理出版工作已经有了全面而深入的了解。他强调说,古籍整理还不光是解决标点、注解,这还不行。现在孩子们念书还没有接触这些古东西,所以不懂。要做到后人都能看懂,要译成现代语气。整理古籍还涉及到繁简字体的问题。"这件事情一定要搞到底,要成立个班子,准备三代人;要搞个规划,开始不能太大,要从实际出发。"[②] 这个工作对我们的后代有好处。我们这一代可能是看不上的。两天后,7月9日下午,陈云派秘书到中华书局转达自己的意见,并要求中

① 周林:《纪念陈云同志九十诞辰,做好古籍整理研究工作》,《中国典籍与文化》1995年第3期。

② 《陈云年谱》下卷,中央文献出版社2000年版,第279页。

华书局组织更广泛范围的同志开几次会，研究一下，制订出一个规划。

7月14日，陈云又派秘书专程到北京大学座谈，征求意见。秘书代表陈云向大家道歉，说你们给陈云同志写的信，已报告陈云同志，今天来就是给个回音，并进一步听取大家的建议和意见。在经费上，尽管国家现在有困难，也要花点钱。这些设想将报中央研究后决定。①

在相继听取中华书局和北京大学教师的意见后，陈云对4月份的谈话重新补充完善，形成了《整理古籍是继承祖国文化遗产的一项重要工作》一文。9月10日，中共中央书记处会议讨论同意陈云关于古籍整理工作的谈话要点即《整理古籍是继承祖国文化遗产的一项重要工作》，并将谈话要点改写成《关于整理我国古籍的指示》，于17日作为中央文件下发。

陈云的意见和中共中央的指示发布后，全国的古籍整理研究领域的专家学者群情振奋，激动不已。很多专家一直认为，陈云的意见和中央的指示，其重要意义不仅在于抢救了濒临损毁的大批古籍，使历史文献研究队伍得以延续，更为重要的是，在具有中国特色社会主义现代化建设中，弘扬民族的优秀文化被当作了一项重大的战略任务。

(四)对古籍整理工作的真知灼见

整理出版古籍是一项专业性很强的工作，既有版本、标点、注释、校勘、白话今译等整理问题，需要整理者有很高的文化素养、广博的学识和长期的经验积累，还需要有繁简字体、出版印

---

① 《发扬民族灿烂文化，培养古籍整理人才》，高等院校古籍整理研究文件汇编，1981年版，第145页。

刷、装帧设计等技术工作相配合。在这方面,陈云提出了许多真知灼见。

关于如何开展整理出版古籍工作,陈云说:“整理古籍,为了让更多的人看得懂,仅作标点、注释、校勘、训诂还不够,要有今译,争取做到能读报纸的人多数都能看懂。有了今译,年轻人看得懂,觉得有意思,才会有兴趣去阅读。今译要经过选择,要列出一个精选的古籍今译的目录,不要贪多。”①

古籍中最为珍贵的是那些孤本、善本。为此,陈云指出:“现在有些古籍的孤本、善本,要采取保护和抢救的措施。图书馆的安全措施要解决。散失在国外的古籍资料,也要通过各种办法争取弄回来,或复制回来。同时要有系统地翻印一批孤本、善本。”②

陈云为什么这样重视古籍整理工作?主要是把它看成了一项刻不容缓、造福于子孙后代的大事业,是关系到祖国悠久的历史文化能否继续流传下去的大问题。这是有远见的政治家的真知灼见。正如他在谈话中强调指出的,“整理古籍是一件大事,得搞上百年。希望现在就认真抓一下,先把领导班子组织起来,把规划搞出来,把措施落实下来。”③

中央指示和国务院的批复下发后,我国古籍整理出版工作进入了一个新的历史阶段,出版的数量逐年回升。截至1982年已达230多种,是建国以来最多的一年。1983年9月,教育部决定成立全国高等院校古籍整理研究工作委员会。“高校古委会”成立以来,取得了3000多项整理研究成果,其中最突出的是“九

---

① 《陈云文选》第3卷,人民出版社1995年版,第289页。
② 《陈云文选》第3卷,人民出版社1995年版,第290页。
③ 《陈云文选》第3卷,人民出版社1995年版,第291页。

全一海”:《两汉全书》、《魏晋全书》、《全唐五代诗》、《全宋诗》、《全宋文》、《全元戏曲》、《全元文》、《全明诗》、《全明文》和《清文海》。为落实陈云“古籍还要有今译”的指示,还编撰出版了《古代文史名著选译丛书》135种。[①]

陈云对古籍整理工作的重视,其实也是对中国古典文化的重视。中国历史文化源远流长,史籍浩如烟海,搜集、整理、评点、校注、选译古籍,一直是陈云思考、关心的问题。改革开放以来,我国出台了许多扶持古籍整理、出版的相关政策,古籍的整理与出版再度出现了繁荣的局面,应该说,这与陈云的关注和重视是分不开的,凝聚了他的智慧和心血。

四、繁荣党的文艺事业

陈云虽然主要是从事党建工作、领导组织工作和经济建设工作,但他也很重视党的文艺工作。早在1942年,他就提出了文艺工作者既不能特殊也不能自大的思想,他还提出了文艺要反映群众生活、反映时代的观点;1981年,他结合曲艺特别是评弹这一艺术,又提出了出人、出书、走正路的主张。他的文艺思想和主张,丰富了毛泽东文艺思想,对于繁荣党的文艺事业有着重要的作用。

(一)文艺工作者既不能特殊也不能自大

1942年10月7日,陈云在延安军事干部会议上作了题为《干部要严格要求自己》的讲话,在讲到知识分子干部要加强自

---

① 孙东升:《论陈云对我国古籍整理工作的贡献》,《南昌大学学报》(人文社会科学版)2003年第5期。

身的品德修养这一问题时,陈云说:“可否改行?比如搞文艺,许多人想去,我看不行。文艺有用,但仅仅文艺不够用,不能人人去弄文艺。而且,从事革命文艺工作,也要了解技术、经济、事务。文人也要下乡,不经历一番,不能成‘家’。”①陈云在这里,虽然说的是干部做政治工作,不想做经济等工作,但也涉及到了文艺工作者问题,提出了文艺工作者要多学知识,接触社会,了解乡村,联系群众。

1943年3月10日,陈云同刘少奇、凯丰等出席中共中央组织部和中央文化工作委员会在延安召开的党的文艺工作者会议,会上,陈云作了《关于党的文艺工作者的两个倾向问题》的讲话,他说:“我们党的文艺工作者,十几年来做了很多很好的工作,对于中国革命和中国文化,有了很重大的贡献。这是不能够否认,也不应该否认的。”② 但我们做文艺工作的同志们中则存在着两个倾向或者两个缺点,一个是特殊,一个是自大。对于文艺工作者,陈云主要是希望他们既不要特殊,也不要自大。

陈云就文艺工作者中的“特殊”与“自大”问题进行了阐述,并提出文艺工作者不要搞特殊,也不要搞自大。要说明这个问题,他认为,应先弄清楚文化人是以什么资格入党的。为此,他指出:对文化人以什么资格做党员的问题可以有两种看法,“第一种是,基本上是文化人,附带是党员。这种党员是以文化人资格入党,而不是以千千万万普通党员中一分子的资格入党的。第二种是,基本上是党员,文化工作只是党内的分工。”③ 那么,党对这两种看法的态度是什么呢?陈云指出:“毫无疑问,党是

① 《陈云文选》第1卷,人民出版社1995年版,第256页

② 《陈云文选》第1卷,人民出版社1995年版,第273页。

③ 《陈云文选》第1卷,人民出版社1995年版,第273—274页。

要求确立第二种看法,反对第一种看法的。因为只有这样,党才能成为统一的、无产阶级的、战斗的党。要是不然,你以文化人资格入党,我以军人资格入党,他又以农民资格入党,党就成了什么样子呢?党就不成其为党,成了'各界联合会'。"①

对于党员分工和党照顾文化工作者这两个问题,陈云也提出了自己的看法,他认为党员有分工,但分工不能成为特殊化的根据。党对做文化工作的同志要照顾,这是因为文化工作与军事工作的特点和方法不同,其个人活动要多一点;另外,"做文化工作的同志们过去大都是分散工作,受党的教育比较少,和工农兵的结合也很差,因此在思想意识上不免产生一些弱点。"②

对于文艺工作者遵守纪律和学习马列主义以及实际政治这一问题,陈云也指出:但这不等于说可以不遵守纪律,不要学习马列主义和实际政治。"我们的纪律只约束那些非无产阶级的妨害革命的东西,就像游泳术对于游泳的人只束缚他不要淹死一样。真正的游泳家在水里是自由的,真正的革命家,在有纪律的革命运动里,也是自由的。如果我们一定要革命,又一定要施展一些妨害革命的'天才',那么对不起,就得束缚一些;如果不是这样,就决不会感到是束缚。马克思、恩格斯、列宁、斯大林以及毛泽东同志,这些人我们都承认有天才,但是他们都是遵守纪律的模范。"③ 同时,陈云还指出,文艺工作者也脱离不了政治,如怎样写光明写黑暗就是一个政治性质的问题,不把这类问题搞通,写出的作品就不能反映一个时代和这个时代群众的斗争。

陈云认为,那种以为作家可以不学习政治的意见,实际上就

---

① 《陈云文选》第1卷,人民出版社1995年版,第274页。
② 《陈云文选》第1卷,人民出版社1995年版,第275页。
③ 《陈云文选》第1卷,人民出版社1995年版,第276页。

是否认文艺要服务于政治、服务于群众的意见，对此，陈云指出："政治可以使我们放开眼界，放大胸襟，可以使我们去掉一些小气，少一些伤感。"① 一个人如果20岁入党，活到60岁，干事业不过40年，再为一点小事烦恼，不是太划不来吗？②

文艺工作者也不应自大，因为做文艺工作是分工，做得好，是尽了应尽的责任，做得不好是失职。一个革命作家的作品所以受欢迎，是因为它反映了革命群众的感情，如果以为无论拿出什么作品总会受欢迎，就是一个很大的误会。有的文艺工作者既把文艺地位估计过高，又对个人在文艺上的地位估计过高，喜欢人家恭维他们是"家"，这是一个"包袱"，背着它不好前进。我们的知识实在很少，有人名为共产党员，革命知识就不多，甚至社会知识也很少。有人住在上海七八年，不但不知道什么是交易所，就连大米是从哪里来的，大便往哪里去也不知道。知识少，不能成"家"并不可怕，可怕的是不学习，不深入群众。有人最主张批评，喜欢批评旁人，偏生不喜欢旁人批评自己，每逢演戏，开演前也说"希望同志们批评"，但真要批评，就成了仇人。越自大，越容易丧失身份；架子搭得越高，跌下来越痛。③ 所以陈云说，共产党是照实际办事的党，说老实话的党，我们做文艺工作的同志也应该照实际办事，说老实话，听老实话。

陈云这篇讲话，提出了一个十分重要的原则问题，即党的文艺工作者，应该首先把自己看成是一个普通党员，而不应该首先把自己看成是一个文化人，既不要特殊，又不要自大。要遵守纪律、学习马列主义和实际的政治。不能对个人在文艺上的地位

---

① 《陈云文选》第1卷，人民出版社1995年版，第277页。

② 《陈云年谱》上卷，中央文献出版社2000年版，第374页。

③ 《陈云年谱》上卷，中央文献出版社2000年版，第374—375页。

估计过高。作品要反映时代,反映群众生活。总之,陈云的这篇讲话丰富和发展了马克思主义的文艺思想。

(二)文艺要反映群众生活反映时代

陈云认为,要判断我们的文艺工作究竟是不是革命的,合不合群众的需要,除了学习革命的理论和革命的实际,还有就是不能脱离政治。他还举例说:“比如怎么写光明写黑暗的问题,就是一个政治性质的问题,也是文艺上的一个重要问题。不把这一类问题搞通,我们写出来的作品怎么能反映一个时代,怎么能反映这个时代群众的斗争?所以,那种以为作家可以不学习政治的意见,实际上就是否认文艺要服务于政治、服务于群众的意见。”① 陈云还对群众欢迎一个作家的原因进行了分析,他指出:“主要是因为他的作品能够反映他们的感情,所以一个革命的作家,一个和革命群众在一起的作家,自然就能够得到革命群众的欢迎。如果有人把这种关系绝对化,以为自己无论拿出什么作品来总是会有群众的,这就是一个很大的误解。”② 陈云认为,作家应当同群众走一个方向,而不能走反对方向,即使走同一个方向,但是自己走慢了,落到群众后面去了,也会被群众所遗忘的。他提出,现在我们多数做文艺工作的同志究竟有多少群众?应该承认,我们的读者还只是群众里的一个很小的部分,离开与广大群众相结合这一步还远得很。③ 所以,他说在这个时候不能忙着去说自己有群众,如果是那样,对自己就会更加有害。

---

① 《陈云文选》第1卷,人民出版社1995年版,第277页。
② 《陈云文选》第1卷,人民出版社1995年版,第278—279页。
③ 《陈云文选》第1卷,人民出版社1995年版,第279页。

陈云还一向强调文艺工作者要深入群众,深入生活。他诚恳地告诫年轻的同志说:"同志们现在都很年轻,知识少,不能成'家',这不奇怪,也不可怕。可怕的就是现在不学习,不深入群众,以为差不多,到了四五十岁以后,还是现在这个样子,没有充分的知识,没有真正成熟的内容丰富的作品。"①

陈云在延安时期所讲的这些话,不仅对当时,就是对革命胜利后甚至今天,都有很大的现实意义。20世纪50年代至80年代,他在同曲艺界人士的谈话和通信中,更是多次提出深入生活,深入群众的问题,提到曲艺要反映群众生活反映时代。他说评弹艺人"要努力搞些新作品,反映新时代"②,"要反映现实斗争,说好现代题材的新书。这是时代的需要,革命的需要。"就评弹而言,传统的节目不可偏废,但也不能总是说老书。为此,陈云指出:"不能老是用刀枪。现在喷气式飞机都快要不用了。新的总要搞。对新的,有三分好就鼓掌。我不反对老的,但要加些新的,两条腿走路。"当新的评弹作品问世后,陈云总是给以支持和鼓励。他在看了上海人民评弹团的《真情假意》后说:上海人民评弹团的"《真情假意》,是评弹中的一个好的中篇,是适合青年、提高青年的作品,有切合现实的时代气息,对广大青年有教育意义。"③ 应该说,凡是能反映群众生活和反映时代的文艺作品,都是文艺工作者深入群众、深入生活、深入实际的结果,都是文艺工作者在社会实践和艺术实践中不断锻炼自己、丰富自己、教育自己的结果。

无论是革命战争年代,还是在和平建设时期,陈云都主张文

---

① 《陈云文选》第1卷,人民出版社1995年版,第280页。

② 《陈云年谱》下卷,中央文献出版社2000年版,第32页。

③ 《陈云年谱》下卷,中央文献出版社2000年版,第298页。

艺要反映时代，反映现实，反映群众生活。总之，陈云在《关于党的文艺工作者的两个倾向问题》，以及建国后关于曲艺、文艺问题的论述，坚持实事求是、理论联系实际的思想路线，特别是对文艺工作者两种倾向的细致分析和深刻批评，对曲艺提出的出人出书走正路的主张，是马克思主义文艺思想的组成部分，是党判定正确的文艺方针政策的重要依据，对整个文艺工作者有一定能够的指导意义。

（三）出人，出书，走正路

1981年4月5日，陈云在同上海市评弹团负责人同志谈话时，他提出了"出人、出书，走正路"①的方针，这七个字，极其鲜明、准确地概括了文艺工作的基本要求，指明了文艺繁荣之路，词约意丰。他特别强调了走正路这个问题。他说："走正路，才能保存和发展评弹艺术。要以正派的评弹艺术，打掉艺术上的那些歪风邪气。"② 1984年2月2日，陈云邀请文艺界著名人士来住所举行春节座谈会，在会上他又提出了"出人、出书，走正路"。他提出："出人，就是要热心积极培养年轻优秀的创作人员和演员，使他们尽快跟上甚至超过老的。出书，就是要一手整理传统的书目，一手编写反映新时代、新社会、新事物的书目，特别是要多写多编新书。走正路，就是要在书目和表演上，既讲娱乐性，又讲思想性，不搞低级趣味和歪门邪道。只要做到这几条，曲艺就一定能适应时代的需要、群众的需要，不断发展，日益繁荣。"③

---

① 《陈云文选》第3卷，人民出版社1995年版，第287页

② 《陈云文选》第3卷，人民出版社1995年版，第287页

③ 《陈云年谱》下卷，中央文献出版社2000年版，第347页。

陈云的“七字方针”不但成为曲艺工作者前进的指南，而且为文艺界所接受和传诵，对繁荣党和国家的文艺事业起到了很大的鼓舞、激励和指导作用。正如有的学者所指出的那样，这一主张是“用最简洁明了的语言，把社会主义事业对文艺工作的要求，把党在文艺领域的方针政策概括成的一个鲜明的目标”，具有普遍意义，“完全适用于各种艺术门类”，[①]“实际上也是我们社会主义文艺继往开来的根本任务”。[②]。“只要认真地按照‘出人、出书，走正路’的要求去做，我们的曲艺、文艺就一定能够适应时代的需要，群众的需要”，[③] 在原有的基础上不断发展，并且更加走向繁荣。

五、十分重视评弹艺术

评弹，苏州评话和苏州弹词的合称，是明末开始在长江三角洲一带流行的两个主要种类。由于都主要使用苏州方言，故自清中叶以来有时合演。建国后，两个曲种合并，总称评弹。[④]

长期以来，陈云与评弹艺术结下了不解之缘，听评弹是伴随他终生的业余爱好。特别是1957年秋天以后，他利用公余和休养时间，重新听起了少年时代就很热爱的评弹，并潜心研究起这门独具特色的民间艺术，从评弹艺术的角度形成了自己的文艺观，在一些重要方面丰富和发展了马列主义的文艺思想。

---

① 马蓥伯：《陈云和文艺工作》，《陈云和他的事业》下卷，中央文献出版社1996年版，第950页。

② 施振眉：《奋力向前，永不懈怠》，《浙江曲艺》1984年第1期。

③ 罗扬：《出人，出书，走正路——学习陈云同志关于文艺问题的论述》，《曲艺》1991年第5期。

④ 《陈云年谱》上卷，中央文献出版社2000年版，第4页。

(一)评弹是群众性艺术

1960年5月,陈云同上海市人民评弹团评弹演员谈话,指出:弹词的音乐现在有了发展,符合群众的要求。评话也应该变,变得符合群众的要求,跟上时代。这是你们这一代评话艺人的责任。评话怎样在新时代中起作用,为群众欢迎,这个问题要靠评话演员自己解决。艺术方面的"穷"是暂时的,穷则变,变则通。①

1961年4月25日,陈云在上海观看上海评弹团演出的《青春之歌》后,指出:"弹词不能只是将故事说一说,唱一唱就完了。不能光是骨头,还要有肉。现在有些新书加工不够,缺少噱头。哪怕是乒乓球比赛现场的广播解说,也要插一些噱头,不能光是一比二,二比三。评弹是群众性艺术,群众喜欢故事人物有好的结局。听众有这种心理,好人不怕落难,却要逢凶化吉,遇难呈祥。传统书目大都如此。现在有的长篇书连听七八天尽是好人倒霉,这不行。"② 为此,陈云认为,对革命题材的书不能只写流血牺牲这一面,还要写胜利的这一面,以鼓舞人民。

那么,对劳动人民的缺点,评弹是否也可以表现这个问题,陈云提出了肯定性意见。他说,评弹要保持自己的特色,各种形式的文艺都各有质的规定性。"文艺作品中的劳动人民可以有缺点,说劳动人民没有落后面,这不现实。"③ 他认为,进步和落后的矛盾是永远存在的。

1977年6月13日,陈云在杭州评弹座谈会讲话时又指出,

---

① 《陈云年谱》下卷,中央文献出版社2000年版,第32页。
② 《陈云年谱》下卷,中央文献出版社2000年版,第75页。
③ 《陈云年谱》下卷,中央文献出版社2000年版,第51页。

评弹是江南人民喜闻乐见的曲艺，应逐步增加到农村去说书的比重。因为我国人口多多数在农村，到农村说书，对艺人来说，也是一个学习、改造、锻炼的过程。在15日的座谈会上，陈云还对文艺的性质和作用作了阐述，他指出："文艺是意识形态的东西，要为经济基础服务，要为人民服务，为社会主义服务。"①

对曲艺是群众性的艺术，陈云也提出了自己的看法。他说："在目前曲艺创作和演出中，强调了政治内容的一面，忽略了文化娱乐的一面，这是偏向。曲艺这种有历史传统又有群众基础的艺术，应该好好发展。"② 1985年4月12日，陈云在给中国曲艺家协会的复信中，提出了"希望大家创作和演出更多的为人民群众喜闻乐见的好作品"，③ 并希望培养出更多的年轻优秀的创作人员和演员，为繁荣曲艺和建设社会主义精神文明作出新的贡献。

（二）整理旧书，加工新书

1959年到1983年的数十年里，陈云在和干部、编演人员的交往中，发表了有关评弹的谈话，其中一个重要的内容就是整理旧书，加工新书。

1959年11月，陈云在杭州座谈评弹工作时，对评弹书目进行了划分，他把评弹的书目分为三类：一类书，即传统书，也称老书。这是长期流传，经过历代艺人加工，逐步提高的。在这类书目里，精华和糟粕并存，有的毒素较多，有的少些。另一方面，评弹的传统说表艺术（指评弹中运用说白和表叙的艺术）比较丰

① 《陈云年谱》下卷，中央文献出版社2000年版，第208页。

② 《陈云年谱》下卷，中央文献出版社2000年版，第54页。

③ 《陈云年谱》下卷，中央文献出版社2000年版，第378页。

富。二类书，这是解放初期部分艺人发起“斩尾巴”（指解放初期部分评弹艺人发起的停说传统书目的运动）以后产生的。[①] 这类书目，大抵是根据古典小说和当时流行的传统戏曲改编的，一般讲，反动、迷信、黄色的毒素较少。但是，评弹的传统说表艺术也运用得较少。三类书，指现代题材的新书。“这是解放后新编的。这类书目，思想性一般比较强，但艺术上比较粗糙。”[②]

同时，陈云又指出：“对现代题材的新书要积极支持，对老书有七分好才鼓掌，对新书有三分好就要鼓掌。”[③] 他还指示，对反映现实生活的开篇、小唱，要和出版社联系，每年出版几本选集。要扩大新书演出阵地，如果反映工农题材的短篇在城市书场不受欢迎，干脆送到工厂农村去。

陈云为什么主张整旧创新，在他看来，传统书的毒素多，但精华也不少，如不整理，失去了很可惜。为此，他对如何着手这一工作，提出了意见。他说：“整旧工作可分两步走，先把突出坏的部分删掉，然后逐回整理。对疑难问题可用争辩的方式逐步取得一致意见，也就是走群众路线。但要防止反历史主义的倾向，以免损害精华部分。通过创新和整旧，满足广大听众的需要，促进艺人的思想改造，提高书目的思想性和艺术性。”[④]

1960 年 1 月 20 日，陈云就整理传统评弹书目问题写出八条书面意见，指出：“传统书目不可能一次整理好，应该边改边说，总结经验，逐步改好。希望通过整理，达到思想上，精华突出、主

---

① 周良编：《陈云和苏州评弹界交往实录》，中央文献出版社 2000 年版，第 8—9 页。

② 《陈云同志关于苏州评弹的谈话和通信（增订本）》，中央文献出版社 1997 年版，第 1 页。

③ 《陈云年谱》下卷，中央文献出版社 2000 年版，第 25 页。

④ 《陈云年谱》下卷，中央文献出版社 2000 年版，第 25 页。

题明确;结构上,能长能短、前后连贯;艺术上,既严肃又活泼。"①

对整理书目工作,陈云还提出了要注意的问题。1962年5月,他同上海市人民评弹团负责人对长篇传统弹词《玉蜻蜓》的整理工作时说:"传统书目的整理不能离开时代条件,要用历史唯物主义观点来看问题,不能以对现代人的要求来要求古人。②他还指出,这几年的整理工作在剔除封建、迷信和色情内容方面有成绩,但对什么是"封建"要好好分析,不能过激。如果过激了,狭隘地运用阶级观点,就要脱离群众。我们的工作要照顾群众,不脱离群众,这样才能发挥领导作用。③

陈云还指出,群众喜欢听的书,不一定就是好的。因为这要看它是多数群众喜欢,还是少数群众喜欢;是合乎群众长远利益的还是相反。"所以,衡量书目的好坏要从能否教育人民,对大多数人是否有好处来考虑。书目中那系黄色内容,过去很能卖钱,现在仍会有人欢迎,但危害很大。这种传统不能挖掘,群众欢迎也不能要。这一点绝对不能让步。"④ 1985年4月,他还提出了曲艺和所有的文艺工作者一样,肩负着建设社会主义精神文明、教育群众特别是教育青年的责任。

(三)要懂得听众的心理

1960年2月,陈云在苏州召开评弹界人士座谈会,就评弹创作和演唱中的一些问题发表意见,指出:二类书(指解放后部

① 《陈云年谱》下卷,中央文献出版社2000年版,第28页。
② 《陈云年谱》下卷,中央文献出版社2000年版,第118页。
③ 《陈云年谱》下卷,中央文献出版社2000年版,第118页。
④ 《陈云年谱》下卷,中央文献出版社2000年版,第95页。

分艺人根据古典小说和当时流行的传统戏曲改编的评弹书目）内容比较健康，唱词的比重增加了，但说表差。说表是评弹的重要表现手段，主要用于人物的心理描写。说表好，所塑造的人物才能给人以深刻的印象。穿插（指演出中用以衬托书情的题外话）和噱头（即书中笑料和艺人插科）是要的，以前是滥放，现在又失之于拘谨。"听众出了两角钱，不是来上政治课的，作报告也要讲点笑话。"[①] 他常说，劳动、学习了一天，非常紧张，下班看戏也像是开会，这样的东西人家不喜欢。特别是曲艺，更应该轻松一些。

1960 年 3 月 20 日，陈云在同上海市人民评弹团的同志谈话时又说道："在台上演出应该严肃，因为评弹艺人是宣传工作者，哪句话能起教育作用，哪句话会起不良影响，必须严肃对待。但严肃应与活泼相结合。听书毕竟不同于上课，要让人家笑笑。过分严肃，像上课一样，那也不必叫书场，可改为训练班了。"[②] 陈云还认为，我们需要创作一些反映中国革命艰苦斗争的书目，"来教育青年，使他们不致忘记历史，使他们懂得政权来之不易。但是不能只写流血牺牲这一方面，还要写胜利这一面，以鼓舞人民。"[③]

1961 年 2 月 14 日，陈云在同中共中央宣传部文艺处负责人谈曲艺问题，指出："要懂得听众的心理，他们来听曲艺，首先是为了文化娱乐的需要。思想教育的目的要通过艺术手段来达到。我曾经研究过一部老书中的噱头，百分之九十是可以保留

---

① 《陈云年谱》下卷，中央文献出版社 2000 年版，第 28—29 页。

② 《陈云年谱》下卷，中央文献出版社 2000 年版，第 30 页。

③ 《陈云关于评弹的谈话和通信》，中国曲艺出版社 1983 年版，第 31 页。

的。"[①] 陈云在这次谈话中对"噱头"作了具体阐述,认为"噱头"是评弹中必不可少的。他说:"要注意某些形式的趣味性特点。现在有些相声不引人笑,有些滑稽戏并不滑稽,就像评弹缺少噱头一样。有人说,保存噱头和穿插会破坏评弹艺术的完整性,我看,去掉噱头和穿插才真的破坏了评弹艺术的完整性。"[②]

(四)要管理好书场

1961年7月25日,陈云还写出了《目前关于噱头、轻松节目、传统书回处理的意见》,指出:"要有噱头,但要防止滥放。要有轻松节目,但要防止下流。要挖掘传统书回,同时也要整理和演出可成为保留节目的新中篇和新短篇。[③]

对于书场和艺人,陈云常常强调要加强管理。他说:"文化部有一个决定。说书是教育人的,艺人要有责任心,因为他们说的书对青年、对城乡听众很有影响。总之,两个方面:一方面是加强管理,发现了不好的内容要禁止;另一方面要提高艺人的思想。"要加强对演员的教育,提高演员的责任感。说书是教育人的,演出的书目要对群众起积极作用。"[④] 说乱七八糟的书,还不如说《珍珠塔》、《玉蜻蜓》。邪书对青年没有好作用。要加强评论。现在讲评弹的文章没有地方发表。要组织老艺人写些评论文章,他们能说出道理来。外行评论不行。要内行来评论,分析哪些是好的,哪些是不好的。艺术上的东西要他们来讲。"要加强评弹的理论研究,特别应该发表些文章。"[⑤] 为此,陈云还

① 《陈云年谱》下卷,中央文献出版社2000年版,第65页。
② 《陈云年谱》下卷,中央文献出版社2000年版,第65页。
③ 《陈云年谱》下卷,中央文献出版社2000年版,第89页。
④ 《陈云年谱》下卷,中央文献出版社2000年版,第296页。
⑤ 陈云:《关于评弹》,《光明日报》1982年12月20日。

表示支持上海评弹团关于创办一个有关评弹刊物的建议。

1983年8月16日,陈云就加强对评弹书目和演出管理问题致信胡启立,指出:“评弹是江、浙、沪一带的主要曲种。前些年,一些艺人在党落实文艺政策的过程中出现了另一种倾向,主要表现在书目和表演上强调迎合部分观众低级趣味,单纯追求票房价值。最近虽然加强了管理,但问题并没有根本解决。现在设书场的单位很多,因此单靠文化部门抓是不够的,必须由江、浙、沪的省、市委出面来抓才行。可先召集各方面开个会,制订书场管理条例,规定什么样的书不准演,如果演了怎么办。然后派人抽查,发现违反的即照规定处理。只要抓上几年,这股歪风是可以刹住的。”①

陈云还在信后附了两份反映评弹书目和管理中存在问题的材料。之后,中共中央办公厅将这封信及所附材料转发给了上海市委和江苏、浙江省委。同年9月18日,上海市委向中共中央写出关于评弹书目和演出管理问题及改进措施的报告。10月16日,《人民日报》发表了这封信。11月15日,中共中央宣传部和文化部又将此信和上海市委的报告一起转发各地、市、县党委宣传部和文化局。次年,上海市文化局为落实陈云的上述意见,在青浦召开了五百多人参加的评弹会议。

由此,我们可以看出,陈云对评弹是十分重视的,而且有很深的艺术修养和理论研究。陈云对评弹作品的研究是深入而细致的。对传统剧,重点分析研究过《珍珠塔》、《玉蜻蜓》、《孟丽君》等;对新书,重点分析研究过《真情假意》、《林海雪原》、《苦菜花》、《青春之歌》等。1983年12月,中国曲艺出版社公开出版了经陈云审定的《陈云同志关于评弹的谈话和通信》,收入他1959

① 《陈云年谱》下卷,中央文献出版社2000年版,第336页。

年11月至1983年8月有关评弹工作和评弹艺术的部分谈话、文稿和通信共40篇。12月24日,中共中央宣传部发出《关于文艺界学习〈陈云同志关于评弹的谈话和通信〉的通知》,《通知》指出陈云的这本著作,不仅对我国评弹艺术在建国后的发展过程和经验教训作出了科学的总结,而且对党和国家的整个文艺工作,对整个社会主义文艺事业,发表了许多重要意见,提出了许多正确主张。《通知》强调这本著作是一部马克思主义文艺思想的重要文献,它在一些重要方面丰富了毛泽东文艺思想,对于建设社会主义精神文明,繁荣社会主义文艺,满足人民群众日益增长的文化精神生活需要,有着重要指导意义。这非常清楚地告诉我们,陈云的文艺思想及其政策主张对我们党和国家制定文艺政策,繁荣社会主义文艺事业具有何等重要的影响。

第八章 社会政策论

社会政策是党和国家为推动社会发展和进步、维护社会公平和稳定而确定的行为规范和行动准则。它有广义、狭义之分，狭义的社会政策是指以社会管理、社会民主和社会保障为主要内容的社会政策。陈云作为党和国家的重要领导人，曾亲自主管过工会工作、财经工作、社会救济工作和社会福利工作，具有丰富的社会工作经验，提出过许多卓有成效、具有重大影响和重要意义的社会政策主张，尤其在社会保险、社会救济、社会福利、社会优抚、社会就业、人口和环境保护等方面的论述更为精辟。

一、要高度重视劳动者的社会保险

陈云指出，我们党是无产阶级的政党，为最广大劳动人民谋利益，实行社会保障是无产阶级党性和社会主义本质决定的。社会保险政策是社会保障政策的核心部分，因为它的保障对象是劳动者，即人口中最多、最重要的部分。所谓社会保险政策，是以国家为主体，对有工资收入的劳动者在暂时或永久丧失劳动能力，或者有劳动能力而无工作亦即丧失生活来源的情况下，通过立法手段，运用社会力量，给这些劳动者以一定程度的收入损失补偿，使之能继续享有基本生活水平，从而保证劳动力再生产和扩大再生产的正常运行，保证社会安定而确定的行为规范和基本准则。陈云在领导中国革命和建设的过程中,十分重视劳动者的社会保险,提出了许多切实可行的政策主张,而且这些主张为党中央所采纳,成为党和国家的重要政策。

(一)关于养老保险的政策主张

陈云多次强调,广大劳动者因年老丧失或大部分丧失劳动能力时,国家应给予他们养老保险待遇,以保障他们的基本生存权利。陈云的养老保险政策主张集中地体现在他参与讨论通过,并于 1951 年颁布实施的《中华人民共和国劳动保险条例》中。《中华人民共和国劳动保险条例》是我党解放后制定的第一个劳动保险条例,其中对养老保险作了明确的规定,如条例规定凡在雇用一百人以上的国营、公私合营、私营企业工作,由企业行政方面或资方直接支付工资的工人、职员、学徒、临时工与试用人员都属于保险对象,这些符合养老规定的工人、职员退休时,“由劳动保险基金项下,按月付给退职养老补助费,其最低数额为本人工资百分之三十五,本企业工龄超过十年者,每超过一年增付本人工资百分之二,至本人工资百分之六十止。此项退职养老补助费付至死亡时止。”[①] 陈云不仅强调工人和职员退休后应给予养老保障,而且他还强调对在职年老体弱的雇员应给予照顾。1956 年陈云就供销合作社关于可以解雇年老体弱的雇员的规定明确指出:这一规定不妥,“应改为雇员不解雇。”[②]

此外,陈云还特别关注老干部的养老问题,他曾在 1981 年 5 月 8 日的一篇文稿中特别指出:“老干部是我们党的宝贵财富”,

① 《新华月报》第 3 卷,1951 年第 6 期。
② 《陈云年谱》中卷,中央文献出版社 2000 年版,第 335 页。

尤其是那些"大革命时期、土地革命战争时期、抗日战争时期的干部,他们经历了千辛万苦。这些老干部退居工作第二、第三线后,在政治待遇上,如看文件、听报告、参加某些重要问题的讨论,必须予以保证;在物质待遇上,如住房、医疗、交通工具等必须予以照顾和优待。这应该是党的一项政策。"①

(二)关于医疗保险的政策主张

帮助劳动者抵御疾病风险是企业和雇主应尽之责。早在1951年,陈云就指出,企业不但要给职工办理各种劳动保险,而且"劳动保险的各项费用,全部由实行劳动保险的各企业行政方面或资方负担。对于工人、职员的疾病,不但负责治疗,而且发给工资补助金和救济金,直到病好能恢复工作。"② 为了方便劳动者看病就医,陈云同时还要求:"实行劳动保险的各企业,已设立医疗机构者,应根据必要和可能的情况充实设备,并设立健全的制度;未设立医疗机构者,应单独或联合设立医疗所或医院。如因条件限制不能设立,应有特约医院或特约医师为病伤工人职员负责医治。"③ 这种医疗保险不仅适用于国营企业职工,而且也同样适用于公私合营企业中的私方人员。1956年6月18日,陈云在一届全国人大三次会议上的发言中明确提出:"公私合营企业私方人员的疾病医疗,应该加以帮助。企业核定资产在两千元以下的私方人员,本人的疾病医疗和病假期内的工资支付办法,都应该按照本企业职工的待遇同样办理。同时,企业核定资产虽然超过了两千元而有困难的私方人员,本人的疾病

---

① 《陈云文选》第3卷,人民出版社1995年版,第296页。

② 《陈云年谱》中卷,中央文献出版社2000年版,第84—85页。

③ 《新华月报》第3卷,1951年第6期。

医疗和病假期内的工资支付办法,也可以参照本企业职工的待遇办理”。[①] 陈云的这些主张,给私方人员吃了一颗“定心丸”,解除了他们的后顾之忧,对他们积极接受社会主义改造,坚持走社会主义道路起了很好的作用。

(三)关于工伤保险的政策主张

与养老保险和医疗保险的广泛性不同,工伤保险是针对最容易产生工伤事故和职业病工作人群的一种特殊保险。陈云在1951年就指出,我们是社会主义国家,对这些特殊的人群,要给以特别的关照。如果他们因工负伤,企业必须“要负担其医药费、住院及住院膳食费,而且工资照发”。如果因公致残不能工作,企业要“发给抚恤金”。[②] 具体来说,对因工残废部分丧失劳动力尚能工作的劳动者,工伤残废抚恤金按其残废后丧失劳动力的程度及残废后工资减少的数目付给:“工资减少在百分之十五以内者,其因工残废补助费为本人工资百分之五;工资减少在百分之三十以内者,为本人工资百分之十;工资减少百分之四十以内者,为本人工资百分之十五;工资减少超过百分之四十者,为本人工资百分之二十。”[③] 对因工残废完全丧失劳动力的劳动者,“除领取因工残废抚恤费或退职养老补助费及本人死亡时所付给的丧葬补助费外,本人仍得继续享受疾病医疗待遇至死亡时止。”[④] 此外,陈云在1960年9月参与讨论中共中央《关于压低农村和城市的口粮标准的指示》时还提出,无论粮食如何紧

---

① 《陈云文选》第2卷,人民出版社1995年版,第317页。
② 《陈云年谱》中卷,中央文献出版社2000年版,第85页。
③ 《新华月报》第3卷,1951年第6期。
④ 《新华月报》第3卷,1951年第6期。

张,对"高温、高空、井下和重体力劳动的职工",都要保证其口粮供应。并要求对从事重劳动和有害健康劳动的劳动者,企业要让其"提早养老"。[①] 这些主张,深深地反映了陈云的爱民之心和对广大人民群众的眷眷之情。

陈云强调,除了必须对劳动者发生工伤事故后进行生活保障的补偿外,还必须通过加强劳动保护,改善劳动卫生条件对职业伤害事故进行事前干预,以减少和避免工伤事故的发生。为此,1950年6月,陈云要求各地工矿部门及行政机关,必须对那些封建时期或帝国主义时期开发的只顾生产、不注意工人安全和卫生的工矿企业"进行普遍检查;对干部加强教育,增加他们的政治认识与科学常识;由政府部门制定安全条例,保证工人安全"。[②] 众所周知,由于"大跃进"的影响,在基本建设中一度推广所谓的快速施工法,搞人海战术,搞代用材料,结果造成工程质量存在极大的安全隐患,并造成众多严重的工伤事故,陈云对此痛心疾首。1958年12月26日,他在全国基本建设工程质量杭州现场会上列举了一系列工程质量事故后,毫不客气地指出,我们现在"出现了一些性质严重的错误和缺点,如果不及时纠正,后果将是十分严重的。""希望通过这次会议和上次建筑工程部在此召开的现场会议,能引起全国、全党的注意,采取措施,改变工程质量方面的这种严重情况。"[③] 他进而明确要求,"对于新建工程要进行一次全面的质量大检查。应该补救的工程,要迅速加以补救"。[④] 同时,还要在工人群众中"进行一次提高工

① 《陈云年谱》中卷,中央文献出版社2000年版,第85页。
② 《陈云年谱》中卷,中央文献出版社2000年版,第56页。
③ 《陈云文选》第3卷,人民出版社1995年版,第109—110页。
④ 《陈云文选》第3卷,人民出版社1995年版,第123页。

程质量的运动”，“进行一次讨论建立各种技术管理制度的运动”，“进行一次学习技术、提高技术的运动”，“进行一次安全教育的运动”。以在“全面地贯彻执行多快好省的方针”中，① 提高工程质量。

为了彻底消除安全隐患，陈云进一步强调，要从源头抓起。例如，他在1952年提出，凡今后新开工建设的项目，“在设计中必须特别注意安全和卫生部分的设计。”②

（四）关于生育保险的政策主张

陈云认为，女性劳动者因怀孕、生育子女而暂时失去劳动能力时，国家和社会应给予必要的经济补偿，以保障其生产和哺乳期间的医疗费及基本经济来源。为此，“女工生产前后各休业一个月。”③ 1951年陈云具体指出，国营、公私合营、私营企业女职工在生育期间，应享有“特殊优待”。不仅工资照发，而且还要给予生育补助费，如果“夫妻同在一个实行劳动保险的企业或分别在两个实行劳动保险的企业工作者，生育补助费由妻领取，其夫不得重领。”④ 此外，陈云还认为，生育补助费还应视单胎生育子女的数量发给：“女工人与女职工或男工人与男职工之妻生育时，如系双生或多生，其生育补助费应按所生子女人数加倍发给。”⑤

---

① 《陈云文选》第3卷，人民出版社1995年版，第123—124页。
② 《陈云年谱》中卷，中央文献出版社2000年版，第155页。
③ 《陈云年谱》上卷，中央文献出版社2000年版，第25页。
④ 《新华月报》第3卷，1951年第6期。
⑤ 《新华月报》第3卷，1951年第6期。

二、社会救济是一项大政策

社会救济政策，是国家通过国民收入的再分配，对因自然灾害或经济、社会原因而无法维持最低生活水平的社会成员给予救助，以保障其最低生活水平而确立的一系列规范和准则。社会救济是社会保障体系中的重要组成部分，它是保障社会安全的最后一道防线。社会救济对象与社会保险不同，主要是无收入、无生活来源或孤苦无依、无法生活，以及虽有收入，但因遭受意外事故或收入较低无法维持生活的人们。社会保险是要缴费的，社会救济则无需缴费，社会救济的目标是维持最低生活需要，给付标准一般低于社会保险。陈云十分重视社会救济工作，1930年他曾担负过中共江苏省济难会的主管工作，1940年又负责中共中央救济委员会内务工作。建国后，陈云又曾参加制定和实施大量与社会救济密切相关的社会政策。

(一)关于自然灾害救济的政策主张

积极救助因自然灾害造成生存危机的社会成员，以维持其最低生活水平并脱离灾难和危险，是陈云的一贯政策主张。

我国幅员辽阔，地理环境复杂，属自然灾害多发地区。为了做好自然灾害的救济工作，陈云主张灾前预防、灾中紧急救济、灾后生产自救相结合。

在灾前预防方面，陈云首先强调国家应统筹规划，在国家预算中留出一部分资金用于自然灾害预防，他说："像中国这样大的国家，水灾可能每年都会有，在预算里头每年都要列上一笔救灾经费”。[①] “计算地方正常的年度支出，应该剔除重大灾荒的救济、堵口、复堤和国家计划的大规模移民垦荒等特殊性支出的数字，因为这些支出并不是各个省、直辖市年年都需要的。如果哪一年度，哪个省、直辖市需要这些支出的时候，由中央另行拨款。”[②] 其次，为了预防各种自然灾害，陈云强调必须积极发展农业，存储充足的防灾粮。早在1951年陈云就指出：“防止水旱灾害。要增加农业生产，必须做好这件事”。“为了应付水旱灾害，要注意储备粮食……我们在粮食方面要做一点保险工作”。[③] 1957年他进一步指出：“国家的粮食库存要能够应付两个灾年，做到了这一点，中华人民共和国就是稳定的”。[④] 不仅粮食生产要做一点保险工作，蔬菜种植面积也必须有‘安全系数’。陈云指出，蔬菜“种植面积要打得宽一些，防备发生自然灾害。农业生产受自然条件的影响很大，年年都有好些地方受灾，粮食减产，蔬菜也会减产。种植面积如果没有‘安全系数’，蔬菜就没有足够的后备；没有足够的后备，遇到灾害时就不能保证供应”。[⑤] “蔬菜播种面积的扩大，不仅要和城市人口的增长成比例，而且应该适当地快于城市人口增长的速度，以便保有一定的后备”。[⑥] 再次，为了预防各种自然灾害，尤其是水旱灾害的发生，陈云还主张大力兴修水利，保持土壤植被。他说，水利建设是治本的工作，是百年大计。陈云认为，为了搞好水利建设，全国要统筹规划。例如，在防治水旱灾害的过程中，就必须处理好

---

① 《陈云文选》第2卷，人民出版社1995年版，第141页。
② 《陈云文选》第3卷，人民出版社1995年版，第100页。
③ 《陈云文选》第2卷，人民出版社1995年版，第141页。
④ 《陈云年谱》中卷，中央文献出版社2000版，第390页。
⑤ 《陈云文选》第3卷，人民出版社1995年版，第65—66页。
⑥ 《陈云文选》第3卷，人民出版社1995年版，第61页。

排涝和蓄涝的关系,“对涝灾要采取积极的态度,过去是排涝,现在是蓄涝,牺牲百分之三(南方可能只要百分之一)的土地,以保证百分之九十七的土地不受旱灾”。[①] 在防治水旱灾害的过程中,还要特别注意发挥水土保持的作用。早在1951年陈云就指出:“以后我们要重视蓄水,许多地方要修水库、筑塘堰,山区更要注意种树种草、保持水土,对水一定要好好利用”。[②] 陈云还强调,在水利工程建设中,不仅要保证人力、物力、财力的投入,而且还要派专人检查工程质量。如1952年4月在给水利部复函时他就指出:“自一九五二年起,治淮工程已进入除灾兴利阶段,希速派负责干部督工,并派工程检查小组赴淮河上、中、下游各施工地段进行重点检查,以杜绝浪费,保证工程于汛期之前完成”。[③]

在灾中紧急救济方面,陈云特别强调自然灾害发生后,首先必须保证灾民的口粮供应。他指出:“我们的方针,力争不饿死人”。[④] 他认为对灾区灾民的口粮供应可以采取从余粮区接济的形式,即从非灾区运往受灾区。如1950年陈云就指出:“为了保证全国的民食,政府正在进行粮食调运。一方面,从交通不便但有余粮的地区,用各种方法运出相当数量的公粮到交通线上。同时,从去年收成较好历年又有余粮出境的省区,在不超过历年出境粮食的限度内,运出若干公粮接济灾区和大城市。”[⑤] 而且粮食运到灾区后,要适时把救济粮发放到灾民手中。

在灾后生产自救方面,陈云认为:“我们救济灾民,重点是组

---

① 《陈云年谱》中卷,中央文献出版社2000年版,第411页。

② 《陈云文选》第2卷,人民出版社1995年版,第141页。

③ 《陈云年谱》中卷,中央文献出版社2000年版,第132页。

④ 《陈云文选》第2卷,人民出版社1995年版,第43页。

⑤ 《陈云文选》第2卷,人民出版社1995年版,第81页。

织灾民生产自救。政府的救济粮食是用在协助灾民进行各种生产上面,而不是只管发放不管生产的单纯救济办法"。[1] 为此,陈云主张当灾区灾情稳定后,国家和政府应积极组织灾民开展生产自救。对于为了生产救灾,而要商业部门进行的有亏损的收购或销售,可"授权省、自治区、直辖市人民委员会责成地方商业部门办理,如有亏损,可列入企业亏损,由商业利润抵补。"[2]

总之,陈云提出的这些自然灾害救济政策,把灾前防灾、灾中紧急救灾、灾后生产自救结合起来,既治标又治本,在我国自然灾害防治过程中发挥了重要作用。

(二)关于城乡贫困救济的政策主张

救济和帮助城乡因多方面原因而陷入生活困境的社会成员,是我党一项极其重要的社会政策。陈云作为党的重要领导人,一贯十分重视城乡贫困救济工作。早在1948年10月,陈云在主持沈阳军管会第一次会议时,就作出军管会在接收沈阳时,必须"对工厂职工、公教人员和城市贫民发放生活维持费、救济费"的规定。[3] 新中国成立初期,陈云坚决执行党中央关于把国民党旧军政人员包下来的政策,并向第一届全国税务会议与会者分析这一政策的重大意义和重要作用。据当时参加会议的吴波回忆,陈云是这样说的:"那个时候许多人对把国民党的旧军政人员包下来有意见,陈云同志认为这是一个十分重要的政策问题。我们如果不供给这一批人,简单地把他们遣送回家,回去后没有饭吃就要走不正当的道路,抢着吃,就要骂共产党,必然

① 《陈云文选》第2卷,人民出版社1995年版,第82页。
② 《陈云文选》第3卷,人民出版社1995年版,第97页。
③ 《陈云年谱》上卷,中央文献出版社2000年版,第533页。

造成地方的不安,结果有害于人民。现在我们在1950年国家预算中列一笔支出,供给这一批人吃饭,使他们安下心来,同时还可以松懈尚未解放的残余国民党军队人员的斗志,新中国有家可归,将会有很多人跑过来吃饭。有人说我们不会管家,国家财政这么困难,还要供给他们吃饭,是个大傻瓜。其实这正是我们共产党的光明磊落,远见卓识,会打算盘,我们必须管他们吃,这是毛主席的正确政策,必须执行。"①

除了对城市贫困人员的救济外,陈云还十分重视对农村贫困人员的救济。在他主持制定的一五计划中就专门拨出十五万亿元作为农村救济费。1971年,陈云身处逆境,但他仍然心系农村的孤寡老人,他在去江西省南昌县八一公社大昌大队参观考察时,关切地向当时的大队支书了解当地孤寡老人的生活情况。当他听说大昌大队对孤寡老人实行"五保"即保住、保吃、保医、保穿、保葬,逢年过节还有来人进行慰问,受到良好照顾时,非常高兴,连声赞扬:好!好。②

另外,陈云在慈善救济和特殊对象救济方面也提出和实施过许多正确政策。例如,在慈善救济方面,早在抗日战争时期,陈云就强调白区共产党"都要有社会职业,进行各种慈善事业、社会福利事业"。③ 陈云还身体力行、率先垂范,极积参加国家组织的慈善活动。1994年4月6日,陈云"从新闻联播中听到中央机关为希望工程捐款的消息,委托身边工作人员从自己稿费中取出五千元,捐给革命老区、贫困地区的失学儿童。这笔捐款

① 吴波:《记陈云同志在财政部的一次讲话》,《陈云与新中国经济建设》,中央文献出版社1991版,第153页。

② 马俊:《伟人的博大胸怀——忆陈云江西"蹲点"》,《陈云在江西》,中央文献出版社1996年版,第104页。

③ 刘家栋著:《陈云与调查研究》,中央文献出版社2004年版,第7页。

后来落实到河南省卢氏县汤河乡和朱阳关乡的十六名失学儿童身上”。[①] 1994年11月，重病缠身的陈云在病床上从新闻广播中听到中央号召为贫困地区捐赠衣被的消息，又立即“委托身边工作人员转告于若木马上去办。全家除捐赠了几十件衣服外，还特意以陈云的名义捐赠一条崭新丝棉被和床单”。[②]

在特殊对象救济方面，早在1940年，陈云在他主持起草的《关于在狱同志和救济工作的指示》中就明确提出，对于内战时代被捕未释放及抗战以来在救亡运动中被捕的共产党员：“各地党应当用各种方法在精神上、物质上安慰与救济在狱同志，并发起要求释放运动。各中央局及各省委都要组织救济委员会，进行营救、募捐和救济工作。同时也要救济那些为革命被捕的非共产党员”。[③] 1941年，陈云又提出，对于不能在国统区立脚的共产党员及非党革命知识分子，可以大批收容来延安，“收容费实报实销”[④]

三、实行适度的社会福利

社会福利政策是指国家和社会为改善国民的物质文化生活条件，提高生活质量向国民提供各种津贴补助、公共设施和社会服务而确立的行为规范和基本准则。与社会保险和社会救济不同，社会福利不仅保障社会成员的最低生活需要，而且保证社会成员在现有生产力水平下能够过上正常的生活。它不仅提供一

---

① 《陈云年谱》下卷，中央文献出版社2000年版，第450页。
② 《陈云年谱》下卷，中央文献出版社2000年版，第450页。
③ 《陈云年谱》上卷，中央文献出版社2000年版，第291页。
④ 《陈云年谱》上卷，中央文献出版社2000年版，第310页。

定的收入补偿,更多地是通过建立公共设施和提供服务为人们提供生活方便,解除后顾之忧,使生活是到改善;它不仅对物质生活需要给以保障,还对精神、文化方面的需要给予保障;它不仅保障个人目前的生活需要,还要保障其赡养家庭、培育后代的需要。总之,社会福利不仅保障个人和整个社会的生存需要,还要保证个人和社会有发展的可能。社会福利是社会保障体系中的最高层次。陈云早在1933年就出任过中共苏区执行局福利部长,亲自主管福利工作。还曾于1933年和1948年分别担任中华全国总工会苏区中央局党团书记和中华全国总工会主席,主管职工福利工作。陈云具有丰富的社会福利工作经验,提出过许多重要的社会福利政策。

(一)关于社会公共福利的政策主张

社会公共福利是指国家和社会为满足全体社会成员的物质和精神生活需要而兴办的公益性设施和提供的相关服务。陈云十分重视人民群众的社会公共福利问题。他说:“人民群众要看共产党对他们到底关心不关心,有没有办法解决生活的问题。这是政治问题”。[①] 陈云关于社会公共福利的政策主张包括卫生福利政策、教育福利政策和文化康乐福利政策三个方面。

第一,在卫生福利政策方面。

在卫生福利政策方面,陈云最为关心的是如何满足和增进人民群众维持身体健康的必要营养的供应。早在抗日战争时期,陈云在讨论1942年度财政计划草案时,特别指出:“为了干部身体,还需增加干部营养费,以便改善干部营养状况”。[②] 1957

① 《陈云文选》第3卷,人民出版社1995年版,第209—210页。

② 《陈云年谱》上卷,中央文献出版社2000年版,第333页。

年,陈云在《建设规模要和国力相适应》一文中又指出:“物资要合理分配,排队使用。……在原材料供应紧张的时候,首先要保证生活必需品的生产部门最低限度的需要,其次要保证必要的生产资料生产的需要,剩余的部分用于基本建设。先保证生产、后供应基建这种排队的必要,主要是为了维持最低限度的人民生活的需要,避免盲目扩大基本建设规模,挤掉生活必需品的生产”。[①] 三年困难时期,由于缺少肉类和蛋品,城市居民营养不足,许多人患浮肿病。陈云了解到,每人每天最低需要蛋白质70克,0.5公斤粮食含45克,0.5公斤蔬菜含5克,尚缺少20克,正好相当于一两大豆的含量。而我国那时有1亿城市人口,每年拿出15亿公斤大豆,是完全可以办到的。于是,他提出先在大中城市的6000万人口中,每人每天供应一两大豆,每月再供应0.25公斤鱼,0.25公斤肉。1985年6月,陈云在听取食品工作者关于食品工业生产的研究情况汇报后,为他们题词:“民以食为天,向人们提供营养、卫生、方便、实惠的食品,有利四化建设”。[②] 以此勉励食品工作者好好工作,为增进人民群众的营养和健康作贡献。

除了关心人民的饮食营养供应外,陈云还十分注意影响人民身体健康的各种疾病的防治。这一点突出地体现在建国初期陈云通过调查研究,推动党中央制定了血虫病防治政策,从而为我国防治和消灭血吸虫病作出了重要贡献。血吸虫病是一种严重危害人民身体健康及劳动能力,甚至吞噬人民生命的“瘟神”。解放初期,全国一些地区血吸虫病十分猖獗。为了掌握灾情,研究根治血吸虫病的办法,陈云亲自到江南农村作血吸虫病防治

① 《陈云文选》第3卷,人民出版社1995年版,第53页。
② 《陈云年谱》下卷,中央文献出版社2000年版,第380页。

的专题调查的工作。青浦是他此行的第一站，他一到青浦，就马不停蹄地深入农户调查，看望里浜村血吸虫晚期病人，嘱咐病人好好治疗；到血防站亲眼观看了治疗组对患者的治疗情况，走到病人身边亲切慰问，步行到城北乡仓元农业生产合作社观看水煤气灭螺的效果，视察群众埋钉螺的现场，询问两种灭螺方法的效果及经济价值，还察看了粪便管理和饮水管理工作。在仔细听取了县委书记潘烈等对血防工作的汇报后，谈到血防工作的重要性时，陈云语重心长地说："血吸虫病是旧中国遗留下来的一大祸害，对人民群众的危害很严重，我们共产党员要关心群众疾苦，消灭血吸虫病，为子孙后代做好事。如果让血吸虫病蔓延下去，会影响民族的繁荣和群众的生产、生活，合作社也不能巩固，这是政治问题"。[①]陈云的这些调查研究，为党中央正确作出关于防治血吸虫病的决策提供了第一手的资料。

1957年4月20日，就在陈云调查后一个月，周恩来总理签署了《国务院关于消灭血吸虫病的指示》。1958年10月，《人民日报》又发表了毛泽东同志在7月写下的著名诗词《送瘟神》。由此极大地鼓舞了全国人民消灭血吸虫病的信心。此后，我国12个省、市的350个县的各级政府轰轰烈烈地展开了血吸虫病的防治工作。在党和人民的共同努力下，血吸虫病终于被彻底消灭。

除了重视疾病防治之外，陈云还十分重视普及健康教育。例如1987年9月23日，他为人民卫生出版社建社35周年题词："做好医药卫生的出版工作，为四化建设服务"。[②]

① 中共青浦县委党史研究室：《关爱系百姓，佳话传故乡》，《缅怀陈云》，中央文献出版社2000年版，第704页

② 《陈云年谱》下卷，中央文献出版社2000年版，第405页。

第二，在教育福利政策方面。

教育福利是公共福利体系中的重要组成部分。陈云高度重视教育尤其是基础教育的作用。他说一再强调说，百年大计，教育为本。“办好中小学教育是关系到提高中华民族素质的一项根本大计，是与祖国繁荣富强联系一起的。现在中小学教育办得怎样，将决定二十一世纪中国的面貌”。[①] 陈云认为，为了办好中小学教育、保障学龄儿童享受义务教育的权利，首先必须提高教育经费。1983 年 1 月，一位政协委员在给陈云的来信中说：将全国民办小学教师因改为公办需增加的工资和实施义务教育后因修建校舍、添置设备需增加的经费，加上原有教育经费，仍不到国家财政支出的百分之十五，与世界各国相比并不算高。许多国家的实践证明，教育是一种智力投资，收效虽缓慢，但一旦发生作用，其经济效果比任何其他投资都高，如不迅速采取措施实现义务教育，将来会像 50 年代处理人口问题一样，追悔莫及。陈云将此来信批转胡耀帮、赵紫阳，并在给他们的便函中指出，来信“提出的这个问题是十分重要的，是很有远见的。希望指令计委、教育部等有关部门加以研究，提出方案，然后在书记处会议上专门讨论一次。”[②]

陈云还认为，要办好中小学教育，还必须提高极大地提高中小教师的地位和工资待遇。1984 年 9 月 4 日，陈云看了 9 月 2 日的《人民日报》上山东益都二中刘沂生写的《值得忧虑的一个现象》一文后，了解到当时高中毕业生很少有人把师范院校当作高考第一志愿的情况，委托秘书转告邓力群，说这篇文章提出的问题要引起重视，师范院校学生的质量保证不了，对今后的教

① 《陈云年谱》下卷，中央文献出版社 2000 年版，第 392 页。

② 《陈云年谱》下卷，中央文献出版社 2000 年版，第 319 页。

育,对四化建设各个方面的影响都很大,要继续想办法帮助教师主要是中小学教师解决一些实际问题,提高他们的社会地位,使教师真正成为社会上最受人尊敬,最值得羡慕的职业之一。事后,中宣部召集教育部、广播电视部的负责人开会,研究如何贯彻落实陈云的意见。12 月 25 日,教育部负责人通过新华社记者披露了陈云的意见,说党中央和国务院已决定拿出十几亿元,从 1985 年 1 月 1 日起为全国几百万中小学教师增加工资。[①] 1984 年 10 月 9 日,陈云又在《关于国家机关事业单位工作人员工资制度改革的意见》送审稿上批示:“对中小学教师,不仅要有工龄工资,而且要使他们的工资标准,比同等学历从事其他行业的人略高一点才好”。[②] 陈云的这些主张,及时解决了我国中小学教育所面临的困境,极大地增强了广大中小学教师搞好中小学教育的信心和决心,为保证我国中小学教育的健康发展发挥了重要作用。

另外,在教育的投资体制方面,陈云也提出了一些正确的主张。例如早在 1948 年 10 月,他就提出:“财政部门用钱要精打细算,避免浪费。学校不要全由公家办。水利与社会公益事业要动员群众办,公家帮助。”[③] 1992 年 4 月,陈云又为北京中华社会大学题词:“社会办学,培养更多有用人才”。[④] 可以说,陈云是鼓励社会力量办学的最早倡导者之一。

第三,在文化康乐福利政策方面。

由于人们的需求是多方面的,既有物质需求,又有精神需

---

① 《陈云年谱》下卷,中央文献出版社 2000 年版,第 359 页。
② 《陈云年谱》下卷,中央文献出版社 2000 年版,第 364 页。
③ 《陈云年谱》上卷,中央文献出版社 2000 年版,第 530 页。
④ 《陈云年谱》下卷,中央文献出版社 2000 年版,第 442 页。

求。因此,陈云认为社会公共福利不仅要满足人们的物质需求,而且要满足人们的精神文化需求。陈云主张,国家和社会为了满足人们的精神文化需求,必须为人民群众兴建具有福利性质的文化活动场所和提供文化康乐服务。

在为人民兴建和提供文化活动场所方面,陈云尤其重视为少年儿童提供文化康乐活动场所。如1981年2月26日,陈云就《人民日报》刊登的茅盾、夏衍、阳翰笙、曹禺、赵寻《想想孩子们吧》一文提出的缺乏儿童剧演出场地问题致信胡耀帮指出:"解决儿童剧演出场地问题很重要,也可能办到。可否由中央书记处指定有关部门专门人员议一下?开放单位内部礼堂可先在中央和北京市党政军民学机关试行,然后推广到全国。这样就解决了教育儿童的一件大事。"[①] 中共中央书记处在3月召开的儿童和少年工作座谈会上,传达了陈云的这一意见。4月13日,中央办公厅率先将怀仁堂向儿童开放,在那里演出了中国儿童艺术剧院的话剧《岳云》。1982年5月,陈云在看到《人民日报》一篇反映北京儿童剧场颓危停用,首都百万儿童无处看戏的文章后。他对秘书说,这篇文章是写给中央领导看的,是搞教育的同志,通过报纸在向我们呼吁。他们的意见是好的,应该支持一下。他随即给中央和国务院的领导写了一封信,建议在"六一"儿童节这一天,全国城镇所有影剧院、机关企业的所有礼堂,免费向孩子们开放。由于时间已临进"六一"儿童节,他在信封上还亲笔批写了"特急件"三个字。[②]

在为人民提供康乐服务方面,陈云认为,文化康化服务必须懂得公众的心理,必须首先满足公众的文化娱乐需求。陈云曾

① 《陈云年谱》下卷,中央文献出版社2000年版,第268页。
② 刘家栋著:《陈云与调查研究》中央文献出版社2004年版,第204页。

就他熟悉的评弹艺术如何满足听众的文化娱乐需求作过精辟的论述,他说评弹的弹词设计,“不能只是将故事说一说,唱一唱就完了。不能光是骨头,还要有肉。现在有些新书加工不够,缺少噱头。哪怕是乒乓球比赛现场的广播解说,也要插一些噱头,不能光是一比一,二比三。评弹是群众性艺术,群众喜欢故事人物有好的结局。听众有这种心理,好人不怕落难,却要逢凶化吉,遇难呈祥。传统书目大都如此。现在有的长篇书连听七八天尽是好人倒霉,这不行。对革命题材的书不能只写流血牺牲这一面,还要写胜利这一面,以鼓舞人民”。①

在为人民提供康乐服务上,陈云还强调,文化娱乐表演不仅要面向城市,还要服务农村。例如 1977 年 6 月,陈云就提出:“我国人口大多数在农村,评弹应逐步增加到农村去说书的比重。”② 为了满足人民的文化康乐需求,在电视机还不普及的情况下,陈云主张要充分发挥广播节目为大众提供娱乐服务的作用。1982 年 9 月 19 日,陈云在复信给中央人民广播电台文艺部时指出,在评弹广播节目的时间安排上,“过去有一段时间,中央台把评弹节目安排在夜里十一点半,群众写信反映听不到。现在好了,时间又改回到中午了。江浙、上海一带支援其他省份建设的职工很多,如果中央台不播评弹,他们很难听到。广播比报纸来得快,影响大,特别是在广大农村,订报纸的不多,电视机还不普及,主要靠广播。要努力办好广播,发挥广播的作用。”③

---

① 《陈云年谱》下卷,中央文献出版社 2000 年版,第 75 页。

② 《陈云年谱》下卷,中央文献出版社 2000 年版,第 208 页。

③ 《陈云年谱》下卷,中央文献出版社 2000 年版,第 305—306 页。

(二)关于劳动福利的政策主张

陈云十分关心劳动者的劳动福利保障。他认为,社会主义国家必须为劳动者提供改善其物质文化生活和维持其合法权益方面的福利。

第一,社会主义国家必须为劳动者提供住房福利。

计划经济年代,由于我国实行低工资,职工住房采取集中建房或买房,再以实物形式分配给职工使用,职工只缴纳低廉的房租,每个国家职工都能享受较高的住房福利补贴。对此,有人提出,应取消或减少住房补贴。但陈云认为,从我国的实际出发,我国的住房补贴必须保留。1980 年 12 月,陈云就明确提出,"按经济规律办事,这是一种好现象。我们国家是以计划经济为主体的。对许多方面,在一定时期内,国家干预是必要的。""房租很低,只能作修理费,甚至抵不了修理费。国家补贴一年共计有二百多亿元。从微观经济看,这是不合理的,似乎是不按经济规律办事。但我国是低工资制,如国家不补贴,就必须大大提高工资。究竟哪种办法好？我看现在还是国家补贴、低工资的办法好。"[①] 1990 年 6 月,他又强调:"在我国,还是低工资、高就业、加补贴的办法好。这是保持社会安定的一项基本国策。"[②] 在保障人民的住房福利方面,陈云还特别关心如何解决专门人才的住房问题。例如他在 1981 年 5 月指出:"尽管国家现在有困难,也要花点钱,编一个经费概算,主要用于整理和印刷费用,包括解决办公室、宿舍等费用,为专门人才创造较好的工作条件和

① 《陈云文选》第 3 卷,人民出版社 1995 年版,第 278 页。
② 《陈云文选》第 3 卷,人民出版社 1995 年版,第 376 页。

生活条件。”①

第二,社会主义国家必须为劳动者提供足以保障劳动者个人及其家庭成员的基本生活需要的最低工资福利。

早在1948年7月,陈云在中共中央东北局常委会讨论职工工资问题时就指出:“新的工薪标准把工人的最高工资提高到三百七十五斤粮,最低为二百七十五斤粮,学徒为一百斤粮。之所以这样定,是因为:工人有家属;我们所处的环境已不是小城镇,而是近代化大城市。”② 1948年8月,针对东北粮价飞涨,工人实际工资大大下降的状况,陈云提出,我们党一方面要采取措施抑制物价上涨,另一方面,则采取提高工薪的实物支付比例,并大部支付实物的办法以保障工人的生活水平不受物价上涨的影响。1950年6月,由于用于折实标准的几项物资降价,使用实物支付工资的办法导致了工薪阶层的实际收入下降。为此,陈云又提出把实物工资制改为货币工资制。

在社会主义改造时期,陈云对如何保障劳动者维持基本生活需要的工资收入问题提出了一系列正确的政策主张。如在保障合作社社员的工资收入问题上,他提出:“手工业生产合作社、运输合作社社员的工资收入,不应该低于他们入社以前的劳动收入,而应该在努力生产、改善经营的基础上,做到比合作化以前的劳动收入有所增加。如果有些手工业生产合作社、运输合作社因为提取公积金过多,而使社员收入比加入合作社以前的劳动所得减少了的话,就应该减少公积金来增加社员的工资。合作商店如果因为提取公积金过多,而使工作人员的工资过低

① 《陈云年谱》下卷,中央文献出版社2000年版,第273页。

② 《陈云年谱》上卷,中央文献出版社2000年版,第516页。

了的话,同样应该减少公积金,把工资增加到适当的程度。”①在开夫妻店的经销、代销商的收入问题上,陈云提出:“夫妻店因为门面不好,资金少,货物少,不够开支,是有困难的。政府要帮助他们解决,多给他们货,特别困难的可以多给些手续费。”②对于社会主义改造过程中的资方人员的工资问题,陈云的观点是:“有人问,为什么高薪水的资方人员仍原薪不动?为什么没有本领的资方人员也安排工作?我们认为,所有原来在企业中吃饭的人,还应该允许他们继续工作,要有饭吃,这是必需的。”③

陈云以对劳动者高度负责的精神,坚持从我国的客观实际出发,提出的这一系列保障劳动者工资收入的正确政策,为保障不同时期我国社会主义劳动者的基本生活发挥了重要的作用。

第三,社会主义国家还必须为劳动者提供职工食堂、理发室、休息室、托儿所、图书馆等福利设施的服务。

例如1970年4月,陈云在江西化工石油机械厂“蹲点”时对厂里的炊事员们说:“炊事工作很重要。以前打仗,炊事员背米扛锅,一到宿营地就挖灶烧水做饭。战士吃得好,睡得好,才能打胜仗。现在是和平环境,生活条件好了,但炊事工作照样少不了,工人吃不好,会影响生产。生产搞得好,有炊事员一份功劳。烹饪是一门很高深的技术活,要好好学。要搞好经济核算,把价格降低,质量提高。”④

此外,在保障职工的休息权、老年人福利、妇女福利方面,陈

① 《陈云文选》第2卷,人民出版社1995年版,第316—317页。

② 《陈云文选》第2卷,人民出版社1995年版,第307页。

③ 《陈云文选》第3卷,人民出版社1995年版,第37—38页。

④ 《陈云年谱》下卷,中央文献出版社2000年版,第157页。

云也提出了许多正确的政策主张。在保障职工休息权方面，早在1933年，陈云就提出，工人“工作时间以八小时为标准。”“工人工作六天，休息一天”，“每年例假照劳动法规定执行，不扣工资。”[①] 1958年12月，对基本建设单位普遍存在的延长建设工人劳动时间的现象，他明确提出：“从现在起，必须规定工人每天有八小时的睡眠时间；对高空作业的工人，在今后几个月内，必须逐步做到每日工作不超过八小时；目前还不能做到的地方，每天工作最多也不能超过十小时。如果人数不够，必须训练新工人，不能用延长工作时间的办法来解决。”[②]

在老年人福利方面，1981年陈云提出：“老干部离休、退休的工作必须做好。要使人心安定。准备在这方面花一点钱。有的地方可以搞干部休养所；有的地方，干部离休、退休以后，要有个文化娱乐的地方；有些老干部离休以后医药费困难，国家可以花一点钱。不管怎么样，这些钱我们花得起，一年几个亿就够了。中央组织部讲，老干部工资还是照拿，一个人一年还要多花二三百块钱，主要是医药费、交通费、书报费、娱乐费。再多花一点也可以，就是要把这件事情办好。当然，不只是钱的问题，还要有思想工作。有许多是可以不花钱的，看戏坐头排，开会上主席台，并不要花钱。”[③]

在妇女福利方面，早在1949年，陈云就主张：“福利事业要在女工、女职员多的地方，协同厂方和工会一起办；要给女工和工人家属开办夜校识字班，提高她们的文化和政治觉悟。”[④]

---

① 《陈云文选》第1卷，人民出版社1995年版，第17页。
② 《陈云文选》第3卷，人民出版社1995年版，第122页。
③ 《陈云文选》第3卷，人民出版社1995年版，第303页。
④ 《陈云年谱》上卷，中央文献出版社2000年版，第549—550页。

四、社会优抚要落到实处

社会优抚政策是国家和社会对为维护国家民族利益，保护国家和民族安全，牺牲个人利益的有特殊贡献者及其眷属而制定的具有褒扬和优待赈恤性质的规范和准则。社会优抚是社会保障制度中的一个重要组成部分。但其保障标准较为优惠，保障水平也略高于一般保障对象。同时，社会优抚还具有赞扬和表彰的含义，是一种荣誉性的社会保障措施。陈云十分重视社会优抚工作，他不仅在革命烈士褒扬、军人优待和退役军人安置方面提出了一系列正确的政策主张，而且还身体力行，亲自抚养和照顾革命烈士遗孤，做了大量社会优抚实践工作。

（一）关于褒扬革命烈士的政策主张

陈云认为，我们对革命烈士最好的褒扬，就是铭记烈士的革命功绩、学习烈士的革命精神，向革命烈士那样为祖国为人民贡献自己的一切。早在 1938 年 7 月，陈云在瞿秋白烈士的纪念会上，他就明确提出，我们追悼烈士的意义在于鼓励大家学习他们的精神，继续他们的未竞事业。他说："无论新党员还是老党员，都要慎重考虑这样几个问题：第一，对共产主义是否信仰？信仰动摇还是坚定？第二，干革命是临时干还是干到底？顺利时干还是遇到困难时也干？第三，愿意还是不愿意为创造共产主义的新时代而牺牲？牺牲包括牺牲家庭和财产、丈夫或妻子，被捕、遭受拷打甚至被杀头，也包括职位下降等等。"[①] 1983 年 2 月 13 日，陈云在同几位烈士子女谈话时又指出，我们的新中国

① 《陈云年谱》上卷，中央文献出版社 2000 年版，第 224 页。

是“千千万万个革命先烈用生命换来的。我们的每一个胜利,都有他们的一份功劳。我们这些活着的人,没有忘记他们,也不会忘记他们”。[①] 他勉励烈士的后代们,要“像自己的父辈那样,处处从党的利益出发,为了维护党的利益,不惜牺牲自己的一切”。[②]

(二)关于军人优待的政策主张

陈云认为,由于军人承担的特殊职责和面临的风险具有与一般社会成员不同的特点,由于军人为国家和民族所作出的特殊贡献,军人及其家属理应受到全社会的优待。在优待军人方面,陈云强调党的各级组织必须大力发动群众,开展各种形式的拥军活动。例如 1933 年 6 月,陈云明确提出,白区党组织的重要任务之一,就是“发动群众拥护苏维埃和红军运动……发动白区群众起来组织‘红军之友社’,募捐援助红军”。[③] 1939 年他在《党的支部》一文中又指出,党的各级支部在乡村中日常的重要工作之一是:“领导群众参加抗日军队或游击队、壮丁队,组织运输队,动员一切男女老幼,进行站岗放哨,协助政府动员征收粮税,募捐慰劳军队”。[④] 在优待军人方面,陈云还进一步强调对伤残军人应该给予各种优待,尤其是生活上的优待。例如 1947 年他在给东北财经委员会的电文中特别指出:“给南满一万吨粮食中要包括五百吨小麦磨成的面粉,以便照顾万余名伤员。”[⑤]

在对军人家属尤其是为革命牺牲的军人(烈士)家属优待方

---

① 《陈云文选》第 3 卷,人民出版社 1995 年版,第 321 页。
② 《陈云文选》第 3 卷,人民出版社 1995 年版,第 321 页。
③ 《陈云文选》第 1 卷,人民出版社 1995 年版,第 27—28 页。
④ 《陈云文选》第 1 卷,人民出版社 1995 年版,第 153 页。
⑤ 《陈云年谱》上卷,中央文献出版社 2000 年版,第 484 页。

面，陈云特别强调当军人（烈士）为革命牺牲后，党和其他革命同志必须肩负起养育其后代的责任。在这方面，陈云率先垂范，他抚养和关心革命烈士后代的动人故事传诵至今。

延安时期，担任中央组织部长的陈云和她的夫人于若木，每到星期六，就把一些无家可归的烈士遗孤接到自己家里，像亲生父母般地关心照顾这些孩子，把好吃的东西全拿出来招待孩子们，把自己节省来下的笔记本、牙粉、牙刷发给孩子们；不论工作多忙，陈云还总是要抽出时间，给孩子们讲革命先辈的故事、讲小英雄的故事，给幼小的心灵播下革命种子；刘伯坚烈士的独生子刘虎生得了急性败血症，陈云立即把他送往医院治疗，又把组织照顾他的营养品全部拿给虎生吃，还特意用节省的津贴买了一只大公鸡给虎生补身体，又派自己的勤务员到医院照顾虎生。在陈云伯伯和其他首长、医院阿姨的精心治疗下，虎生的病一天天好起来。医生们高兴地说："虎子的命真大"。虎生却说："我的命是疼我爱我的陈伯伯和医生护士们给的，我虽失去亲生父母，可我得到胜似父母的关怀和照料。我是最不幸的，也是最幸福的。"① 刘虎生在陈云等老一辈的关怀照顾下，在延安读完了小学、中学直到军政大学毕业。后来，组织上选送21位烈士子女和干部子女到苏联去学习，刘虎生也是其中之一。临走时，陈云特意为他们组织了欢送会，并把伴随他多年连自己的儿女也没舍得给的一块唯一最值钱的瑞士怀表送给了虎生，鼓励虎生继承先辈遗志，努力学习，报效祖国。

1983年正月初一，年届78岁高龄的陈云又把革命烈士瞿秋白的女儿瞿独伊，蔡和森烈士的女儿蔡妮与儿子蔡博，张太雷烈

---

① 延安纪念馆：《中央组织部长的情怀》，《缅怀陈云》中央文献出版社2000年版，第642—643页。

士的女儿张西蕾，赵世炎烈士的独生子赵施格，刘伯坚烈士的女儿秦燕士、儿子刘虎生，罗亦家烈士的女儿罗西北，郭亮烈士的儿子郭志成等9位革命烈士的子女邀请到家里共度新春佳节。陈云关切地询问各位烈士子女的工作与生活情况，勉励他们继承父辈遗志，为把祖国建设得更加富强，继续贡献自己的力量。

（三）关于退役安置的政策主张

陈云主张，军人服役期满或因伤残等原因而需退役者，国家应给予其妥善安置。早在1944年讨论前线干部安置问题时，陈云就提出："要把前方来延安的不在职干部安置好，这既要从经济观点看，也要从政治观点看。过去财经办事处很想解决好这个问题，但下面做具体工作的同志多偏重于从经济观点看问题。以后要做到床铺、货物、兵站等人，不要人等床铺、货物和兵站。"① 1955年，他又提出，各单位、各企业录用人员时，要"优先录用复员退伍军人"② 1958年，在讨论中国人民解放军干部转业问题时，陈云主张，退出现役军队干部转业时，各需要增招人员的单位，要从这些人员中调剂，"不得新从社会上招人。"③

五、就业乃民生之本

就业社会政策是指国家和社会为解决就业问题所确定的行为规范和准则。就业问题与公民福利密切相关，实际上，能否实现人的许多基本权利，与是否拥有一份工作，获得就业紧密相

① 《陈云年谱》上卷，中央文献出版社2000年版，第392页。
② 《陈云年谱》中卷，中央文献出版社2000年版，第258页。
③ 《陈云年谱》中卷，中央文献出版社2000年版，第411页。

连。就业问题不仅是一个重要的经济问题,而且是一个十分敏感的社会问题,它直接关系到经济发展和社会稳定。所以,实施就业保障一直是许多国家经济社会发展目标的重要组成部分。陈云一贯十分重视就业问题,他在解决我国就业问题方面提出和实施过许多正确政策,这些政策不仅在解决我国当时的就业问题方面发挥了重要作用,而且还可以为解决今天的就业问题提供重要指导和借鉴。

(一)关于失业预防的政策主张

国家或地区的失业率超出了社会的承受上限,会引发严重的社会经济问题,甚至社会动乱。因此,为了维护国家的安全和稳定,党和国家在制定各种政策时,必须充分考虑失业预防问题,及时将失业率控制在安全水平以下。陈云是这样主张的,也是这样做的。1949 年针对上海纱厂的搬迁问题,他提出:"上海纱厂搬不搬,这个问题应该决定下来。如果工厂搬家,那里需要有厂房、动力以及辅助工业等。搬了,这里工人失了业,那里半年也开不了工。因此,我们决定不搬了,要全力维持生产"。①1949 年,上海许多工厂倒闭,造成大量工人失业。除了那些无法维持的工厂之外,为了减少失业人员,陈云主张:"有些工厂则是可扶可倒,我们就要力求把它扶起,使它不要倒。有人说:'倒就倒吧,迟倒不如早倒。'这是不负责任的态度。对工人来说,在业无论如何苦,总比失业好"。②

1950 年 2 月,由于国家财经困难,急需采取多收税或多发钞票的办法以渡过难关。陈云通过认真分析,向中央提出,当时

① 《陈云文选》第 2 卷,人民出版社 1995 年版,第 12 页。
② 《陈云文选》第 2 卷,人民出版社 1995 年版,第 21 页。

应采取多收税少发钞票的办法,因为:“现在问题的中心是,多收税少发钞票,还是少收税多发钞票?路子只有这两条。少收必得多发,想少发必得多收,不是多收便要多发,此外别无出路。有人要求少收,而又要物价稳,这办不到。收税和发钞这两者比较,在可能限度内,多收一点税,比多发钞票,为害较小。这样做,工商业负担虽稍重,但物价平稳,对正当的工商业有好处。反之,物价波动大,任何人也不愿拿出钱去经营工业,资金都囤积在物资上,或放在家中不用,劳动者也跟着没有活干了。”①1952年主管财经工作的陈云提出了降低银行利息的主张,他在解释银行降息的原因时说:“银行的利息以前为什么不降下来?第一个原因是当时物价稳定还不久,如把利息降下来,就会减少银行的存款,商人就会从银行里提钱到市场上抢购东西。现在这种危险已不存在了。第二个原因是怕私人银行倒得太快,增加失业人数。现在即使私人银行的七千多职工都失业,问题也不太大,何况一部分私人银行要继续维持,我们还能招七百来人,他们不会都失业。”②

此外,陈云还主张实行职工退休制,以减少失业人数。例如1957年,他提出“人员不能有进无出,要建立退休制度,除少数必要的外,职工到六十岁应该退休,女职工可以更早一些(大约五十五岁)”。③“退休办法符合国际上的情况,也符合中国的实际。中国人多,老的不退,年轻的就进不来”。④

---

① 《陈云文选》第2卷,人民出版社1995年版,第58页。
② 《陈云文选》第2卷,人民出版社1995年版,第177—178页。
③ 《陈云年谱》中卷,中央文献出版社2000年版,第367页。
④ 《陈云年谱》中卷,中央文献出版社2000年版,第403页。

(二)关于就业培训的政策主张

陈云十分重视就业培训,他认为就业培训在促进就业,培养适应经济发展需要的劳动力方面具有重要作用。为了做好就业培训工作,陈云主张要增加就业培训投资。1951 年他提出:"中国的知识分子不多。毕业就是失业的时代已经过去了。现在全国的大学生才有十万多一点,每年毕业二万多人,可是各方面的需要很多。中学生一年只有四十万毕业的,党政军民机关都要,不够分。干部'赤字'很大。这两年教育经费很少,长此下去难以维持。"① 为了提高就业培训的针对性,陈云主张就业培训要根据不同的行业特点和岗位要求进行。如培养技术干部和管理干部"首先靠现在工作岗位上的技术干部和管理干部,同时要从有经验有技术的工人和职员中提拔,这是我们干部最主要的来源。要开办职工学校和职工训练班。"② 在培养工程师方面,"我们的工程师不光是学校毕业的学生能当,还要挑选政治觉悟高、工作好、肯用功、有上进心的工人,到学校去学习,提高他们的文化科学水平,把他们的生产经验与科学原理结合起来,这样就一定可以培养出许多优秀的工人工程师。"③

在培养地质工作专业人员方面,1952 年陈云提出:"要用有效的办法训练新的地质人才。东北、北京及其他地方,已招收了几千名学生,经过一二年或三四年的学习,就可参加地质工作。"④ "增加人力的主要办法,是办学校和训练班。我们需要

① 《陈云文选》第 2 卷,人民出版社 1995 年版,第 136—137 页。
② 《陈云文选》第 1 卷,人民出版社 1995 年版,第 367 页。
③ 《陈云文选》第 1 卷,人民出版社 1995 年版,第 385 页。
④ 《陈云文选》第 2 卷,人民出版社 1995 年版,第 182—183 页。

大学生和高中学生,但大学生和高中生不够分配。因此也可以考虑招收初中学生,训练一年二年,使他们能参加简易的工作。同时,要采取专业人员带徒弟的办法,大量培养干部。这样的做法是必需的。只有这样,才能迅速壮大地质工作的力量。"①

在加强建筑工人的职业培训方面,陈云于 1958 年 12 月提出:"今年增加了很多建筑工人,仅建筑工程部系统的建筑工人就比去年增加约七十万人,达到了一百二十多万人,数量是很大的,而各种技术工人都仅仅经过短时期的训练。今年基本建设的任务很重,明年的建设任务更重,而新的技术工人的比重却很大,这就要求我们大大地加强培训工人的工作。明年第一季度一般说是基本建设工程任务比较轻的时候,必须抓紧这个时机培训工人。培训工人的具体办法,请各地自行规划。今后凡是有间隙时间,就应该进行整训。特别是对于某些技术工种,如电焊工、钢筋混凝土工、起重工、装吊工、安装工等,必须采用各种办法来训练"。②

陈云关于就业培训的一系列重要政策的制定和实施,极大地提高了我国建国初期职工的技术水平,有效地缓解了我国建国初期技术人员匮乏的状况,为推动我国工业化建设的顺利进行发挥了重要作用。

(三)关于就业安置的政策主张

陈云认为就业是民生之本,就业与否直接关系到人民的生存状况。因此,陈云十分重视劳动者的就业问题。他在就业安置方面提出过许多切实可行的政策主张。陈云的就业安置政策

---

① 《陈云文选》第 2 卷,人民出版社 1995 年版,第 184 页。

② 《陈云文选》第 3 卷,人民出版社 1995 年版,第 118 页。

主张涉及范围广、时间跨度长、就业安置方法灵活务实，在我国社会主义革命和建设时期，在妥善安置就业、稳定社会秩序、促进经济健康发展方面发挥了重要作用。

新中国成立初期，城市失业人员达400万。针对这一情况，陈云提出采取两方面措施安置劳动者就业。一方面，对在国民党旧政权下工作过的职工，采取统一安排就业的办法，对此，陈云解释说，虽然“现在养着这部分人，从财政上看是个损失，但从另方面看，政治影响好。……对旧人员要训练、改造和使用，这个包袱不能不能，不能光从财政着想。”① 另一方面，对其他失业人员，陈云主张采取生产自救、以工代赈和鼓励失业人员向劳动力短缺地区流动办法加以安置。在生产自救方面，他在《解决上海失业问题的办法》一文中提出：“我们同意尽可能维持目前上海的工业生产，……在中央各部的计划范围内，加工订货，尽量予以照顾；上海所需要的原料，适当予以维持。”② 在以工代赈安置就业方面，陈云在1950年提出：“尽量把失业者组织起来参加国家公共工程，例如兴修水利、修建市政工程等。”③ 在鼓励失业者向劳动力短缺地区流动方面。早在1948年就提出：“目前，哈尔滨失业的人中大多数是饭馆厨师、木匠、瓦匠、鞋匠等个体手工业者，这些人要在眼下复业是不可能的。而农村、林区、煤矿需要大量劳力去开荒、伐木、挖煤。因此，应当用各种办法，把他们从城市‘挤’到农村、林区和煤矿。”④ 1952年12月，他又提出：“为了刺激上海职工以及失业人口之内移，政府今后

① 《陈云文选》第2卷，人民出版社1995年版，第15页。
② 《陈云文选》第2卷，人民出版社1995年版，第189页。
③ 《陈云文选》第2卷，人民出版社1995年版，第104页。
④ 《陈云年谱》上卷，中央文献出版社2000年版，第514页。

对于某些地区必需发展的企业，拟适当提高工资；而在上海方面，今后在工资问题上，则不应同样地随便提高”①

在社会主义改造时期，陈云提出的就业安置政策的最大特点是，在生产资料由私有制变为公有制的巨大的社会变革过程中，千方百计安排好各类人员的就业问题，以保障人民的基本生活，减少社会变革带来的不安定因素，维护社会稳定。陈云主张，在社会主义改造过程中，我们要安排好工人就业。他在1955年写的《资本主义工商业改造的新形势和新任务》一文中指出：“我们解决工业中生产过剩的问题，解决先进厂与落后厂之间的关系问题，决不能够采取资本主义的办法。资本主义的办法是‘大鱼吃小鱼’，大企业吃小企业，对失业工人根本不管。我们是以大带小，以先进带落后，即按社会主义的原则来处理这个问题。”② 陈云还提出，在社会主义改造过程中，我们要合理安排好小商贩的生活和业务，尤其是对部分生活困难的小商贩，“政府准备采取一种办法，来解决他们的生活困难和业务安排的问题。这个办法就是在自愿的原则下，分期分批、分行分业地把他们组成分散经营、各负盈亏的合作小组。同时由各地商业部门在现有的国营商店、供销合作社和公私合营商店中指定一个商店，作为合作小组的批发店。这种批发店的任务，一是给合作小组供应商品，寻找货源；二是替合作小组向银行借款，解决资金困难；三是汇集合作小组每个成员应缴的税款，代向税局缴纳。这种税款今后应该由税局实行严格的、一年不变的、定期定额的收税办法。这种批发店的开支，全部由国营商业或供销合作社支付，不由小商贩负担。商业部和供销合作社应该负起责

① 《陈云文选》第2卷，人民出版社1995年版，第190页。

② 《陈云文选》第2卷，人民出版社1995年版，第286页。

任，按照各地小商贩不同的收入情况，区别小商贩中以商业为主要收入或以商业为辅助收入的不同情况，采取各种办法，使各地的各类小商贩都能获得必需的收入。同时，要把安排小商贩，作为安排全部商业工作的重要部分。"①

对于社会主义改造时期批发商的就业问题，陈云在1955年强调指出："北京等七大城市共有批发商十三万多人，已由国营吸收四万多人，另有三四万人可继续维持，还有五六万人需要安排。办法仍是由国家包下来，不同的是，过去主要为解决他们的生活问题，打破了原有体系，一个个吸收，今后则要按行业吸收，充分利用他们的经验，改善我们调拨不灵的缺点。"②

陈云还特别关心社会主义改造时期公私合营后的资方人员及其家属的工作安排。他一再指出："所有的资方实职人员，应该全部安置。"③"职务的高低，将根据每个人的技术、经验、能力等情况作适当安排，尽可能安排得合理。"④ 他说："不应该让有经营能力的资方实职人员坐'冷板凳'，而要尽可能地使用他们。资本家中间有各种各样的人，大少爷虽不少，精明强干的也相当多。我们现在对精明强干的资本家不大喜欢用，这样不好。我们有的同志怕这些人精明强干，搞不赢他。我看不要怕，公私合营以后，一切都是按照社会主义企业的章程办事，上有国家计划委员会、中央各部、下有工人群众，中间夹着资本家，怕什么？在工厂管理中，可以实行竞赛，只要我们不犯大错误，不是糊里糊涂，那末，社会主义方法是一定可以战胜资本主义方法的，这

① 《陈云文选》第2卷，人民出版社1995年版，第311—312页。
② 《陈云年谱》中卷，中央文献出版社2000年版，第232页。
③ 《陈云文选》第2卷，人民出版社1995年版，第287页。
④ 《陈云文选》第2卷，人民出版社1995年版，第303页。

有什么可怕呢？我们不但不要怕，而且应该让资本家好好工作。公私合营企业里面的公股代表，要提高本领，不懂就要学习，否则就站不住脚。”[①] 陈云还强调，我们不但要安排好资本家就业，而且“我们还要吸收有劳动能力的资本家的家属。有人说这些人不好安排，安排扫地、烧饭也可以嘛”。[②]

1979年，由于国家调整了城镇知识青年上山下乡政策，即城镇新增劳动力不再推向农村，同时历年下乡的知识青年可以返城；再加上历年积累下来的按政策留城而尚未就业者、自行回城者和其他待业者，等待政策安置的就业人员达2000万人。针对这种情况，陈云提出当时总的就业安置的原则是，通过政策调整安置失业人员，但“这回调整和六十年代初期的调整不一样，那次可以下放人员，这次不能下放”；[③] 步骤是，对城市待业人员逐步安排；解决的办法是：通过广开门路形成多渠道多元化的就业格局、通过公开招工在新增劳动力中确定双向选择关系、通过全员劳动合同制促使劳动力合理流动。

（四）关于失业保险的政策主张

失业社会保险制度是就业保证制度的一个重要子系统，它对保证失业者的基本生活，促进充分就业、弱化失业负效应，和谐劳资关系，稳定社会秩序起着重要作用。陈云关于失业保险方面的论述和政策主张主要体现在建国初期。因为这个时期我国有400多万失业人员需要安置就业或提供失业救济，而陈云这一时期又具体主管劳动就业工作。

---

① 《陈云文选》第2卷，人民出版社1995年版，第287—288页。

② 《陈云文选》第2卷，人民出版社1995年版，第337页。

③ 《陈云文选》第3卷，人民出版社1995年版，第257页。

这一时期,陈云提出的失业社会保险政策的重要内容,就是对失业者实施失业救济。陈云提出,失业救济应由工人、工会、企业主共同协商解决,他说:“对那些一定要倒的工厂,工人、工会、资本家要好好协商,如何协助失业工人渡过困难。”[①] 陈云强调,失业救济的对象不仅包括工人,也包括资方人员的家属,他说:“对于失业工人,我们都要给以救济,不要使他们闹架。”[②]“资方家属原来在企业中参加辅助劳动的,现在企业要尽量录用,用不了的由专业公司想办法,组织厂外加工或做一些临时工作。如果还不能解决,政府应与工商联、专业公司一起共同商量,找出办法,专门进行救济,解决困难,不能让小孩子没有饭吃。”[③] 陈云主张,失业救济的费用在使用完全部失业救济金仍然不足的情况下,“不足之数,可以把劳动就业金调用一部分。”[④]

六、人口问题要有一个规划

人口政策是国家和政府为求得人口增长与社会经济按比例协调发展而确立的影响人口增减、过程、规模、结构或分布的行为规范和准则。人口政策是社会政策的重要组成部分。人口政策分为激励人口增长、控制人口增长和维持人口增长三大类。陈云认为:“中国是个大国,比较穷,人口发展过快,中国的事情

---

① 《陈云文选》第2卷,人民出版社1995年版,第21页。
② 《陈云文选》第2卷,人民出版社1995年版,第181页。
③ 《陈云文选》第2卷,人民出版社1995年版,第305页。
④ 《陈云文选》第2卷,人民出版社1995年版,第190页。

就难办”。[①] 在人口政策问题上,陈云坚定支持和高度赞赏马寅初建国初期提出的控制人口增长的政策主张。

马寅初是我国著名的经济学家。新中国成立后,鉴于我国1953年后人口自然增长率的迅速提高(达到22‰),人口基数又大(1949年达到5.4亿),他十分关注我国的人口问题。1954年和1955年,马老先生先后三次视察浙江省,详细调查了解农村人口和粮食增长情况。1955年他将调查到的材料写成“控制人口与科学研究”的发言稿。1957年7月5日,他又把在此发言稿基础上写成的“新人口论”全文发表在《人民日报》上。他的“新人口论”鲜明地阐述了他的人口基本思想:中国人口繁殖太快,人口多,资金少,影响工业化的进程,影响人民生活水平的提高,应该控制人口。[②] 1955年上半年,陈云阅读了马寅初的《控制人口与科学研究》一文后,约马寅初谈话,说:“我完全同意你在文章中的观点,人口对国家经济的压力实在太大了。当然,你的意见可能不会一下子被所有人接受,任何新生事物的出现都会有阻力的,要有充分的思想准备,事先把困难设想得多些有好处。中央几位领导那里我会替你去吹吹风。只要有机会,一定为你做些解释工作。推行任何一种政策,舆论准备都是不可少的。你的人口理论为国家和民族立了功,我衷心祝贺它成功。如果出现什么问题,你可以随时找我,只要我力所能及,一定尽力帮助。”[③] 一届全国人大二次会议期间,马寅初的《控制人口与科学研究》发言稿提出的人口理论受到了一些人的责难,陈云为此

---

① 熊才水、杨友根:《身处逆境、心系农村》,《陈云在江西》,中央文献出版社1996年版,第56页。

② 佟新:《人口社会学》,北京大学出版社2000年版,第49—50页。

③ 《陈云年谱》中卷,中央文献出版社2000年版,第256—257页。

"在一个便签纸上写下'气可鼓而不可泄'七个字,托人带给马寅初"。[1] 1957年,马寅初的新人口论被打成"马尔萨斯的人口论"遭到批判,陈云又于1960年3月31日,委托陈毅看望正在因《新人口论》而受到错误批判的马寅初,陈毅对马寅初说:"我和陈云都认为,你的人口理论是正确的。"[2] 1979年1月2日,陈云在给马寅初回复祝贺他在十一届三中全会上被增选为中央副主席的信时,请马寅初相信,历史上遗留的冤假错案终究会得到平反昭雪的,并请他保重身体。同年6月21日,陈云将新华社报送的一份关于马寅初因主张控制人口而遭受错误批判、处理应予复查平反的调查报告批示给胡耀邦:"马寅初的问题,应该平反,如何请酌。"[3] 胡耀邦当天将报告批请中共中央组织部、统战部商量解决。7月至9月,中共北京市委和教育部党组先后作出为马寅初平反的决定和下达任命马寅初为北京大学名誉校长的通知。1982年5月10日,马寅初逝世当天,陈云通过秘书向其家属表示慰问。1986年5月29日,陈云又亲自为《马寅初传》题写书名并题词:"坚持真理,严谨治学"。[4]

陈云对马寅初人口理论的坚定支持和对马寅初的的关心爱护,充分体现了他在我国人口问题上的远见卓识,体现了他勇于坚持真理、求真务实的崇高品质。

陈云除了赞同马寅初的人口理论外,他本人也提出了许多正确的人口思想及政策主张。早在1957年陈云就提出,我国只有控制人口数量的增长,才能解决人口增长与物资供应紧张的

---

① 《陈云年谱》中卷,中央文献出版社2000年版,第258页。
② 《陈云年谱》下卷,中央文献出版社2000年版,第31页。
③ 《陈云年谱》下卷,中央文献出版社2000年版,第249页。
④ 《陈云年谱》下卷,中央文献出版社2000年版,第394页。

矛盾,才能提高人民的生活水平。他说:“目前粮食和布匹的供应是紧张的。第二个五年计划期间,每人平均供应量难以增长,而且有下降的趋势。主要原因:一是人口增加,现在一年要生一千二百万到一千五百万娃娃,这么多的人生下来就要吃饭穿衣”。① “要提高人民的生活水平,还要有一个重要条件,就是娃娃要少生一点”。② 陈云不仅主张控制人口的总量,还主张要调控城乡人口的结构比例。例如1960年,他指出:“有些同志不懂得,城市人口增加要看农村能提供多少商品粮;城市、工矿发展要受农业的约束。”③ 为此,对1958至1960年以来多招收的2000万城市职工,陈云坚决主张动员他们回到农村去,他在1961年写的《动员城市人口下乡》一文中说:“凡是近三年从农村来的,一般地都要动员他们回去。那里来的就回那里去。”④ 以此解决城市粮食供应紧张问题,稳定国民经济全局。

在控制人口问题上,陈云特别强调,我国控制人口的增长必须要有一个总体规划。他说:“限制人口、计划生育问题,要列入国家长期规划、五年计划、年度计划。”⑤ 为了做好计划生育、控制人口增长工作,陈云主张既要进行舆论宣传,又要制定相关政策和法令,即“一是大造舆论,造三五年的舆论;二是制定法令,明确规定只准生一个。”⑥ 另外,还必须有相关的配套措施。如“加强避孕药物的研制、发放和相应的医疗工作。”⑦ 对于用于

① 《陈云文选》第3卷,人民出版社1995年版,第78页。
② 《陈云文选》第3卷,人民出版社1995年版,第86页。
③ 《陈云年谱》下卷,中央文献出版社2000年版,第49页。
④ 《陈云文选》第3卷,人民出版社1995年版,第169页。
⑤ 《陈云年谱》下卷,中央文献出版社2000年版,第259页。
⑥ 《陈云年谱》下卷,中央文献出版社2000年版,第246页。
⑦ 《陈云年谱》下卷,中央文献出版社2000年版,第246页。

计划生育的避孕药物“有的可以免税，销售价格也要降下来。”[1]“甚至可以白送”。[2] 为鼓励育龄夫妇少生优育，陈云主张对独生子女实行优待政策，如在招工时给以优先安排等。为解决推行计划生育过程中无子女老人晚年生活问题，陈云主张“实行社会保险，解决‘养儿防老’的问题”。[3]

陈云支持、提倡和参与领导实施的计划生育政策，为控制我国人口过快增长，减轻人口过快增长所带来的资源、环境压力，为提高我国人口素质，改善我国人民生活发挥了重要作用。

七、切实把环境保护好

环境保护政策是指国家和政府为保护人类赖于生存和发展的自然环境而确定的行为规范和准则。人类对于环境的认识在不同历史时期表现出不同的特点。人类社会的早期普遍存在“天人合一”的环境意识，主张人的社会秩序适应物的自然秩序。“天人合一”的环境意识在中国古典哲学中有充分的体现，它强调人类生存和发展受惠于自然。随着科学技术的发展，“人类中心说”成为主流的环境意识。这种环境意识强调自然界与各种自然资源是外在于人类社会的，人类是自然的主宰。在实践层面上，这种环境意识导致人类对自然界的掠夺性开发，种下了“非持续发展”的后患。当人类发展和消费增长导致各种环境问题时，人类开始反思人与自然的关系，提出“新生态范式”的环境思想。这种环境思想强调人类生活对于自然环境的依赖，强调

① 《陈云年谱》中卷，中央文献出版社 2000 年版，第 372 页。
② 《陈云年谱》中卷，中央文献出版社 2000 年版，第 395 页。
③ 《陈云年谱》下卷，中央文献出版社 2000 年版，第 246 页。

人必须学会与自然和谐相处，人类在发展经济和满足自身各种需求时，必须同时保护好人类赖于生存的自然环境。

陈云非常赞同人与环境和谐相处的观点，他十分重视我国自然环境的保护，他一再强调，我们在发展经济的同时，一定要保护好自然环境。他说："治理污染、保护环境，是我国的一项大的国策，要当作一件非常重要的事情来抓。这件事，一是要经常宣传，大声疾呼，引起人们重视；二是要花点钱，增加投资比例；三是要反复督促检查，并层层落实责任。"[①] 他认为，保护环境，要从决策源头上抓起。例如 1979 年，陈云提出："今后办厂必须把处理污染问题放在设计的首要位置，真正做到防害于先，这是重大问题。"[②] 陈云不仅从战略的高度重视环境保护，而且在土地资源保护、水资源保护和森林资源保护等方面提出了许多具体的正确的政策主张。

（一）关于土地资源保护的政策主张

土地是人类生存的根本，人类所需食物的 98% 源于土地。陈云认为，保护土地资源要做好两方面的工作。一方面是必须做好植树造林、保持水土的工作。早在 1957 年，他就提出，"开展造林运动对于水土保持和农田水利关系甚为密切。各地务须抓紧季节。采取必要步骤，在同时保证数量和质量的条件下，做好今冬明春的造林工作。"[③] 另一方面，陈云还认为保护土地资源必须大力提倡使用农家肥，少用化肥以保护耕地的土质。虽然为了解决粮食供应紧张问题，陈云曾在上世纪 50 年代末 60

① 《陈云文选》第 3 卷，人民出版社 1995 年版，第 364 页。
② 《陈云文选》第 3 卷，人民出版社 1995 年版，第 263 页。
③ 《陈云年谱》中卷，中央文献出版社 2000 年版，第 399 页。

年代初提出过加速发展化肥工业，提倡过使用化肥以提高粮食的产量。但从根本上、从一贯做法上看，陈云是主张使用农家肥，不主张使用化肥的。早在1952年，陈云在约请青浦农民曹象波、曹兴达到北京谈话时，就曾请他们回去转告区乡干部，要区乡干部"组织大家进行农田水利建设，多种红花草，培养地力"[①] 1961年，陈云在《青浦农村调查》一文中又指出："最近几年，由于多种小麦和双季稻，少种蚕豆和红花草，土地的肥力有逐渐衰退的趋势。虽然由于多施化肥，使粮食的亩产量仍然略有增长，但土质已经不如以前那样好。从长远着想，必须下决心把这种不合理的耕作制度迅速改变过来。"[②] 1988年，陈云在同中央负责同志谈话时明确指示："化肥用得越多（超过一定数量），土地就越瘦，今后必须大力提倡施用农家肥。要研究现在农民不重视农家肥的原因，提出有效的解决办法。"[③]

（二）关于水资源保护的政策主张

水是人类生命的源泉，我国是一个水资源短缺的国家，人均水资源占有量仅为世界平均水平的1/4。每年因缺水造成的直接经济损失达2000亿元，很多地区的生产生活用水面临严重困难。有鉴于此，陈云主张从战略高度来认识水的问题的严重性。他要求，"各级领导部门，尤其是经济、科技领导部门，应该把计划用水、节约用水、治理污水和开发新水源放在不次于粮食、能源的重要位置上，并列入长远规划、五年计划和年度计划加以实

① 《陈云年谱》中卷，中央文献出版社2000年版，第151页。
② 《陈云文选》第3卷，人民出版社1995年版，第181页。
③ 《陈云文选》第3卷，人民出版社1995年版，第365页。

施,以逐步扭转目前水资源危机的严重状况。"[①]

为了逐步扭转水资源危机的严重状况,保护和利用好我国有限的水资源。陈云主张节约用水和综合开发用水相结合。在节约用水方面,他在1979年提出:"今后工厂的设立必须注意到用水量。有些工厂因为矿藏关系只能在当地开办,有些工厂可以而且应该在有水的地方办。即使有水资源的工厂,也应该有节约用水的办法"。[②] 在综合开发用水方面,陈云根据我国水资源分布南方水多北方水少的特点,提出实施南水北调,他在1975年就说过:"南水北调是造福子孙后代的大事,在条件允许时应当进行。这是一个大工程,要有长期规划。由于我国目前财力有限,工程只能分段进行。"[③]

此外,陈云还主张综合开发利用黄河。他说,"开发黄河是件大事,如何把资源充分利用起来,具有重大意义。根据水利部门几年的工作经验。治理河流,必须干流和支流一起治理,发电和防洪相互结合,进行整个流域的规划。"[④] 不仅是大江大河,即使是小河、小溪,我们也要开发利用好。陈云提出在山区可以兴办小型水力发电站,以此解决山区农村的照明,为山区提供动力,改变山区农村面貌。陈云强调,在兴建各种水利工程、综合利用水利资源时,要舍得投资。早在1948年他就提出:"水利投资要再狠一点,要看得长远,打大算盘。"[⑤] 在水利建设投资方面,陈云主张要充分发挥中央和地方两个积极性。他说:"兴修水利和办工厂都要各地来搞,只靠中央投资搞,没有各地投资搞

---

① 《陈云文选》第3卷,人民出版社1995年版,第375页。

② 《陈云文选》第3卷,人民出版社1995年版,第263页。

③ 《陈云年谱》下卷,中央文献出版社2000年版,第198页。

④ 《陈云年谱》中卷,中央文献出版社2000年版,第259页。

⑤ 《陈云年谱》上卷,中央文献出版社2000年版,第522页。

速度快。”[1] 为了确保各种水利工程尤其是中央投资兴建的各种水利工程的质量，陈云主张要派人定点定期地对水利工程的施工质量进行检查。如在讨论1950年水利春修工程时，陈云明确提出：“这次水利工程时间紧促……水利部应派人到各地深入检查，只靠电报指示是做不好的。”[2]

（三）关于森林资源保护的政策主张

森林是陆地自然生态系统的重要组成部分，具有保持水土、调节气候、改善生态环境等多方面的功能。陈云十分关心我国的森林保护工作，他一再强调，我们必须保护好我们森林资源。为了保护森林资源，早在1950年，陈云就结合我国实际，提出了林业工作的基本方针政策，即首先“应以普遍护林为主；其次，在风沙水旱灾害严重地区选择重点造林。同时，在各森林区制定合理的采伐计划”。[3] 具体说来，在普遍护林方面，陈云主张：一要注意预防森林火灾。例如1956年，他提出：“林业部与林区各省要议出几条根本办法，力求避免今后年年森林火灾”。[4] 二要注意合理用纸，尽量减少用纸对森林的消耗。他说：“我国缺少木材，文化用纸在长期内赶不上需要，因之对纸的利用应当合理”。[5] 他又说：“我国木材缺乏，纸浆生产不能依靠木材，可考虑进口一部分木浆，同时，要研究利用竹浆及棉秸代替木浆的问题。”[6] 在植树造林方面，陈云认为“造林是国家百年大计”，我

---

① 《陈云年谱》中卷，中央文献出版社2000年版，第411页。
② 《陈云年谱》中卷，中央文献出版社2000年版，第40页。
③ 《陈云年谱》中卷，中央文献出版社2000年版，第44页。
④ 《陈云年谱》中卷，中央文献出版社2000年版，第285页。
⑤ 《陈云年谱》中卷，中央文献出版社2000年版，第119页。
⑥ 《陈云年谱》中卷，中央文献出版社2000年版，第114页。

们应有长远规划和切实可行的办法,他要求林垦部“应更多依靠地方,在发动群众中合理使用专家,工作重点应放在防火和封山育林上。”[①] 在合理采伐方面,陈云认为合理采伐木材要辨证地看,即一方面要满足木材的计划供应,他提出,“不只是生活资料性质的木材要首先保证有计划地供应,就是生产资料方面的用材供应也应适当满足。”[②] 另一方面又不能滥砍滥伐。1949年陈云在给中财委各部的通知中就要求,中财委“所属各部、署、行及关内所属企业今后不得在东北采购木材,而在其上解木材中统一分配,以避免私商图利滥伐森林。”[③]

陈云这种辨证合理地采伐木材的思想及政策主张,在建国初期他为我国第一个汽车制造厂的选址问题上得到了很好的体现。新中国成立后,党中央即作出建设我国自己的汽车工业体系,改变国内各类汽车依赖国外进口历史的决定。但在选址问题上,中央领导内部的意见分歧很大,有的主张建在首都北京附近,有的主张建在西部地区特大型城市西安附近。陈云从“搞工业要有战略眼光。选择地点要注意资源条件”[④] 的指导思想出发,经过到北京西郊的衙门口、石家庄、太原、西安和长春等地进行实地考察,提出:“如果这个汽车厂全年的生产量是3万辆汽车,电力就需要2万4千千瓦,西安只有9千千瓦,光修电站就需要几年时间。还需要钢铁,一年要20几万吨,而石景山钢铁厂生产这么多钢铁,要在5年或者6年以后。木材要2万立方米,在西北砍木头,山都要砍光。……中国的第一个汽车工厂只

① 《陈云年谱》中卷,中央文献出版社2000年版,第83页。
② 《陈云年谱》中卷,中央文献出版社2000年版,第274页。
③ 《陈云年谱》中卷,中央文献出版社2000年版,第17页。
④ 李梦汶著:《生活中的陈云》,解放军出版社1999年版,第272页。

能够设在东北。"[1] 陈云的意见得到了中央的赞同，我国的第一个汽车厂最终设在东北的长春。我国的第一个汽车厂设在东北长春的结果，既使西北山上的木材没有因为建汽车厂而砍光，又使一汽对木材的合理需求得到了保障。这一决策充分体现了陈云关注生态环境、保护森林资源，从而使经济发展与环境保护协调统一的远见卓识。

总之，陈云提出的一系列环境保护政策具有明确的前瞻性、务实性和可操作性，在保护我国土地资源、水资源和森林资源等自然环境资源方面发挥了重要的作用，而且这些正确主张及其相关政策对搞好今天的环境保护仍然具有重要的指导和借鉴意义。

① 李梦汶著：《生活中的陈云》，解放军出版社1999年版，第273页。

参考文献

1.《马克思恩格斯选集》第1—4卷,人民出版社1995年版。

2.《列宁选集》第1—4卷,人民出版社1995年版。

3.《毛泽东选集》第1—4卷,人民出版社1991年版。

4.《毛泽东选集》第5卷,人民出版社1977年版。

5.《邓小平文选》第1—2卷,人民出版社1994年版。

6.《邓小平文选》第3卷,人民出版社1993年版。

7.《陈云关于评弹的谈话和通信》,中国曲艺出版社1983年版。

8. 中共中央文献研究室编:《陈云论党的建设》,中央文献出版社1995年版。

9.《陈云年谱(1905—1995)》上、中、下卷,中央文献出版社2000年版。

10. 中共中央文献研究室陈云研究组:《陈云研究述评》上、下册,中央文献出版社2004年版。

11.《陈云和他的事业——陈云生平与思想研讨会论文集》上、下册,中央文献出版社1996年版。

12. 田夫主编:《陈云论著研究文集》,浙江人民出版社1991年版。

13. 裴元秀、杨荣坤著:《陈云财政论著浅谈》,新华出版社1984年版。

14. 陈光林著:《陈云经济思想研究》,山东人民出版社 1990 年版。

14. 王杰:《陈云经济思想新论》,中央文献出版社 2001 年版。

16. 刘开寿主编:《陈云党建理论研究》,四川人民出版社 1992 年版。

17. 姜辉著:《陈云与中国特色社会主义》,辽宁师范大学出版社 2000 年版。

18. 王玉清著:《崇敬与思念——回忆陈云同志》,中央文献出版社 2001 年版。

19.《缅怀陈云》编辑组:《缅怀陈云》,中央文献出版社 2000 年版。

20.《陈云与新中国经济建设》编辑组:《陈云与新中国经济建设》,中央文献出版社 1991 年版。

21. 孙业礼、熊亮华著:《共和国经济风云中的陈云》,中央文献出版社 1996 年版。

22. 赵士刚主编:《陈云与中共党史重大事件》,中央文献出版社 2001 年版。

23. 周良主编:《陈云和苏州评弹交往实录》,中央文献出版社 2000 年版。

24. 朱佳木等编著:《中华名人丛书——陈云》,中央文献出版社 1999 年版。

25. 叶永烈著:《陈云之路》,中共中央党校出版社 2000 年版。

26. 熊亮华、孙业礼著:《陈云的非常之路》,人民出版社 2001 年版。

27. 迟爱萍著:《伟人之初——陈云》,浙江人民出版社 1996

年版。

28.[美]大卫·M·贝奇曼著:《陈云》,中央文献出版社2002年版。

29. 赵士刚主编:《陈云谈陈云——历史纪实》,党建读物出版社2001年版。

30. 郭思敏主编:《我眼中的陈云》,中共党史出版社1995年版。

31. 钟文编著:《百年陈云》,中央文献出版社2005年版。

32. 李梦汶著:《生活中的陈云》,解放军出版社1999年版。

33. 余建亭著:《陈云与东北解放》,中央文献出版社1998年版。

34. 刘家栋著:《陈云与调查研究》,中央文献出版社2004年版。

35. 刘家栋著:《陈云在延安》,中央文献出版社1995年版。

36. 李藕堂著:《陈云在临江》,中央文献出版社2001年版。

37. 中共江西省委党史委等编:《陈云在江西》,中央文献出版社1996年版。

38. 中共上海市委党史研究室等编著:《陈云在上海》,中央文献出版社2000年版。

39. 张金马主编:《政策科学导论》,中国人民大学出版社1992年版。

40. 陈振明主编:《政策科学》,中国人民大学出版社1998年版。

41. 刘斌、王春福主编:《政策科学研究》第1卷,人民出版社2000年版。

42. 刘雪明著:《政策科学研究》,湖南人民出版社2004年版。

43. 王满船著:《公共政策制定:择优过程与机制》,中国经济出版社 2004 年版。

44. 于忠孝、郭桂荣著:《贯彻执行政策问题研究》,吉林教育出版社 1999 年版。

45. 朱晓黄著:《经济政策的制定过程》,中国财政经济出版社 1993 年版。

46. 高斌等著:《经济政策导论》,经济科学出版社 1993 年版。

47. 胡惠林著:《文化政策学》,上海文艺出版社 2003 年版。

48. 花菊香著:《社会政策与法规》,社会科学文献出版社 2002 年版。

49. 叶海平、李冬妮著:《社会政策与法规》,华东理工大学出版社 2002 年版。

50. 杨春贵、赵理文著:《毛泽东政策策略思想研究》,中共中央党校出版社 1999 年版。

51. 刘雪明著:《邓小平政策思想研究》,广东教育出版社 2004 年版。

52. 彭漪涟、蒋建民著:《邓小平决策理论与实践研究》,上海人民出版社 2001 年版。

53. 薄一波:《若干重大决策与事件的回顾(修订本)》上、下卷,人民出版社 1997 年版。

54. 中共中央文献研究室编:《关于建国以来党的若干历史问题的决议注释本》(修订本),人民出版社 1985 年版。

55. 石仲泉主编:《中共八大史》,人民出版社 1998 年版。

56. 何沁主编:《中华人民共和国史》(第 2 版),高等教育出版社 1999 年版。

57. 卢瑞莲等主编:《共和国领袖的成功之路》,湖南人民出版社 1997 年版。

58. 孙光德、董克用主编:《社会保障概论》,中国人民大学出版社 2000 年版。

59. 奚从清、沈赓方主编:《社会学原理》,浙江大学出版社 1994 年版。

60. 佟新著:《人口社会学》,北京大学出版社 2000 年版。

61. 张美琴:《论陈云的决策思想与实践》,《宁夏党校学报》2003 年第 1 期。

62. 缪慈潮:《论陈云决策思想的若干特点》,《福州党校学报》1995 年第 1 期。

63. 黄为民:《论陈云经济决策的方法论原则》,《学术论坛》1995 年第 4 期。

64. 王家云:《陈云经济决策的十大原则》,《淮阴师范学院学报》1998 年第 3 期。

65. 崇庆余:《论陈云同志弄清"实事"的思想》,《徐州师范大学学报》(哲学社会科学版)1995 年第 4 期。

66. 张凤翱:《简论陈云的调查研究思想》,《南京理工大学学报》(社会科学版)1999 年第 5 期。

67. 胡绳:《陈云同志是实事求是的楷模》,《人民日报》1995 年 6 月 20 日。

68. 刘明钢:《陈云代表人民根本利益的思想初探》,《理论月刊》2002 年第 8 期。

69. 张田水:《陈云经济调整思想探析》,《河南师范大学学报》(哲学社会科学版)1998 年第 1 期。

70. 朱地:《陈云与建国后第一次经济调整》,《马克思主义研究》1998 年第·1 期。

71. 张凤翱:《陈云与第一次国民经济调整》,《淮阴师专学报》1996 年第 2 期。

72. 李向前、于国宁:《陈云与“大跃进”和国民经济调整研究述评》,《中共党史研究》2005 年第 1 期。

73. 王春红、马洪军:《80 年代初陈云关于经济调整的思想》,《理论学刊》1996 年第 5 期。

74. 刘书楷:《陈云与新中国财经工作的起步》,《党的文献》1995 年第 3 期。

75. 周太和:《陈云与上海财经会议的重大决策》,《中共党史研究》2000 年第 3 期。

76. 赖诗逸:《陈云同志对党利用、限制、改造资本主义工商业政策形成和发展的贡献》,《党史研究》1983 年第 3 期。

77. 刘国新:《一次杰出的决策——陈云与抗美援朝开始后的财经方针》,《当代中国史研究》1995 年第 3 期。

78. 迟爱萍:《陈云与社会主义新时期经济》,《党的文献》1995 年第 2 期。

79. 朱佳木:《谈谈陈云对计划与市场关系问题的思考》,《党的文献》2000 年第 3 期。

80. 王梦奎:《学习陈云同志新时期经济论著四题》,《中共党史研究》1991 年第 2 期。

81. 陈松友:《陈云对新时期执政党建设的理论贡献》,《中共南京市委党校、南京行政学院学报》2003 年第 2 期。

82. 王庭大:《陈云党的组织建设思想研究述评》,《党的文献》2004 年第 4 期。

83. 王关兴:《陈云反腐倡廉的思想和实践》,《扬州大学学报》2003 年第 6 期。

84. 朱佳木:《陈云从延安时代开始一直倡导的四个主张》,《党的文献》2003 年第 3 期。

85. 王喜录:《延安时期陈云关于干部政策的论述及其意义》,《渝州大学学报》(哲学社会科学版)1995年第4期。

86. 陈伯强:《陈云思想政治工作的理论与实践》,《福建师范大学学报》(哲学社会科学版)1995年第3期。

87. 朱文显:《陈云对党的知识分子政策的贡献》,《四川师范大学学报》(社会科学版)1996年第2期。

88. 迟爱萍:《陈云与社会主义精神文明建设》,《当代中国史研究》1996年第3期。

89. 周良:《要认真研究陈云同志的文艺思想》,《文艺理论与批评》1995年第4期。

90. 孙东升:《论陈云对我国古籍整理工作的贡献》,《南昌大学学报》(哲学社会科学版)2003年第3期。

后 记

今年是陈云同志诞辰一百周年。历经数月，经过大家的共同努力，终于完成了这本著作，这是我们对陈云同志的最好纪念。

陈云同志是我们党和国家久经考验的卓越领导人，伟大的无产阶级革命家、政治家，杰出的马克思主义者，中国社会主义经济建设的开创者和奠基人之一。深入研究他的生平与思想，大力颂扬其丰功伟绩和崇高品德，是我们理论工作者的一项重要任务。去年，我们几位从事公共政策和中共党史研究的同志就在考虑，该为陈云百年做些什么。经过文献检索，发现陈云同志的许多思想有待进一步研究，而他丰富的政策思想更是一个研究盲点，于是我们将这一选题报给了中央文献出版社的同志。出版社吴少京先生很快给了回音，表示列入计划，同意出版。在写书难、出书更难的今天，中央文献出版社以社会效益为重，同意出版这么一本学术著作，真是让我们非常感动，同时也感到一种压力，一种鞭策，更要尽心尽力把书写好。本书的出版，首先要感谢吴少京先生和中央文献出版社的领导和同志们，是他们将我们的愿望变成了现实，让我们给陈云百年献上了一份礼物。

本书在刘雪明教授主持下，由刘雪明教授、江泰然副教授、周琴副教授三位作者共同撰写而成。具体分工是：刘雪明（第一、二、三、四章），江泰然（第五、六、七章），周琴（第八章），许凤华、郭芳两位同志参与了部分章节的资料收集与整理工作。在大家写出初稿的基础上,最后由刘雪明教授修改、定稿。

本书在写作过程中,我们吸收了许多专家学者的研究成果,却未能在书中一一说明,在此,我们由衷地向这些作者一并表示最真诚的谢意！同时我们还要感谢所有关心、支持和帮助过我们的领导、同事和朋友们,尤其是广州大学公共管理学院和江西省委党校(江西行政学院)、江西师范大学政法学院的领导和同事们,是他们的关心、支持和帮助使本书得以如期完成。

因我们学术与能力所限,本书肯定还会存在不少缺点和错误,敬请专家与读者不吝指教,以便来日修改、完善。

作者

2005 年 3 月 10 日

图书在版编目(CIP)数据

陈云政策思想与实践研究/刘雪明,江泰然,周秀泠著.
—北京:中央文献出版社,2005.6

ISBN 7-5073-1897-4

Ⅰ.陈… Ⅱ.①刘…②江…③周… Ⅲ.陈云(1905~1995)
-思想评论 Ⅳ.K827=7

中国版本图书馆 CIP 数据核字（2005）第 050894 号

陈云政策思想与实践研究

作　　者/刘雪明　江泰然　周秀泠　著
责任编辑/吴少京
封面设计/郭　玲

出版发行/中央文献出版社
地　　址/北京西四北大街前毛家湾1号
邮　　编/100017
销售热线/63097018
经　　销/新华书店
排　　版/北京欣欣照排公司
印　　刷/北京市华正印刷厂

880×1230mm　32开　8.875印张　206千字
2005年6月第1版　2005年6月第1次印刷
印　数　1-3000册

ISBN 7-5073-1897-4　　定价:22.00元